殺人是件嚴肅的事

馬卡——著

§

「真正的哲學，是練習死亡。」

——柏拉圖

目次

獨居的陳先生

「沒有人在早晨起床後，就知道自己今天會目擊一具兇殺案的屍體的。」

這句話不完全是我說的，而是我上次閱讀的一本德國作家的書裡的話。雖然那句話不太一樣，他是用在「殺人」上，但用在「屍體的目擊者」上，好像也有點意思？

總之，這位每天都早起的獨居男，陳俊語先生，從沒想過這一天，自己居然是一具屍體的目擊者。

這裡先來談談陳先生。他今年三十歲，是ＣＹ大學的哲學系畢業生，之所以提他的學歷，是因他對自己所學很有自信。他愛哲學，尤其喜歡祈克果。他可抱著他的書，細細讀上一整天也沒問題。他的工作是小說作者，只是目前未有發表經驗，但他很努力的寫，雖說周邊的人都瞧不起他的夢想，尤其是他的家人，認為他異想天開，但他不願放棄。

不過，為了避嫌，他另有一份祕密工作。至於那份秘密工作是什麼？這部分在這時間點，很抱歉，我們尚不能揭曉，但那也是份他熱愛的工作就是了。

他住在ＨＳ縣ＸＸ路的一棟洋房裡。周圍空曠一片。至於看不見四鄰的原因？主要是洋房附近的地都是他的，且都是價值不斐的建地。正因他幾乎擁有整片地，除他外，別人都不能蓋。而他任性的將房子孤獨化，這讓他覺得自己是童話故事裡的孤獨角色。

這棟房子很大的，起碼六十坪，外觀看來有地中海風格：白色基底，藍色區塊若干，一共三層，看來很清涼的感覺。但在寒流來襲的當下，卻讓人覺得異常的冷，因此有人說，「那像一棟打赤膊的房子。」這房子是他請一位歐洲設計師設計的，所以玄關外，還有一些類似希臘神廟的廊柱。他去過一次希臘，美到令他咋舌，他愛死了，但適合旅行的地方，未必適合居住。他受不了南歐人的個性，所以「愛」只是針對旅行的定義而已。

現在他只有一個人，獨居者，父母不跟他住一起，他也沒有情人。

所以一個人。

對他來說，這房子真的很大，有時大到令他害怕。倒不是怕鬼或擔心遭搶什麼的，他純是因大而害怕起這間房子；當房子太大時，只有一人的他，覺得自己更加寂寞，而他怕死了寂寞。

因此他的房子裡有很多書，多數作者都是死去很久的人，所以都是老書；或許你以為他讀哲學系，書都是哲學書吧？錯了，他的藏書並非全關於哲學，他是個嗜書者，有太多的書了，從中西名家小說，自然科學、社會論述，心理概論，甚至到生物相關的書等，不一而足。唯一不讀的是，理財方面的書，他從不理財，因為他什麼都不缺。

陳先生是個生活白癡。除了那份秘密工作及寫作外，他什麼也不會。

所以他有個定期幫他打掃，並煮三餐的管家。但他跟她很少講話，倒不是討厭她，他就是不喜歡說話罷了；而她也知道他的個性，若講太多話，自己可能會被他討厭。而她非常喜歡也珍惜這份工作。陳先生很愛乾淨，但不是那種潔癖式的愛，他不難搞的，基本只要乾淨就好，而且他不太製造髒亂或垃圾，也吃得不多，所以這份工作對她來說，非常輕鬆。此外，她也喜歡書，雖經常讀不懂，但她喜歡翻閱，而這像圖書館的家，從不讓她無聊。

陳先生的客廳櫃子裡，有張自己跟一個男人的合照。那人曾是他的親密朋友，也是作者，至少那個時候是。兩人都喜歡哲學跟寫作。他原本以為兩人要在一起天長地久的，他一直這麼相信。無奈那人太有吸引力了。而且那人對人沒有特別要求，是那種看感覺派的；實際一點說的話，則是花心的人。然而那人現在很幸福，有妻子有孩子，聽說是兩個女兒，還有一份跟創作相關的工作，而且做得有聲有色。

對於跟他之間的感情，陳先生已釋懷了，但對於創作，他則無法釋懷。陳先生覺得他好可惜，居然就這樣投入世俗工作，他覺得他若繼續寫，一定是一個偉大作家。陳先生記得他過去曾跟自己說，「寫作太難，因真正的作品，是得具備痛苦的實際經驗，才能寫好的。但若真正談及痛苦經驗與寫作，我想自己還是太平凡了。」

所以他選擇實際，放棄寫作，依然保有一個正常家庭與生活。

坦白說，經過那麼多年了，陳先生現在猶然常常想到他。難免幻想起，若至今還在一起的話，他們會是怎樣？但更常想到他所說的那一句話，「真正的文學作品，是得具備痛苦的實際經驗，才能寫好的。」

陳先生現在也在等他的痛苦經驗來到，之後，他覺得自己就能寫出最好的作品。「只要在死前，寫出真正的文學作品就好。」這是他對於文學的追求。所以對於僅三十歲的他，文學這事還不急。也許吧？

那天他一如往常，一大早便去執行他的秘密工作。下午工作結束後，約在四點半左右，他去爬山。

因已是冬天了，天變冷的，但台灣的冷的定義，對他來說，有點詼諧。他只穿一件短袖與背心外套。但包包裡有著一件紅色薄外套，主要上山後，萬一流太多汗，下山時至少可穿，要不然很容易著涼。還有啊，選紅色是因為，萬一在山上發生了什麼事，紅色至少比較顯眼。獨自爬山若發生什麼意外，例如摔落山谷什麼的，又無法立刻死的話，躺在荒僻山區等死，很可怕的。

爬山總是這樣的，一開始讓人氣喘吁吁，甚至特別累，可是一旦身體走熱了，人就輕鬆很多，速度也就快了。陳先生吆喝幾聲，像在對誰兇一樣，很像那種復健的老人有沒有？但他只是在做發聲練習。這時，他看到一隻白色小兔從路旁驀然跳起，又一下子迅速衝進另一側的草叢。

「是小兔子嗎？」他歪著頭想了一下，「好像又是野貓？應該是野貓吧？」

但這也不重要。他對自己說，接著繼續往上爬。

陳先生爬到半山腰時，稍作休息，他聽見樹梢上發出簌簌聲音。他的前方是片平地，幾隻斑馬形狀的水泥座位排成一個口字站在那兒。他平時總會在那兒稍坐一下，喝點水，吃半個饅頭，一邊想著他的寫作事業。究竟要寫些什麼題目，才能讓人認同呢？但要回答這問題難乎其難。

陳先生走到斑馬水泥座位旁，還沒得來得及坐下，就嚇得跌坐在地上。

那裡居然陳屍一具死去的小女孩。

穿著制服的她，小小的，被剛才所形容的像四隻水泥斑馬的座位圍攏著，頓時讓斑馬看來像極了殘忍的食肉動物。

呃……是小女孩吧？因為我們無法一眼判斷。

原因是，她沒有臉，具體來說，是整個頭都沒有了。

唯一的性別表徵是她的裙子。但誰說小男孩就不穿裙？是吧？這未免太性別刻板了。但這時令人好奇的，不是她的性別，而是缺少頭的她，有一種理所當然的感覺，因為沒有血。

一點也沒有。

陳先生因驚嚇過度而喘不過氣。他不斷告訴自己放鬆，可是腦裡毫無理智，無法鬆懈下來。這時他打算拿出手機報警，但他的手根本動不了，他不知道自己怎麼了。此外，他的頭傳來一陣劇痛，伴隨背後一陣發麻，好像好像……要中風了。

這時他想起，醫生曾經說，他腦裡有顆動脈瘤，隨時可能爆炸。他未聽見爆炸的聲音，可是他覺得自己好像聽見倒數的聲音。

Five……Four……Three……

（是誰在倒數啊？而且還用英文倒數……）

就在此刻，啵的一聲在他腦裡響起，現在他覺得自己聽見了，**動脈瘤爆了**。

他覺得他即將要死去了，他想著。腦裡忽然出現舊情人對自己咧嘴笑的模樣。但他的模樣很模糊，而且他的臉好白。他笑裡藏著哀傷的說，「你要死了，被一個死去的小女孩的無頭屍體給嚇死了。」

可是這時一個男人，或者該說大男孩吧，在他面前出現。他一面如敲鈸般拍著手，一面笑嘻嘻的看著陳先生，好像在嘲笑他，又像日本傳統搞笑藝人在做什麼滑稽的表演似的。

可是下一秒，大男孩好像也看見小女孩的屍體，也悚然一驚。大男孩同樣跌坐於地，臉上欣喜表情不見了，瞬間轉成驚恐。

他爬到無頭女童屍體旁，雙手用像騎馬的手勢推著她，嘴裡說著沒有人聽得懂的語言，接著哇哇大哭了起來。他哭的樣子，好像只有五歲。

下一秒，陳先生失去了知覺。

陳姓刑警與菜鳥阿西

陳姓刑警跟菜鳥阿西正在美好早餐店內等餐點。這時已是午後，但這間店從早上營業到午後，讓下午想吃早餐的人也能滿足味蕾。

他們一向是內用的。兩人坐在一張小小的白色圓桌旁。陳姓刑警抽著菸，滑著手機，阿西則看著玻璃窗外地上的痲雀。牠好像很忙似的走來走去，同時一直啄著地上，但地上明明什麼也沒有。

「這樣啄，喙子不會壞嗎？」阿西想。他內心常常有這樣的無謂思考，他覺得自己很幼稚，但這行為如同鎖不緊的水龍頭裡滴出來的水一樣，什麼時候會出現，他不知道，也關不緊。

昨夜幾乎沒睡的陳姓刑警，頭髮亂糟糟的。像愛因斯坦吐舌那張照片的髮型有沒有？不過阿西不認為那叫亂，而是有型，此外，他還覺得他很帥。那也是事實。對了，我們先說，我們的菜鳥阿西非常崇拜陳姓刑警，無特別原因，就是單純的崇拜前輩而已。

陳姓刑警的精神此刻不佳，主因是，他老婆昨晚唸了他一夜。吵的主題依然是那件事：她要他離職。

約一年以前，他曾中彈。對方是涉嫌幾起搶劫案的毒販，當時躲在一個廢棄倉庫裡。他未有傷人紀錄，陳姓刑警本打算勸說他投案的。他走進倉庫時，雙手高舉。但當他看到毒販時，嚇了一大跳，對方竟全身赤裸。他試圖跟他說話，但他滿臉怒氣，眼睛看著半空，嘴裡碎碎念著，陳姓刑警才發現他似乎精神異常。他轉頭打算跟同仁解釋時，槍聲忽然響起。他起初還以為是同仁開槍，正想制止時，才發現自己中了兩槍。一槍擊中右胸，幸好防彈衣奏效，僅留下一大片瘀青，另一槍則擊中大腿內側，所幸未打中骨頭，但非常靠近重要部位。

他老婆可可再也不想膽戰心驚的過日子。要求他離職，做什麼都好，賣早餐也好，賣車也好，甚至警衛也可以，只要安全就好。

「我不需要你賺大錢，再說警察這份薪水，也只是餓不死而已，你別做了好嗎？只要我們夫妻一起努力，你做什麼都好，我不會嫌棄你的。」她一直跳針似的講了這些事一整晚，最後又說，「警察在台灣一點價值也沒有，那個開槍毒販居然還因精神失常，而獲得減刑，所以我說，你到底為何要當警察？」

但，陳姓刑警這輩子只做過警察，不做警察他能做什麼呢？他呆呆的看著老婆，啞口無言，就像他現在的模樣。

老闆娘這時送來餐點。洋蔥鮪魚蛋餅跟大冰奶，那是陳姓刑警點的，不管再怎麼冷，就算是霸王級寒流的當下，他也喝冰奶。阿西則吃漢堡蛋跟熱奶。

兩人吃東西都很快，好像不用咀嚼似的一下子就把餐點吃得精光。吃完後，他們去付錢。阿西掏了一百元想付，陳姓刑警要他把錢收起來，說，「沒事，我來就好。」阿西沒有推拒。但老闆娘看了他一眼，彷彿在說他小氣。

他們走到停車處，未立刻上車，而在車外抽菸，一面聽著車內的無線電。他們把煙霧往彼此身上吐，但兩人都是一天一包以上的大菸槍，倒也都不以為意。這時偵查佐的值班同仁打來，陳姓刑警接了起來。對方說：「陳小隊長，現在請立刻前往鷹之眼登山步道，現場有民眾通報，發現一具無頭的女童屍體，以及一具男性屍體。派出所員警已在那裡了，也請你們盡速前往現場察看。」

「收到，我們現在人在外面，將在此地直接前往現場，也麻煩你通知鑑識小組。」陳姓刑警說。

「無頭的女童屍體？……」陳姓刑警結束電話後，不知為何覆誦起這個詞，也忽然想起自己也在讀幼稚園的女兒。腦裡甚至不知為何忽然出現女兒死掉，且頭不見的模樣。他有時就是這樣的，看到或聽到意外訊息時，就會自動帶入家人的情況。他很討厭這樣的感覺，但他無法控制。這叫感同身受嗎？

他罵了聲「幹」後，叫阿西趕快上車。

之後鳴起警笛，毫不猶豫踩下油門，超高速開車前往案發地點。

這登山步道是ＨＳ縣知名的登山步道。名字很氣派，叫「鷹之眼」。據說登山客可從山頂看到台北１０１。但條件是，天氣必須非常好，且一年可見１０１之天數不超過一週。

他們很快抵達「鷹之眼」的停車場。

將車停好後，兩人步行到登山口。這時阿西已在喘。他們看了一下登山口的地圖。阿西忽然面有難色，因從這位置去的話，居然還得爬兩公里才能到案發地點。陳姓刑警沒說話，直接邁步爬山，阿西尾隨其後。才走沒多久，阿西已開始氣喘吁吁，但陳姓刑警居然加快速度，三步併作兩步的疾走，最後跑了起來。

「快點，」他跟阿西說，「年輕人不要那麼沒出息！」

好不容易抵達地點。陳姓刑警幾乎面不改色，也沒喘，也沒汗。阿西大喘幾口氣，看了一下自己溼透的襯衫，覺得有點汗顏。他們立刻拿出乳膠手套、腳套和頭套等，並仔細戴妥。在命案現場，這些措施若沒做好，可是會被鑑識小組罵死的。畢竟證據一被汙染，就立刻無效。

派出所兩名制服員警已在那裡守候，封鎖線也已拉起。其中皮膚黝黑的員警跟陳姓刑警稍微報告：「小隊長好，已發現兩具屍體，一具是約三十歲的男子，以及一位嗯……」說到這時，他停了下來，臉色凝重起來，「另一具……是一個女童，頭被人割了。我們已在現場初步搜索，但沒找到頭顱，很有可能頭顱根本不在這裡。此外，此地應非第一現場，這裡沒有血跡。她身穿幼稚園制服，看來才四、五歲左右。」

陳姓刑警走向前去，看了一眼地上的屍體。女童無庸置疑，不用說，已死。他看著那無頭女童的屍體時，覺得好像心裡的什麼東西遽然被抽空了，甚至還有點痛。阿西心裡有說不出來的難受，這當然不是他第一次見死屍，但確實是他第一次看到女童屍體，還是沒頭的。理性的他覺得，死人就是死人，都一樣啦，他應該收起情緒，但女童的死不知為何，非常讓人難受。他知道那是人的天性，人就是傾向同情弱者的死亡而已。這些道理他都懂，但此刻凝視著天空的他，很想對祂罵一聲最為骯髒的髒話。

這時兩人都察覺一個奇怪地方：女童手指居然塗著鮮紅色的指甲油。「應不是她父母替她塗的吧？說不出來的詭異。」阿西心裡揣摩著，「兇手一定是個變態。」

陳姓刑警這時將眼神轉往死去的男人。他俯身看著躺在地上的他，覺得男人好像……有些怪怪的，似乎死得不太徹底？若這真是一具男屍的話，氣色未免太好看了點……

他的直覺很快告訴他，男人可能並沒死。

他立刻確認他的生命徵象。他記得以前法醫教他的，最快辨別一個「看起來已死的人」是否真正死亡的方法，就是輕壓他的眼球。若手指放開時，眼球不會彈回就是死得很徹底，若彈回且恢復正常，代表這人還沒死或只是很像死亡，俗稱「假死」。這是因人真死後，眼壓會降低，眼球受外力壓迫後，即無力復原。

他試了一下，眼球很快彈回，接著確認脈搏。原來男人真還沒死，但生命跡象非常微弱。

他驚覺，他可能是中風或心臟病發作。

他轉身跟派出所警察說，「噯，這人根本沒死，你們是怎麼確認的？」

兩位員警立刻衝過來，一臉赧然。他們想幫忙，但兩人面面相覷，都對於ＣＰＲ沒有把握。陳姓刑警搖搖頭嘆口氣後，便熟練的替他施行了ＣＰＲ。不久後，男人開始恢復呼吸，但依然非常微弱。

救護車這時剛好也抵達。四個救護人員跳下車，他們立刻接手，甚至也檢查了女童的情況。

「有必要嗎？」阿西想。但很快判定女童已死亡。

為了救人，救護人員先把男人送去醫院。

報案者是一名約五十歲的婦女。一頭燙過的蓬髮的她，一身運動勁裝：緊身運動褲，新潮耐吉球鞋、登山杖，以及彩色頭巾等，不一而足。不知為何，她的情緒好像有些興奮。她表示自己每天都來爬山，看到屍體時嚇了一大跳。

「但是齁，我不害怕啦，唉呦，都活到這把年紀了。什麼都看過了。」她跟陳姓刑警說。

不知為何，阿西覺得她在好像炫耀什麼似的。

她接著說：「我也認識那位先生喔，就剛才被你們救護車載走的那一位啊，他怎麼了啊？」

她看著阿西問。

「可能是心臟病病發或中風。」陳姓刑警說。

「這麼年輕又天天運動，怎麼會這樣？我跟你們說喔，他每天總是這時間來這裡，我們錯身而過非常多次。」說到這時，她露出不高興的神情，摸摸臉。「可是齁，他是個蠻無禮的人，因為啊，每次我跟他打招呼，他都不回耶。不知道在高傲什麼。聽說啦，他很有錢，但有錢也沒必要高傲，你說是不是？」她這話又是對著阿西說的，但阿西並沒回覆。

「剛聽現場警員說，妳看到一個可疑的男人？」阿西問。

她深吸一口氣，說：「對啊，我覺得齁，他可能是兇手，年紀很輕。但他好像笨笨的，就秀斗秀斗的有沒有？我跟他說話。喔不，我給他罵喔，我說你在這裡幹嘛，你這個夭壽骨，是不是你殺了妹妹。他就一直嘻嘻笑，好像不會說話的樣子，接著就跑掉了。」這時她露出無限傷感的神情，「啊，可憐，這妹妹就被神經病殺掉了。」

「記得他長什麼樣嗎？」阿西問。

「其實齁，我齁，覺得他好像有點面熟。」她說，「但是齁，我想不起來。我老了啦，你不能怪我。」

「沒人怪妳，我們很感謝妳。」阿西說，「不過能不能再想一下？那個人的長相？不要急，妳深呼吸，慢慢想想看……」

陳姓刑警這時向阿西交代，請他繼續跟婦人做筆錄，這是他練習的機會。他自己則在現場繼續觀察。不久後，鑑識人員也都抵達。他們跟陳姓刑警打聲招呼後，很快開始工作。他們先對所有重要證物拍照。這是為了保留所有證物的原始樣貌，未來也許有需要比對的可能。

鑑識小組處理過一個藍色包包後，陳姓刑警蹲下，把包包打開，裡面裝有一瓶水，一個饅頭，還有一部手機，看來是一般登山客的包包。手機桌面是一名女子和一位男人的照片。陳姓刑警認為這應是剛才那男人的包包。「照片上那男人應該是他吧？」但他不確定，他剛未仔細看他的臉。「他應只是一般的登山客，因目擊無頭女童屍體而驚嚇過度，導致心臟病病發或中風吧？」陳姓刑警想。也算另類受害者？

無頭女童身穿「草原幼稚園」的制服。制服上繡著「小草莓班」，下面寫著「小Sherry」，應該是她的英文名字。可能是為了安全因素，上面未繡她的中文名字。

令鑑識人員納悶不已的是，她身上沒有任何血漬，也不髒污，乾乾淨淨的，像剛洗完澡一樣；制服未蓋住的地方也全都完好，一點傷口也沒有。他們將她的衣物翻開，赤裸的上半身即露出。初步看來也完全未受傷，只是稍有瘀點。

一個資深鑑識人員轉頭跟陳姓刑警說，「從僵硬程度來看，死亡時間大概在三、四小時前，」說完他指著女童脖子的傷口，繼續說，「傷口很粗糙，兇手是用猛力把她的頭給割下的。但傷口看來深紅，坦白說我現在不確定她是死後被割頭，還是活生生，頭就被割下，但從身上瘀點來看，她有可能是先被悶死的。此外，這裡不是第一現場，這裡一點血都沒有。」

陳姓刑警僅嗯了一聲。

這時一個女性鑑識人員，看著看著不禁落淚，不太理解怎麼有人可做出如此喪心病狂的事。但她或許不想讓人覺得自己不夠專業，很快把情緒收拾好。

陳姓刑警這時用手機在網路搜尋了幼稚園名稱，查到了電話跟地址。

他打電話過去，但響了很久，都沒人接。

這時天空陰暗下來，冬天的傍晚總黑得快，氣溫也陡然降了些許。剛跟目擊證人做完筆錄的阿西此刻走近陳姓刑警身邊，他們抽起了菸。抽菸的主因，當然是因他們是老菸槍，但現在部分原因是為了取暖，只是不知為何，此時呼出的煙霧竟像寒霧般，致使他們覺得更冷了。

陳姓刑警與阿西來到ＨＳ縣警察局。因案件重大，很多長官，包括局長、副局長，刑警大隊長，分局長，甚至ＨＳ縣主任檢察官，和權責檢察官也已在場。此外，很多媒體與報社的記者也已在警局守候。

他們立刻召開第一波偵查會議，由ＪＢ分局長主持，並成立專案小組。會議中，分配了工作，陳姓刑警率領的偵查三隊負責主要偵辦，鑑識科也將全力協助。

草原幼稚園

會議結束後，陳姓刑警與阿西沒有休息。這高度矚目的案件讓他們壓力很大。他們立即根據女童身上制服所查到的住址，駕車來到草原幼稚園。

他們抵達時，已快九點，幼稚園已關門。

他們走到幼稚園門前，急促的敲了門。

不久後，一個灰白髮、身材微胖的中年男人前來應門。他看來剛好要離開幼稚園。他手上提著幾個袋子，身邊站著一個年輕男子。但陳姓刑警覺得該年輕男子一副吊兒郎當的樣子。他不跟人打招呼，甚至也不看人，眼神轉來轉去。

那中年男子問，「請問你們找誰？」

「我要找這間幼稚園的負責人。」

「哦，找園長啊。他在裡面啊，」說完，他回身，喊了聲，「老趙，有人找你。」

裡面一個聲音說好。

這時陳姓刑警才發現，原來那個年輕男子不是吊兒郎當，而是好像弱智。他雙眼轉來轉去的時間太久了。

「不好意思。」中年男子說，「我們要先走了。」說完，他就帶著那個年輕男子離開。

另一個中年男子從裡面跑了出來。他長得厚厚實實的，臉上帶著笑容，讓人聯想起小熊維尼。

不過晚上的幼稚園訪客不太尋常，面露迷惑的他請教陳姓刑警與阿西的身分，以及來訪理由。陳姓刑警拿出警察證，表明自己身分。該男子嚇了一大跳，笑容立刻縮了起來，像吃到梅子一樣。他也表明自己是園長，並以顫抖的聲調問刑警先生，找他有什麼事。

陳姓刑警沒有回答，僅以凝重的表情走進幼稚園大廳。園長請他們坐下，並問他們是否要喝點什麼。

「我這裡有茶、果汁，也有咖啡，請問要喝什麼呢？」他說。陳姓刑警搖搖頭，說他們站著就好了，也不必喝東西。

陳姓刑警不囉嗦，開門見山表示，一個穿著他們幼稚園制服的女童，在鷹之眼登山步道被發現，已經死亡。園長嚇了一大跳，險些要跌倒。但卻有點綜藝摔的樣子？陳姓刑警把女童的身體照片給他看（刻意遮蔽了斷頭的部分），並要他確認該女童是否為他們幼稚園學生。

園長看了一下照片，制服確實是他們學校的制服，也看到了小草莓班，也看到了「小Sherry」這個名字。但他有上百個學生，他記不得那個名字。

他偏了一下頭，說，自己記不得那個名字，他得查一下。

園長再次請刑警坐一會，並再問他們一次是否要喝點什麼。陳姓刑警再次婉拒，並以嚴峻眼神，請他趕快去查園內是否有該名字的女童。園長轉身，小跑步到一個座位旁，拿出類似學童名冊的資料夾，打開，翻了一下，很快找到小草莓班的名單，確實有位叫小Sherry的女童。他把名冊給刑警，這時我們看到小Sherry旁的中文名字，原來她叫「謝晨雪」。

陳姓刑警請園長聯絡女童的班級老師，並要求她立刻趕來。同樣眼神嚴峻，口氣嚴肅。園長非常恐懼，覺得嘴很乾。他立刻拿出手機，在老師賴圈裡發問。

「不好意思，」他說，「我們通常沒有私人聯絡，僅以老師賴圈溝通而已。我已在圈內發問，請黃老師立刻趕來。」

園長傳出的訊息的已讀數量不斷增加。但小草莓班的黃老師卻一直沒有回訊息。香蕉班的陳老師這時問，「園長，您找黃老師有什麼事？」

園長讀了後，問刑警，「我可以告訴大家是警察找她嗎？」

陳姓刑警沒有回話，僅點頭。

園長於是發訊，告知大家，有兩名刑警來到幼稚園，問有關於小草莓班小Sherry的事。

大家嚇了一跳，幾個驚嚇的臉的貼圖紛紛貼出，並問發生了什麼事？怎麼會有刑警來幼稚園？園長僅回傳一張哭臉圖。

小草莓班的黃老師依然未發訊來。他想她的手機可能不在身邊。香蕉班的陳老師傳來訊息，說：「園長，我已打給黃老師了，她剛有接，我已請她立刻趕去幼稚園了，等一下我也會來。」

園長回傳了謝謝圖案。

園長在跟陳姓刑警轉述的同時，似乎想起了小Sherry的身分。她個子很小，比同齡孩子還要矮半個頭。但很有禮貌，長得也很可愛，早上喊他「園長好」時，聲音總特別清亮大聲。她手上總拿著一份吃了幾口的草莓吐司。聽說，她吃草莓吐司是因為自己是小草莓班的。

這時他忽然感到極為恐懼，覺得自己好像預見這事件將會是自己前所未有的麻煩。他覺得自己彷彿聽到受害者家屬的哭聲、記者質問聲、以及律師所說的求償金額……他覺得他的人生完了。

這時園長的手機忽然響了起來，清脆鈴聲嚇得他的手機不慎掉在地上。園長不知為何，跟陳姓刑警道了歉。陳姓刑警狐疑的看他一眼，沒說話。

園長彎腰撿起手機，立刻接了起來，對方是黃老師。電話上的她極為驚恐，說剛才到現在，自己都在計程車上，沒看手機，而收音機又很大聲，沒聽見Line的提醒聲。

她緊張的問：「園長，小Sherry是我的學生，發生了什麼事嗎？是不是有不好的事發生了？」

園長沉默一會，才請她冷靜，說：「目前刑警什麼也沒說，妳趕緊來就是。」兩人便結束電話。

園長這時跟刑警說，說：「小Sherry的小草莓班的黃老師剛打來，說一會兒後就到。」不知為何，可能是因害怕，園長這時似乎顯得有點心虛。陳姓刑警看了他一眼，像在質疑他什麼一樣。

園長緊張得吞了一口口水。

「我好像想起她的身分了。」園長忽然說。

「現在才忽然想起？」阿西問。

「對，不好意思，我記性較差，名字比較想不起來。」他說，「但對孩子的樣子跟聲音，我比較有把握。剛才她的模樣跟聲音不知為何，忽然進入我的腦袋……」

陳姓刑警以毫無情感的冷漠聲音，問，「那若看監視器，可認得出她來嗎？」

園長說：「應該可。」

阿西問：「幼稚園裡，有監視器吧？」

園長點點頭，說：「有，在後面。」

他們跟著他走到後頭，來到一個小房間，裡面是監視系統。園長走了進去，弄了一會，把監視器畫面打開。

「先調到今天早上上學的時候。」陳姓刑警說。

園長照做，把時間調到今天早上七點多。

畫面上幾位家長陸續送小朋友至幼稚園玄關，小朋友在老師、父母的注視下，走進幼稚園。之後他們看見一個個子小小的女童，由一個少女帶進幼稚園。那少女約十來歲，又或更小。這時園長結結巴巴的說，「她就是謝晨雪，小Sherry。早上幾乎都是由她姐姐帶來的。」

畫面上看見小Sherry跟少女揮手再見，老師也跟少女點個頭。小Sherry之後走進幼稚園，一切看來非常正常。

陳姓刑警說，「現在轉到下課時間。」

園長這時一路快轉，一直到中午十二點的下課時間。

畫面上，我們看到導護的陳老師唱著名，小朋友依序被另一個老師帶出來。父母，也有爺爺奶奶接踵把孩子帶走，也有人站在門外，孩子自己走出去的。小朋友們跳來跳去，吱吱喳喳，興奮的樣子好像小動物被放出籠子一樣。

這時，我們看見一個身穿套頭夾克且戴著口罩的男人站在門口。監視器畫面看到陳老師跟他說了一些話，推測應是該男子告知陳老師自己要接的學童。接著陳老師唱了名，小Sherry由另一個老師帶了出來。

小Sherry出來時，像個小兔子一樣跳躍著，看得出來很快樂。她一出來就跟那男人揮手，好像認得他一樣。後來陳老師又跟小Sherry說了一些話，像在跟她確認什麼。鏡頭確實看到小sherry點點頭，之後陳老師就放行，讓她跟著男子走了。

由鏡頭來判斷，好像一切相當符合規定。

園長這時有些膽戰的問，「這樣看起來好像非常正常，不是我們的問題吧？」

陳姓刑警搔搔鼻子，說，「正常不正常，恐怕不是由我來說。」

小草莓班的黃老師這時跟著香蕉班的陳老師，一起來到幼稚園。兩人的臉都相當慘白，毫無血色，看來是被警察來找的訊息給嚇慘了。也是，關於小孩的事，大家都慎之又慎，何況是難得一見的刑警來找呢？

黃老師上身著紅色運動夾克，下身黑色韻律褲，看來才剛做完瑜珈之類的。陳老師一身紫色典雅洋裝。

她們看到陳姓刑警，神色都非常緊張，直問小Sherry怎麼了。

陳姓刑警用毫無保留的語氣說，「她死了。」

兩個女老師立刻跪下來，害怕得哭了起來。

她們問，「怎麼會這樣，她是怎麼死的？中午出去時，還好好的啊？」

陳姓刑警說，「目前還在偵查中，無可奉告，其實連她的身分，我們也還無法確認。」

「這是……為什麼？」其中的陳老師問。

「先別問那麼多，現在不是妳們發問的時候，是我是刑警還妳們是刑警？」陳姓刑警口氣凜

然，幾乎是不由分說

阿西這時攙扶她們起來。兩位老師站起身子，但依然哭泣著。

陳姓刑警這時拿起小Sherry的作業本，上面的老師欄寫著黃英盈，下面寫著小Sherry，旁邊是她本名謝晨雪。

他放下作業本，看著兩位老師，接著又看著黃老師，問：「妳是小草莓班的老師，對嗎？」

黃老師點頭。

陳姓刑警又看向陳老師，問：「從監視器畫面來看，妳是今天安排孩子們回家的老師，對嗎？」

她也點頭。「對，安排小孩回家是每週輪流的，本週正輪到我。」

陳姓刑警沉默一會，像在想什麼一樣。他的模樣很嚴肅，致使兩位老師害怕不已。阿西甚至感覺她們在顫抖。

「今天上課，有什麼異狀嗎？」陳姓刑警問黃老師。

「沒有，就跟……平常一樣。」黃老師說。

陳姓刑警又沉默下來。

「小Sherry跟平常有沒有不一樣的地方？例如說了什麼奇怪的話？還是看來心情沉重？」

「沒有，至少我沒有察覺，而且他們小朋友，幾乎每天都是活蹦亂跳，除非生病……」她說。

「那……」陳姓刑警這時看著陳老師，「今天是妳把小Sherry交一個男生，對吧？」

她點點頭，阿西注意到她的嘴唇彷若在顫抖。

「他戴著口罩，妳沒注意到嗎？」

「有……」

「那個男生妳認識嗎？」

「不認識，是第一次見到的……」

陳姓刑警這時想起現場目擊者的說法，用拇指按按太陽穴，問，「他是否正常，我指在智能上？」

陳老師眼神稍遲疑，說，「我想應正常，但我們只講了幾句話。印象中，他說了小Sherry的名字。我則說，『來接小Sherry嗎？』他點頭，如此而已。」

陳姓刑警嘆了口氣，「妳難道沒想多問幾句嗎？」

「對不起對不起……」

陳姓刑警板起臉孔，說：「不要再道歉了，我現在是在偵辦殺人案，只要妳不是兇手，現在都不必道歉……」

陳老師點點頭，說：「我確實沒跟他多做確認，但當時，我有跟小Sherry再三確認是不是認識他。她說他是她的叔叔，他也點頭，所以我才……」她又解釋，聲調非常恐懼，深怕一旦說錯，他就會逮捕她一樣。

「妳沒見過他，沒仔細確認，他又戴著口罩，妳就這樣讓他把孩子接走？」陳姓刑警這時提高音量，「妳知道現在孩子變成什麼樣了嗎？」

「對不起對不起……是我的錯……」陳老師又跪了下來。「對不起，真的對不起……」

「跟妳說過別再道歉了……」陳姓刑警冷冷的說，語氣卻有責怪之意。

阿西本想把陳老師扶起，但陳姓刑警給他一個眼神，要他跟自己先出去。

「通通都先不要離開。」陳姓刑警對他們說。

之後，兩人走出幼稚園。

陳姓刑警與阿西外面抽菸。這晚月亮只剩一點，尖尖的上弦月看來促狹，像在嘲笑世間的殘酷。阿西看了它一眼，覺得自己彷彿聽見它的笑聲，很輕浮的。

阿西這時想問陳姓刑警一些問題，例如他為何對老師們那麼兇等。但他看著他嚴肅的臉，其實也不敢問了。他覺得陳姓刑警很厲害，平常跟他相處時極其友好，跟問案的冷酷樣子，簡直是判若兩人。

兩人抽完菸，返回幼稚園。

他們向園長索取關於小Sherry父母的聯絡電話跟地址。園長點點頭，轉身從櫃子裡找出學籍資料卡。他把電話號碼跟地址抄在紙上給陳姓刑警。陳姓刑警又給了阿西。阿西拿出手機，立刻打了過去。

但都沒有人接。陳姓刑警要他繼續打，直到打通為止。阿西點頭。黃老師這時說，「我有她父母的Line，要我幫忙打或者留言嗎？」陳姓刑警點頭。但Line也同樣沒接沒讀。

這時陳姓刑警接到電話，是鑑識巡官打來的。他刻意到外面接聽。

鑑識巡官告訴陳姓刑警最新情況。女童確定是窒息死亡後，才被割頭，但被勒死、摀死、掐死或者是被工具悶死等，都有可能，目前無法確定。死亡時間大概在下午一、二點左右。切頭手法粗糙，估計是一般沒有醫學背景的人。她身上無其他傷痕，但下體有被性侵跡象，初步無精液反應，可能性侵者戴有保險套，也不排除是用手，甚至是用物品性侵。」說完，鑑識巡官沉默一陣。

「還有什麼其他需要告知的嗎？」陳姓刑警問。

「暫時還沒有，但無論是誰，犯下這起案件的人，都很該死。」

「嗯。」陳姓刑警說，之後便掛上電話。

他腦裡忽然又出現自己女兒被人強姦的畫面。

「媽的。」他罵了一聲。

女童的家

晚上十點半。

陳姓刑警與阿西開車來到女童的家。他們聯絡不上女童父母，手機、Line，家裡電話都沒有接。

因找不到車位，他把車停在便利商店前。他們進去買飲料，畢竟停車不消費，未免太沒禮貌了，就算是公家機構的人也一樣。阿西覺得自己最近太胖了，買了無糖可樂，阿西看了陳姓刑警一眼，他買了一瓶正常可樂。嗯，他覺得精壯的他，有本錢喝正常可樂。

他們去付費。陳姓刑警原打算連同阿西的可樂一起刷。但阿西這次帥氣搶走陳姓刑警的Icash，轉而用自己的卡刷了兩瓶。陳姓刑警先嘖了一聲，再跟阿西說聲「謝啦」。

陳姓刑警這時跟店員表明身分，並表示車將借停在店門口，可能會花上一些時間，請他包容。瘦高的店員輕蔑的用鼻子哼了一聲。

阿西皺眉，說：「都是為了公務啊。」

那店員依然不說話，還是露出輕蔑笑容。阿西有點不爽。

兩人走出便利商店。在外頭抽菸，一面把飲料喝光，畢竟把飲料帶進「可能的被害家屬」的家不太禮貌。

女童的家就在同棟公寓大廈的八樓之三。陳姓刑警與阿西走進大廳，裡面典雅舒適，讓人聯想到高級飯店，味道也像。他跟一樓的管理員伯伯確認八樓之三的住家的人是否回來了。伯伯放下報紙，壓低眼鏡，露出警覺的心，質問他們問這幹嘛。陳姓刑警跟伯伯道歉，自己居然忘了表明身分。他把警察證拿出，告訴伯伯自己是刑警，有些事得跟八樓之三的住戶相談。

伯伯看了警察證嚇了一跳，直說不好意思，接著告訴他，他們的家好像有人在。

「印象中，她們家的大女兒應該在家，我今天好像有看到她回來，讓我先問問吧。」伯伯說，接著按下對講機的八之三，不過沒人回。

「這樣吧，我帶你們上去。」

接著他領著刑警們進入電梯，到八樓去，來到八之三的房門前。

他們按了門鈴。但都沒人應門。伯伯歪著頭，說，「奇怪……應該有人在啊。」又繼續按。

許久後，一個少女才出來應門。她一頭金色捲髮，白色上衣、粉紅色短褲與一雙白色絨毛拖鞋。她睡眼惺忪，看來才剛從棉被裡爬出。她非常矮，乍看讓人以為是個女童，但臉上的誇張殘妝，又讓人感覺她像剛參加完什麼動漫祭的角色扮演活動一樣，此外，T恤下雙胸部位的隆起，阿西覺得她應是大人，至少已是懂事的年紀了吧。

她看了一眼管理員伯伯，表情納悶，接著問伯伯，「這兩位是誰？」說起來話確實是個大人了，阿西暗自竊喜自己猜對了。

陳姓刑警拿出警察證，向她表明身分。她也嚇了一跳。這還是她第一次遇到刑警。

陳姓刑警問了少女名字。她說自己是小萱，刑警又說了女童父母的名字，並跟她確認是不是她父母的名字。

小萱說，「對，他們是我的父母。」

「他們現在在哪裡？」

小萱有些緊張的說，「應該都在上班吧……他們有時很晚才回來。怎麼了嗎？為什麼問我父母的事？」

「妳先不要緊張。」

「我怎麼可能不緊張？你們是警察，又問我父母的事……他們怎麼了嗎？」

接著陳姓刑警摸摸臉，歪著頭，猶豫著是否該跟小萱講她妹妹的事。但他覺得這可能太殘忍。最後他試探性的問，「知道妹妹在哪裡嗎？」

小萱這時又嚇了一跳，臉都白了。「現在幾點啦？」她著急的問。

阿西看了一眼手錶，說：「快十一點了，怎麼了嗎？」

她看著陳姓刑警說：「糟糕，我今天應該去接妹妹的，但我在練團，完全忘了這件事。回來又太累了，所以睡著了。我真該死。」她接著又說：「你們刑警來這裡，問我父母，又問我妹妹，不會……不會……是我的妹妹……發生了什麼事吧？」

陳姓刑警一副漠然表情，毫無情緒。阿西也不敢隨便說。警衛伯伯也很緊張。他知道小Sherry，她每天早上都會喊他「警衛阿公」，他很喜歡她。

小萱又問：「請問，我的妹妹，還是我的父母，發生了什麼事嗎？」

阿西看著陳姓刑警，好像想幫他回答，但不敢貿然發言。陳姓刑警依然一臉嚴肅。管理員伯伯這時也緊張不已。

陳姓刑警告訴小萱：「等妳父母回來，我們再一起談吧。能不能幫忙我們找妳父母，我們打了很多通電話都沒人接。我們不知他們公司是哪一間，幫忙我們聯絡妳父母，好嗎？」

牛排館

好的，故事講到這裡，我們的情緒可能有些低落，是不是？可憐的小女孩無端被殺，還被砍頭，這可是很沉重的事情。

我們暫且先輕鬆一會兒，來一間牛排館稍事休息吧。

在這間牛排館裡，我們這個段落的男女主角就坐在靠窗旁的那一張桌。我們看到一對台灣男女，他們叫阿志與米雪兒。這是一間高檔、極有氛圍的牛排餐廳，我們若仔細看，也會發現他們以及他們身邊的客人，都衣冠楚楚，就像美國電影裡、那些在高級派對裡的人一樣。而且不知怎的，他們身材相當高大好看，而且十分健康。

這也不是假的。阿志與米雪兒是對外表相當迷人的男女。男的大約四十來歲，女的可能稍微年輕些，大概四十初。但阿志毫無老感，瀰漫著健康、性感的氣息，像那種經常跑健身房的人。他確實也是，其實不只阿志，米雪兒也愛運動。

他們身邊坐著一位同樣高大英俊的德國人，年紀跟阿志相仿。這位德國人是阿志與米雪兒他們公司最大的生意合作夥伴，來自德國西南偏中間的城市，也就是大名鼎鼎BMW的故鄉，斯圖加特。

這麼說，你們大概會以為他們跟那位德國人是做有關車的生意吧？其實不是的。他們之間的生意跟車一點關係也沒有。

我們這個段落的兩位主角算是文青。

還是真文青。不是附庸風雅的討人厭的假文青。

我們的阿志與米雪兒是一間小型出版社的主要負責人，阿志是總編輯，米雪兒的工作職稱為「執行總監」。基本上她的工作內容包山包海，什麼都做，包括翻譯、合約審批，甚至校稿等。他們多年前引進這位德國作家一系列的書到台灣，獲得極大的成功。在這個銷書比登天還難的時代裡，他一系列的書居然在台灣賣超過三十萬本，而且持續熱賣中。

這德國作家是寫殺人小說的，他的作品在歐美小有名氣，有人說他的文字風格像費茲傑羅，讀了會有種莫名的幸福感，而且已賣出改編版權，好萊塢已準備翻拍；若屆時真翻拍，書可能又再紅一次。或許你會納悶，這麼一個世界級作家怎麼會獨家授權中文版給阿志呢？還是名不經傳的小出版社？其實這是因阿志過去跟他的一段淵源。

阿志在大學時代是個浪漫客，大二暑假時，打工存了點錢，遠赴歐洲流浪，整整玩了三個月。當時他從瑞士到德國後，在一個小酒吧裡，碰到這位德國作家。他當時只是小貿易公司職員，尚未寫作，但熱愛文學。兩人志趣相同，很聊得來，都對文學創作深感興趣。他後來盛情邀他去他家當沙發客，阿志也真在他家待了幾天。兩人鎮日就是談文學，越談越起勁，後來這位德國作家甚至跟公司告假，陪阿志走完剩餘旅程。他們先去海德堡花園，看了歌德的墓地，談論著《少年維特的煩惱》，當時年輕的他們，好像可理解為愛自殺的衝動，又開車長驅到奧地利的黃金城區，看了曾是卡夫卡的寫作書房，遙想著《變形記》是怎麼寫出來的，接著兩人又南下到法國盧馬杭，手拿著一根菸，用疏離的態度，在卡繆墓園向他致意。整段旅程可說是文青流浪記。

那位德國作家說，他就是因跟阿志的那趟旅行，才毅然決然離職寫書，最後才有這小小的成就。

當然，這是謙語。他現已算得上是世界知名的小說家了。

「這一切是阿志的功勞。」他說。

其實阿志自己本身也寫，成績不算差。台灣大概三十五歲以上的人，若稍微關注小說，應都聽過他的筆名。他寫了幾本愛情小說，還算暢銷，其中他的一本小說，就是以這個奇遇寫出來的。當然不是他與德國作家的故事，哪豈不是成了男男小說了？但阿志確實寫他與這位德國作家的故事，只不過德國作家在故事中成了女人，裡面的香豔情節，當然也就是杜撰的了。

在文青旅之後，兩人依然保持聯繫，且互相鼓勵。彼此第一本小說出版時，都到對方國家替對方恭喜。

也因此當這位德國作家爆紅後，他把中文的翻譯出版權獨家給他，授權國家包括中國大陸到一些東南亞國家，阿志因他賺了不少。

這下午他們才在辦公室談上半年的銷售數字，以及下半年的預計銷售。此外，困擾的翻譯問題也解決了。原本一直用的翻譯作者生病了，無法再翻，現在總算找到另一位用字類似的譯者。阿志甚至覺得這位替代譯者比原本的還來得好，用字更講究，且洗鍊很多。新書的翻譯工作也順利完成了。

會議結束時，眾人樂得不禁在會議室裡鼓掌。

為了不讓會議被打擾，阿志與米雪兒都將手機設為靜音。開完會後，興奮的他們也忘了改變設定。

接下來是吃飯時間。阿志先去停車場取車。米雪兒拎著阿志與自己的公事包，與德國作家一起在公司大樓前等阿志。八點他們出發，後來約八點半，他們來到了這間牛排館。

大家是彼此多年夥伴，有太多的話題可談。席間頻繁傳來笑語。從過往阿志跟德國作家那段文青旅行，到現在的銷售，從台灣的風情政治，到德國的人文文化。蔡英文、習近平、梅克爾，乃至於川普和普丁的名字，都成了餐桌配菜。不過坦白說，米雪兒早已聽膩他倆奇遇的事，永遠千篇一律。也許是出自女人的直覺，她一直覺得這個未婚的德國作家好像過分欣賞阿志了。不過對方是他們的大搖錢樹，她依然是笑臉相伴。

直到德國作家啤酒喝多了，到廁所上廁所之際，兩人才有時間鬆口氣。

德國作家離席時，阿志跟米雪兒收起應酬嘴臉，熱情、酒酣的臉一下子變得冰冷，速度簡直比擬川劇變臉。

兩人這時一句話也沒說。

「對了，我的公事包呢？」阿志好像想到了什麼似的。

米雪兒把公事包遞給阿志。

阿志打開，取出手機，只稍稍　到手機上似乎有很多未接。但這時德國作家剛好回來。阿志來不及看手機，又把手機放回包包。

接著盛情的德國作家拿起他的伏特加，裡頭冰塊叮噹作響。他喝一口後，又說了一些笑話，米雪兒和阿志配合的盡情狂笑。德國作家很滿意，分不出台灣人特有的假笑文化，只覺得自己像個幽默大師。這時他好像想到什麼似的，問了他們一些台灣問題。那些問題大概是網路找來的，也不算刁鑽，但大概就連台灣人也未必知道的關於台灣的一些問題，如三太子到底是誰？為什麼垃圾車要播放「少女的祈禱」等諸如此類的問題。你答得出嗎？

沒想到，阿志與米雪兒居然真都不知道答案（你也是吧？），讓德國人大笑不已，直說他倆應多認識台灣吧。

阿志笑著請米雪兒拿出手機查一下。米雪兒點頭，從包包裡撈出手機。沒想到手機裡的未接電話，居然超過三十通，有幼稚園打來的，也有陌生號碼，不僅如此，Line也有很多大女兒傳來的訊息。

米雪兒嚇了一跳，收起笑臉，趕緊先查看大女兒的Line。只見她上面寫著什麼「妹妹不見了、刑警來家裡的事……」

米雪兒忽然感到頭暈，好像瞬間醉了，甚至覺得自己就要吐了。她趕緊撥Line過去。大女兒一聽到米雪兒聲音，放聲大哭起來，埋怨她今天怎麼一整天都沒接電話。她說刑警在家裡，詢問有關妹妹的事。

刑警見電話總算撥通，請小萱把電話給自己。

刑警接下來問了一連串問題，先是跟她確認名字、身分證字號，確認無誤後，又問，「妳的小女兒是不是叫謝晨雪？」

米雪兒覺得自己心裡破了個洞，而她正**失速**墜入那個洞裡。

她說是。

他接著又問，「是不是就讀草原幼稚園？」

米雪兒點點頭。但陳姓刑警重複一次問題。她才意識自己在跟電話那一頭的人點頭。她再一次說「是」。

最後，刑警說了一串身分證字號與出生年月日，請她確認是不是她女兒的。

她點頭，同時說：「對，都正確，那是我女兒的身分證字號，與出生年月日。」

最後米雪兒害怕的問，「我的女兒謝晨雪，她……怎麼了嗎？」

對方沉默一會，才說：「黃小姐，很遺憾通知妳，妳的女兒很有可能死去了。我們今天下午於鷹之眼登山步道，發現了疑似是她的屍體。我們正在找妳跟妳的丈夫，想跟你們談一下事情，也需要你們提供一些檢體，以確認屍體身分。你們大概多久以後可以回到家裡來？」

對談

女童父母從外面趕著回來時，已過午夜。

陳姓刑警已在電話中，跟他們說了下午發生的事。這部分你們大概也都知道了。

陳姓刑警在電話那一頭先是聽見訝異的否認聲，「不可能不可能，我早上才見過我女兒，她怎麼可能已經死了，這是不可能的事啊。」

再來是憤怒的質疑問題，「你們是不是找錯了人了，我女兒才五歲啊，怎麼可能死掉呢？你們一定是找錯了，你們若亂說，你們若是詐騙集團，小心我告你們！」

最後則是激烈哭聲。「真的是她嗎？喔我的老天，怎麼會發生這樣的事？她才五歲啊，老天怎麼會那麼殘忍。你們確定嗎？她真的死了嗎？拜託告訴我這一切只是搞錯了，拜託告訴我……」

幾乎所有受害家屬都得歷經這幾道情緒轉折，才能冷靜。他通常會耐心讓家屬發洩完畢後，才做筆錄。然而不管再怎麼樣習以為常，這些反應都讓陳姓刑警很難受。沒有人喜歡看受害家屬的痛苦，除非他是變態的。

所以當他們抵達家裡時，眼睛都腫腫的，顯然哭過了。兩人這時身旁籠罩著一層哀傷的黑霧，瞬間蒼老許多，尤其若跟剛才牛排館裡、意氣風發的他們相比的話。

「媽……」小萱這時跑去擁抱母親，兩人哭了起來。

「很抱歉，竟然發生了這種事，」陳姓刑警看到他們時說，「請你們節哀。」

「我的女兒，她在哪裡？拜託你們讓我看看她好嗎？」米雪兒說，「拜託你們，我給你們跪……我得看看我的女兒。」說完她真跪了下來，還向他們磕頭。

這下子阿西緊張了。他連忙扶起米雪兒，說：「請妳不要這樣。」

阿志此刻則相對冷靜。

「我只是想確認，死的人是不是我的女兒。」她說，「拜託你們拜託。」

「檢察官通常會第一時間讓家屬認屍，但這案子太大了，再加上女童……嗯，」陳姓刑警忽然覺得先別提斷頭的事比較好，「總之檢察官認為認屍比較不急，他們覺得先驗屍，確定死因比較重要……先冷靜下來。等法醫驗完，應就會安排你們去看，之後判定若無扣留屍體的必要，就會交還家屬了。」

「我怎麼能冷靜，我要看我女兒，我要看我女兒……」米雪兒尖叫起來，「我要看我女兒！」

「夠啦！警察已解釋現在不能看了，而且女兒已死了，現在這樣吵，又能怎樣？先不要吵！」阿志一拳捶上牆壁。力氣之大，窗都搖了起來。

「你兇什麼啊？女兒死了，難道只有你一人難過嗎？」米雪兒也不甘示弱回罵。

小萱這時大哭起來。阿志又吼一聲，「別哭了！」卻使她哭得更大聲了。身形玲瓏的她，看來像個小孩在哭。

米雪兒看著眼前這一團荒亂失序，眼睛逐漸迷濛起來。她忽然覺得自己的腳很輕，整個人要浮起來一樣，可是實際卻是往前傾。原來，她撞上了眼前的牆，頭很痛。她無法接受事實，也哭了起來。阿西問她頭怎麼樣，有沒有撞傷。她持續哭著。這時場面雖然哀傷至極，但其實有點像荒謬喜劇的樣子，只是沒有人笑得出來。

陳姓刑警冷靜的說：「我知道你們都很難過，要你們立刻冷靜下來，是不可能的，不過請還是冷靜下來吧，這樣的激動情緒，對案情沒有幫助……」

陳姓刑警語畢，兀自拿出菸來抽。就算在別人屋子裡，他不知抽菸適合不適合，但他需要這支菸。

阿西只看著他抽。

米雪兒喝了一口熱茶，試圖冷靜，可是她的手依然在抖。

這茶是阿西泡的，他拿了主人家裡的茶包，替主人泡茶，期望他們能在喝茶之後冷靜。這事是陳姓刑警交代的。雖然在別人家裡替主人泡茶是件奇怪的事，但此乃「必要之奇怪」吧。

還是必須理性溝通的，要不然案子也很難突破，對不對？

三人情緒陸續冷靜下來。「這茶還真有用。」阿西不禁這樣想。他忽然也想喝，覺得自己也需冷靜，但不太好意思泡自己的。

小Sherry父親先是跟陳姓刑警解釋，今天因他們出版社的國外作家來訪，整天都在開會，然後在外頭吃飯，忙了一整天，都沒看手機，才漏接電話。「這部分我們很抱歉。」

陳姓刑警說不用道歉，這事沒人能預料。

哭紅一雙眼的女童母親這時說，自己明明交代大女兒得去幼稚園接小女兒，但她卻在家裡呼呼大睡。結果……妹妹這天卻被陌生人給接走，而且還被人殺了。米雪兒這時又哭了起來，甚至有些生氣。

這氣是針對大女兒的。她質問她，「妳怎麼可以忘記接妹妹呢？」她氣憤的跟大女兒說，「妳把妹妹害死了，妳知不知道？」

這句重話嚇著了小萱，致使她又大哭了起來。其實這話也嚇著阿西。

「妳今天到底去了哪裡？」米雪兒又問。

「我去學校練唱，回來很累，就睡著了。」她解釋道，「對不起媽媽，我不是故意的。」

「唱什麼唱，就只知道整天在學校或那些酒吧跟那群男生鬼混。叫妳做這樣一點小事都能忘記，妳會不會太扯？」

阿西這時請米雪兒冷靜，說：「這不是她的錯。」

小萱這時嚎啕大哭起來。陳姓刑警這時跟小萱說，「現在我們大人談就好吧。我看妳先回房吧。」

小萱搖搖頭，說自己想幫忙。

「那就不許哭！」陳姓刑警這下子嚴肅的說，幾乎是訓話口氣。他情緒好像也快到臨界點了。

小萱咬著嘴唇點點頭，試圖鎮定。

女童父親阿志這時還是顯得非常冷靜。

有點太冷靜了。阿西甚至覺得可說是，冷漠？

但經驗老道的陳姓刑警知道，人的悲傷有各種形式，不能以特定悲傷表現，來判斷一個人是否悲傷。但的確，他站在窗邊抽菸，冷靜的樣子好像女兒的死事不關己。但，他也是第一個理性提出問題的人。

他問，「你們知道接走我女兒的那個男人是誰了嗎？為何幼稚園隨便讓人接走她？他們是不是要負責任？」

陳姓刑警回答，「那男子的身分尚未確認，據安排放學的陳老師說，他個子雖很高，但感覺很年輕，應不超過二十歲，甚至更小。至於疏失的部分，我們已跟幼稚園談過了，他們的確有疏失。但很抱歉，這部分不歸我們刑警管，後續你們可找律師針對這部份做處理。不過據陳老師說法，令嬡確實認識該男子。陳老師也確實聽見她喊他叔叔。當下陳老師甚至也問女童是否認識她，小Sherry也都說是，說那男子是自己叔叔。園內監視紀錄似乎也證明了這些。」

「但我們不認識他，我女兒也只有一個叔叔，而他現在在美國任教。」阿志說。

「這部分我們理解，你已經跟我們解釋過了。」阿西說。

接下來他們繼續討論那名接走小Sherry的男子。陳姓刑警已把監視器畫面給他們確認，但他們表示確實不認識該男子。但陳姓刑警認為該男子仍有可能是他們認識的人，很多時候，被害家屬在情緒低落的情況下，記憶力會被影響。所以他請他們再看一次監視器擷取出來的照片，是否為他們認識的人。

「你們再仔細、用力看一次。」

三人輪流再仔細看一眼照片。

米雪兒搖搖頭，說，「真的不認識。」

女童父親也失落的說，「他穿著套頭夾克，又戴口罩，從身形也聯想不到誰。」

「小萱呢？」

女童姐姐也搖搖頭，說自己不認識他，也猜不出來身分，同時依然低聲哭泣著。

阿西這時覺得她怪可憐的，心想，「接送小孩是父母的責任吧？怎麼會是姐姐的責任呢？怪姐姐也太不合理了。」

眾人沉默一會。

陳姓刑警說，「最近家裡附近，有奇怪的人出沒嗎？可疑的人事物？都可說說。」

三人都搖頭。

「什麼也沒有。」阿志說。

「你們跟誰有糾紛嗎？金錢糾紛？生意往來糾紛？愛情糾紛？有沒有？」

阿志跟米雪兒互看一眼。米雪兒眼神好像露出批判意味。

「有嗎？」

「沒有。」米雪兒說。

「一切都正常？」

「可以這麼說。」

「那親戚朋友……方面，最近有沒有什麼問題？有沒有得罪誰而不自知？甚至有沒有可能在路上跟人發生交通糾紛？在餐廳跟人口角？什麼都可以說，盡量說，不要設限。」

「我們生活真的都很正常，最近也沒有跟人發生糾紛。」阿志說。

「工作上呢？」

「工作上更不可能的，我們做出版的，大家都文人，又都苦哈哈，哪裡有什麼糾紛？」阿志說。

「女童呢？跟同學相處如何？」

米雪兒露出吃驚表情，「她才五歲，問這個會不會太扯？」

陳姓刑警面不改色，說：「你們跟她的同學父母有糾紛嗎？」

「沒有。」米雪兒說，「幾乎都不認識……」

陳姓刑警嘆了口氣。「若你們都沒有問題，那隨機犯案的機率就很高了。」

眾人又陷入沉默。

米雪兒這時問，「我的女兒……她是怎麼死的？」

陳姓刑警與阿西互看了一眼。

「請你們跟我們說。」

「初步看來，應是窒息而死。」

「窒息，被人悶死還是掐死嗎？」米雪兒問。

陳姓刑警輕閉起雙眼，表情好似很痛苦，又把雙眼打開，說：「窒息原因，目前還無法確認，因為……」陳姓刑警這時結巴起來，「她的頭……還沒找到。不過目前可確認的是，她是死後才被砍頭的……」

這下子受害遺族的情緒表現，你們應可自行想像吧？

我想就不必我敘述了。

最後陳姓刑警跟他們道歉。他必須核實他們的不在場證明。女童父母在公司，以及牛排館的部分沒有問題，小萱說自己在學校練唱，後來就回家。陳姓刑警問她，是否有人可證明她練唱的事，她說自己樂團成員可幫她做證。而且她回來時，在下午六點左右，警衛伯伯可做證。陳姓刑警點點頭，接著他對著Line講了一些話，再傳給派出所員警，似乎在請他們核實他們的不在場證明。

陳姓刑警與阿西離開前，鑑識小組的人進來屋內，表示要在他們身上採樣ＤＮＡ檢體。

「採樣他的就可以了。」米雪兒冷冷的說。

「為什麼？」鑑識人員納悶的問。

「你問他啊。」她眼神看著阿志。

女童背景

針對鑑識人員的提問，我想你們也一定同感疑惑吧？為了回答這個問題，這裡我們來談談女童背景吧。

前面稍微提過，小Sherry的父親阿志是ＸＸ出版社的負責人。他長得很有味道，雖已四十來歲，體格依然像個年輕小伙子，也有一頭濃密頭髮。

大家都說他長得有幾分梁朝偉的樣子，確實也是。但身高可比梁朝偉高出許多。俊俏、有故事的臉，加上傲人身材，還有文學家氣質，寫得一手好文章，那有多迷人，你想想？

ＸＸ出版社是他創立的，但目前的他，已不是真正老闆。他在做了幾本成功的書後，把公司賣給Ｙ媒體公司。其實他本不想賣的，但單打獨鬥太辛苦，有媒體的支撐，在書本行銷的資源上，比較有利。他不後悔，純當打工仔的優點是，壓力少多了。

幾次同業祭出高薪、高分紅想挖他，但他看在老闆對他很好的份上，也就沒有離開。倘若他真離開，少了他的選書慧眼，與那位德國作家的授權，這出版社可真是會倒的。所以一直以來，就連老闆都得讓他三分。這裡的老闆指的是Ｙ媒體公司派來的一位長官。他在出版社裡，有個辦公室。但一個禮拜來一兩趟左右。所以基本上，就算是個打工仔，出版社大大小小的事，還是由阿志自己決定的。

阿志不是那種恃寵而驕的人，他是個聰明人，知道謙虛是一種最高竿的驕傲，所以一直以來，那老闆是打從心底喜歡他，也敬重他。阿志也喜歡他，覺得他是個好人。

但阿志有個缺點，他很花心，多次跟辦公室的助理妹妹們交往。她們離職幾乎都是因跟他分手。老闆針對這點曾念過他幾次，請他不要那麼花心，把辦公室氣氛搞得不好，大家都尷尬，而且還會影響公司上班氣氛。

「若不能控制自己」，他說，「至少別在公司談戀愛嘛，拜託一下。」

但這僅止於說說而已，他才不敢真正限定這位選書高手。

其實阿志覺得自己也不喜歡亂搞男女關係。幾乎每次戀情都是小姐們主動獻身，他根本也想避免這些。但阿志因俊俏，工作能力佳，再加上賺的錢也多，個性又好，小姐們總不經意的貼上他。幾次小姐們還因爭風吃醋而彼此吵架呢。

一次，公司春酒結束後，母公司的高官們因出版社業績不錯，非常高興，把阿志灌得很醉。他無法開車，辦公室一位小姐趁這個機會，跟老闆說，「我開阿志的車，載他回家吧。」但不知怎的，最後她把他載到自己租賃的套房。

晚上兩人同眠。但阿志對此事毫不知情，他太醉了。幾個月後，這女生跑來找阿志，哭花了一雙眼。

阿志不太懂，「怎麼哭了呢？」

她說，「你都不記得了嗎？那天你喝醉，我送你回家之後發生的事……你要負責。」

阿志沒有回答，他心知肚明她指什麼事，只是覺得奇怪，自己怎麼一點記憶也沒有。

「阿志，我懷孕了。」她又說。

阿志看著米雪兒，覺得她很美，也覺得自己找不到不婚的理由，於是他們結婚了。

米雪兒是個聰明女人，知道阿志不壞，壞的是女人。結婚後，她一直注意著他身邊女人，尤其是辦公室的那些妹妹們。她知道她們心懷不軌。女人嘛，都想找個有能力的男人來照顧自己，若外型又好的話，就更好了。有些積極點的，就算對方已婚也不在意。「那張紙算什麼呢？」她們會這樣想。米雪兒也明白這些，當初她也是如此想的，才會忽然懷了阿志的種。婚後米雪兒的職位也不同了，她是總編太太，也順理成章升職了，掛了一個「執行總監」的職位。不過這部份說靠阿志也不公平。米雪兒本身能力也非常好，國立大學英文主修、法律副修的她，理解力很強，能直接處理國外跟合約有關的事；此外，她也有雙筆寫作的本事，不僅英文寫得好，還能糾正譯者錯誤，中文文筆更是優秀，升職也是理所當然。

後來，阿志一直埋首工作。一天，他抬起頭，忽然發現，辦公室的小姐的素質好像變差了。不僅年紀變大，臉難看，身材也變壯了。但他不知道原因。這部分只有米雪兒知道。她自升職後，特意把漂亮的助理們都辭掉，換一批其貌不揚的小姐。遲鈍的阿志一直沒有發現米雪兒的心機。

不知為何，他開始對米雪兒提不起興趣了。不是因忽然不愛了或是怎樣，還是她變醜，都不是。其實呢，他好像從沒愛過米雪兒。他與米雪兒結婚，從頭到尾都是她的意思。現在更嚴重了，不但沒有愛，甚至連性也沒有。那次在洗澡時，他看著裸身的米雪兒，她依然身材姣好性感，但他根本硬不起來。然而，他其實是一個需求非常高的男人。

他到了一間護膚店。裡面有個長得像年輕的徐若瑄的女孩，美得隨便幾句話就能讓男人心痛。她才二十一歲，高中肄業。可是很有歷練，很能跟男人說話，就算跟像阿志這樣的高知識分子也聊得來，又或是因她的美貌，讓男人乖乖聽她說話吧。阿志每週三過去找她，幾乎一樣的流程：她先幫他洗殘廢澡，再幫他按摩。她的按摩不是敷衍的按摩法，她可是真功夫，曾去泰國學了半年，可是會按得阿志哀哀叫。但她通常會說，「這是為你的身體好！」結束按摩，她會把衣服脫光，完美比例的身材，總看得阿志目瞪口呆。她先是在身上塗滿油，在阿志身上滑來滑去，之後，坐在他身上搖，一對完美雙乳晃得阿志意亂情迷，過程幾乎不用他出力。阿志一趟可三次左右。通常第二次她得多收費的，但阿志的話，她不計較。阿志是她真心喜歡的客人。沒有之一。

那天她來阿志家裡時，阿志不在，她是特意挑他不在時來的。家裡只有米雪兒跟約莫十二歲的小萱。米雪兒看著大肚子的她，拿出迎客的笑臉，問：「請問妳找誰？」

「找妳。」她說。

米雪兒當時有很不好的預感，說：「妳是誰？找我幹嘛？」

「我可以進去坐嗎？」她說，「我肚子大，站著不舒服。」

「我不讓陌生人進我家。」米雪兒說，「妳不說清楚妳是誰，我不會讓妳進來。」

「我是一個要死的人了。」她說，「可以不要那麼殘忍嗎？」米雪兒這時覺得這女人怪裡怪氣的，叫小萱回房間裡去，但小萱睜著一雙好奇的眼看著，沒有回房的打算。「小萱，進去。」米雪兒又說。這下子她才乖乖進去。

米雪兒看著身懷六甲的她，不太理解一個懷孕的人怎麼快死？難道她大肚子底下是一顆瘤？

「妳到現在還不知道我的存在嗎？」她又問。

米雪兒覺得自己應該知道，但她拒絕承認。

「阿志真是厲害。」她說。

「妳認識我丈夫？」

「不要裝了，對，我是妳丈夫的情人，我們關係已經維持快三年了。」她口氣理所當然的說，「但不要太生氣。我的報應來了。我已癌末，我為了阿志的孩子，不做任何治療，化療、標靶，甚至開刀，通通都沒有，大概孩子生下後，我就人生就結束了。」

米雪兒搗著自己嘴巴，不敢相信她的說法。她講得那麼自然，那麼雲淡風輕，好像在談著別人的丈夫似的。

「姐，我是來拜託妳的。」她說，把手放上米雪兒的肩膀。

「別碰我，誰是妳姐。」

「我要死了，別恨我了，妳無論如何都贏了，我只是很擔心這個孩子，我身邊除了阿志之外，沒有像樣的人。姐，看在她也是阿志的孩子份上，未來能不能幫我照顧她？」說完，她跪了下來，「姐，我求妳好嗎？」

「誰是妳的姐？」米雪兒這時看著她，心裡想著，「跪，跪死妳吧，跪死妳這個賤貨。」

她這時恨不得把她的嘴撕爛，怎會有那麼無恥的女人？

她這時摸摸自己臉頰，很意外發現自己居然流了淚。原來她還是很愛阿志。

到了晚上，阿志回來了。才八點。

但客廳無燈，很暗。

阿志覺得奇怪，難道她們那麼早就睡了？他喊了米雪兒，又喊了小萱。

沒人回應。

他把燈打開，發現米雪兒坐在客廳，面無表情。

兩人當晚吵了前所未有的一架。

米雪兒甚至動手打阿志，她可是拚了命的打，砰砰砰，拳拳到肉，最後把他的右手都給打斷了。

陳姓刑警的家

陳姓刑警抵家時，已近凌晨兩點。壓力如黑夜一般籠罩著他，讓他好像黑了一圈。

他進屋時，輕聲入客廳，擔心吵到老婆。但一會後，他們房間的燈也亮了。他這體貼的老婆總如此，在他回來時，無論多晚都會起來，幫他煮消夜，或者只是跟他聊聊，分解他的壓力。這體貼的太太其實不算漂亮，臉圓圓的，膚色很暗、很黃，體重在七十公斤左右。但身高很迷你，一百五十二公分。跟陳姓刑警結婚，在外型上，算是高攀了。但陳姓刑警從不這麼認為。他喜歡的是她的性格，還有她的才華。可可是一個小有名氣但不世出的插畫家。她在網路上有個知名人格，主要畫兩性之間的小趣事，偶爾也會接接案子。

可可問他吃過了沒，陳姓刑警說剛跟同事在外頭吃了永和豆漿。他說謊，他晚上除了一瓶可樂之外，什麼也沒吃。他沒胃口。倒非因目擊無頭女童屍體的原因，他早已練就什麼都不怕的能力，只是小女孩的屍體就是讓他心情不好。那是一種心痛。

他說他什麼也吃不下了。她說想幫他熱湯。她這晚燉了金針花香菇雞湯。

「喝一點吧？」她再問一次。

他點點頭。他知道無論他怎麼拒絕，她也會去熱湯。

他打開電視，新聞已鋪天蓋地談著女童命案。新聞主播用著好似有點哀傷的口氣，講述著這個無頭女童的案件。她接著說，經初步了解，現場有民眾目擊一位智能障礙的男子，可能是兇手，但已逃逸無蹤。目前警方仍未掌握案情，但研判應是隨機犯案，且不排除女童生前被強暴等。女童的新聞講了很久，新聞台知道的比他預期的還要多。

他打開手機，各大網路平台等，如ＰＴＴ或ＤＣＡＲＤ，也已在熱烈討論。陳姓刑警嘆口氣，覺得無奈。

陳姓刑警非常討厭新聞或網路，總先入為主胡說一氣，有時甚至影響辦案等，更別說那些酸民了。但他又能怎麼樣呢？他只是一個警察，沒有能力改變現狀。能做的，只有改變自己心態，去接受一切。

他於是轉台，看起吳宗憲的綜藝節目。今天已太沉重了，他覺得自己需要轉移焦點。不一會，老婆端來一碗熱湯。

「來喝點湯。」她說。

她跟他聊了一會，說女兒今天在學校的事。她從桌底拿出一張畫，那是女兒今天從學校拿回來的。是畫他身穿制服、手拿槍的照片。雖然畫得歪七扭八，但有一種天真的童稚可愛。

「女兒也把你當英雄了。」她稍帶哀怨的說，「以後，我若要她跟我一起叫你辭職，她一定不願意的。」

陳姓刑警把女兒的圖拿過來仔細端看。「畫的真不錯。」他說。

「是啊。」她說，「沒想到我們女兒居然有繪畫天分。」

「遺傳到妳了。」陳姓刑警說。

「我哪裡有什麼天分？」

「我們的XX大插畫家，居然那麼謙虛？」

「我沒有美術天分啊，以前在美術系時，只能算一般般，真正有天分的人你沒見過，一出手就嚇死人。我只是比較有商業頭腦吧？知道大家喜歡什麼而已，僥倖僥倖。」

「太謙虛了妳。」陳姓刑警捏捏老婆的臉。

「不要一直捏我的臉啦。」她說，「越捏越圓了。」

「沒關係，越圓我越愛。」

「你喔，難道是因為我胖而娶我嗎？」

「這樣不好嗎？」

「哼。」可可用鼻子哼了一聲。

可可看到電視上的吳宗憲，抱怨，「你怎老是看這個討厭的人？看了水準都低了。」

「他沒那麼差吧？」

「我就是不喜歡他。」她說，接著轉台，按了幾次，又回到新聞台，還在談女童的案子。

他們也談起女童的案子。

「小女孩好可憐啊。不太懂這世界居然有那麼殘忍的人。」可可說，「目前知道發生什麼事了嗎？」

陳姓刑警把畫放回桌上，喝起湯。他未說太多，他一向不喜歡跟老婆說這些。但她總會問。有時他無法拒絕，還是會跟太太談一些。

他跟太太說，「目前真不知發生何事，只知道女童死了，頭被割了，頭找不著，目前有性侵跡象。」

「性侵？性侵這樣年幼的小女孩？」可可皺起眉來。

「可能是戀童癖。」

可可打了個冷顫。「其實……我知道戀童癖可能是天生的一種疾病或基因缺陷，但我真的無法同情或原諒。」

「沒有人可以原諒吧。」陳姓刑警說。

「真的太噁心了。」她又說，又打了個冷顫，但這次的冷顫是裝出來的，有點裝可愛的意味，「不過……若戀童真的是天生的呢？就像我們一樣，若他的愛是老天創造的，他們也身不由己，這樣好像也很可憐耶。我常常在想，就像同性戀一樣啊，在以前不是不被允許？一些宗教還迫害同志呢！但現在大家都習以為常，甚至歧視同志是一種罪了。戀童以後會不會也變如此？」

「很難吧？而且兩種從根本上來說，並不同。我想真正的相愛，是在平等狀態下才能成立的的。不管同性或異性，兩個都是平等，在沒有強迫或權力不對等的情況下，才能被世人所接受。戀童是大人強迫小孩吧？」

「是嗎？公，我跟你說，其實女人發育得早，很小就知道什麼是愛了。萬一，我說萬一，這個戀童的狀態是，孩子也喜歡對方，那這算是平等嗎？」

陳姓刑警皺起眉頭，說：「嗯……還是不能算吧，因為她未成年，沒有判斷力。」

「是嗎？愛需要判斷力嗎？我以為愛是很原始的。公，你愛我，是經過判斷嗎？」這下換可可皺眉。

「噯，我們現在談的可是殺女童的事。」陳姓刑警說，「可能是強暴之後殺害，妳覺得是愛嗎？」

兩人沉默一會。

「兇手呢？現場真有人目擊兇手？」她又問。

「真的也都不清楚。只有一個目擊者說，看見一個男子在那裡。該男子的身分還沒掌握，但年紀看來很輕，應沒有超過十八歲，而且好像不太正常，猜測是智能有點障礙。」

「這樣啊。」可可嘆了口氣。

認屍

阿志在房間裡看著鏡子裡的自己，調整著領帶。

那是一條深藍色領帶，上面有很多貓咪的頭的圖案，很小，若沒仔細看，是看不出來的，可能會以為是斑點或星星之類的。阿志之所以繫這條領帶，原因很簡單，小Sherry生前很喜歡貓咪，而這條領帶，是某次他帶她去百貨公司時，她替他選的。

小Sherry說，「那是喵帶。」

米雪兒已打扮妥善，她一身黑洋裝，還戴上了墨鏡。因擔心氣色不好看，她上了一點粉，但不敢搽太多。她在客廳等著阿志。

小萱坐在沙發上，手拿著手機，一下看看米雪兒，一下又看看阿志從房裡出來沒。

阿志這時走了出來，臉上也掛著墨鏡。雖是很典型的受害遺族裝扮，但抹上油頭、戴上墨鏡的他，真的非常帥氣。

米雪兒看見他，說：「鬍子刮一下吧？」

阿志沒有說話，看了一眼時鐘，拿起電視旁的車鑰匙。

小萱看著媽媽，再一次問：「我真的不能去嗎？我也想看妹妹，讓我去看好嗎？」

米雪兒說，「妳還小，先不要去，而且今天記者可能很多。」但事實上，米雪兒不是擔心記者，而是擔心無頭的小女兒，可能嚇著小萱。

小萱一副要哭的樣子。「可是……」

「走了。」阿志說。

「家裡門要鎖好。」米雪兒轉頭跟小萱說。

他們走進電梯，按了B 2樓層。電梯迅速往下沉。阿志與米雪兒都沒有說話，兩人可能一開口就是吵架。但今天是特殊的日子，他們不能吵。

電梯到達B 2，叮的一聲。若這時小Sherry在的話，她總會貼心的說，「B 2到了，B 2到了，門要開了，請小心。」但他們的電梯其實不會這麼說，他們也不知道小Sherry的這些話是哪裡學來的。

他們走出電梯，來到他們的銀色Tiguan前面。小Sherry每次都會自己開後座，說：「媽媽跟我一起坐後面。」

米雪兒這時不小心錯開後座，看到兒童座椅，眼淚不禁流了出來。阿志見狀，打開另一側後座。他想把小Sherry的兒童座椅取下，但沒有解鎖，拔不下來。阿志很氣，用蠻力扯了下來，然後把它放到後車廂。

米雪兒默然無語，她知道她若開口，阿志一定會吼著回來。就如剛才所說的，這天是要去見小Sherry的特別日子。他們不能吵。

她又打開副駕的門，坐上車。

但阿志還在後面。米雪兒看了後視鏡，發現阿志正抱著兒童座椅哭泣著。一會後，他又把兒童座椅從後車廂取出，放回原位。但卡鎖已壞了，兒童座椅無法正立，歪歪斜斜的躺在那裡，像一個快要融化的雪人。

阿志回到駕駛座，啟動車。兩人依然沉默，靜靜的往殯儀館駛去。

米雪兒與阿志來到ＸＸ殯儀館。

正如預料，外面有很多記者守候著，他們幾乎寸步難行。一些記者問了一些問題，米雪兒充耳不聞，阿志一開始也沉默。兩人都不打算理會記者。後來一個身材肥厚的男記者，一直追問他們有關女童的身世背景，問他們女童母親是不是小三？是不是特種行業的？致使阿志非常生氣，用髒話回應他。男記者也不甘示弱，反擊：「我們也只是在工作而已，幹嘛那麼兇？」

阿志聞言，轉身抓起他衣領，右手拳頭高擊，企圖揍他，吼著：「兇？我他媽怎麼兇啦？我若兇，我他媽就殺了你，你知道我女兒才剛被人殺了？她連頭都沒了你不知道嗎？你他媽的要工作，我女兒都死了，你跟我說你要工作？你他媽會不會太扯？」男記者一時語塞，阿志拳頭舉在半空就要落下，幸好後來被人拉下。

最後他推開記者，紅著一張臉，沒繼續說話，僅沉默的走進殯儀館。

男記者一面整理衣領，一面在阿志身後叫囂：「你敢動我，我告死你！」但身旁幾個記者也頻頻給他白眼。其中一個瘦瘦小小的女記者冷冷的說，「人家也才剛死女兒，也不要那麼過分吧？」男記者露出訝異神情，他以為記者們會挺自己。

殯儀館人員是一個瘦瘦小小、臉長長的男人，下巴有著短鬍子，很像迷你版的陳為民，不過他的臉色略帶銅色，好像身體不太健康一樣。嗯，若誠實的說呢，像個活死人。

他趁著米雪兒在寫資料時，偷偷問阿志，是否由他先來看？他覺得直接讓母親看，似乎太殘忍。米雪兒聽見了，說自己沒有問題，她要一起看。殯儀館人員再次向米雪兒確認，她堅定的點點頭。

他領著他們到屍體存放的冰庫前。

殯儀館人員把小Sherry從冰庫裡拉出。阿志與米雪兒看見屍體時，認出小Sherry腿上那塊橢圓形的胎記，忽然腿軟，兩個人都跪了下來，哭得極其大聲。他們無法理解，昨天還蹦蹦跳跳的女兒，今天已是一具冰冷的無頭屍體。這一切太不實際，殘忍得不像現實，像一場惡夢。

阿志哭著哭著，甚至吐了出來。

殯儀館人員這時走近他們身邊，小心翼翼，用很謹慎的口氣問：「兩位不好意思，請問她是你們的女兒嗎？」

阿志沒有反應。米雪兒看著女兒，用極不願意的態度點了頭。

阿志與米雪兒離開殯儀館時，下起了小雨。外面除那些討人厭的記者外，尚有一個奇怪的女人。她跪在雨中，戴著口罩與墨鏡，一身黑色裝束，應在等待他們。果真她一見到阿志與米雪兒，就爬了過去，並哭得唏哩嘩啦的。還在外頭守候的記者們又像禿鷹一般靠了過去。

那奇怪的女人嘴裡一直說著對不起。阿志與米雪兒看著她，表情只有疑惑，他們認不得她。在記者們的詢問下，眾人才知道，原來她就是陳老師。她道歉是因自認未切實履行教師職責，才使得女童死亡。

阿志與米雪兒一語未發，僅看著她。才剛哭過的他們，對於她其實沒有想法，不知該說什麼。對於女兒的事，他們壓根也沒有怪罪於她的想法，雖說他們有向幼稚園追究的打算，但不是針對她個人的。不過米雪兒心裡倒是覺得奇怪，在這時間點搞這些，像在做秀。況且應跟他們道歉的，是幼稚園園長吧。

陳老師一直說自己很抱歉。後來，她抬起頭，雙眼直看著阿志，抽噎著說：「Ken老師，我真的很對不起你……」

米雪兒沒聽清楚，「什麼老師？」後來才想到她應該是說阿志的筆名，Ken。

陳老師這時說自己知道阿志是誰，她讀過他的小說。

阿志冷冷看著她，沒有說話。

陳老師此刻說：「老師，我可不可以私下跟你說一些事……」

阿志聞言，忽然很不高興，說：「除非妳能讓我的女兒復活，否則我跟妳沒什麼好說的。」

阿志說完，甩頭就走。跪著的陳老師哀聲請阿志等一下，但阿志置若罔聞。腳程很快的他，一下子就把兩人距離拉開。她從口袋裡拿出一封信，看著還在原地的米雪兒，問：「師母，我擔心自己說不清，所以先寫好了這封道歉信。師母，能不能麻煩您幫我轉交給Ken老師？」

米雪兒看著她，覺得她很奇怪，但下著雨，她又跪著，米雪兒於心不忍，還是把信收下。

新發現

早上八點多，陳姓刑警與阿西在美好早餐店吃早餐。今天老闆娘不在，是另一個阿桑做早餐。她長得胖胖的，像極了年輕版的陳菊。

這時響起一陣小女生說「把拔把拔接電話」的聲音。原來是陳姓刑警的電話鈴聲。他把電話接起，電話那頭是內勤同事。他們說有了一些重要的新發現，請他們立刻回分局。

陳姓刑警說好，之後把最後一塊蛋餅吃掉，飲料咻一下喝完，起身準備上車回分局。

「該走了。」他對阿西說。但菜鳥的漢堡還沒到吃一半呢，他大口一咬，用力吞了下去，卻差點噎到。

陳姓刑警與阿西回到分局，來到專案小組的會議室。

裡頭幾個同仁正談論著ＸＸ路口的監視器影片，裡面發現了疑似受害女童跟一名男子一起走路的影像。陳姓刑警仔細看著監視器畫面，解析度雖不太高，但確實看到一個像小Sherry的女童跟一名男子走在路上。女童身上的制服形式，確認了她的身分，那真是小Sherry。

那是在ＸＸ路上，一間檳榔攤前面，距離女童被發現的鷹之眼登山步道不遠。

小Sherry臉上的神情毫無異樣，甚至有著淺淺微笑，而該男子牽著她的手，親暱如她叔叔一樣。陳姓刑警認為他們肯定是認識的，甚至可能還相當熟識。

更令他們振奮的是，這下子總算拍到男子的臉。就算他依然穿著套頭夾克，但監視器正拍到他的臉，尤其這會兒，他的口罩還不在臉上。雖然不清晰，坦白說吧，其實十分模糊，但陳姓刑警認為，若認識他的人一眼看見，大概還是能立刻認出的。

陳姓刑警覺得內心一陣舒坦。阿西則忍不住像日劇裡的人物一樣（他可能覺得有鏡頭在拍他），雙手抱拳，大呼一聲：「終於有突破啦！」

陳姓刑警覺得監視器中的人，大概十八歲左右，是個青少年，但因影像太模糊，無法判斷他是否智能障礙或精神有問題。

不過可惜的是，他們同事在他們來之前，已將照片在資料庫比對，未與任何已知嫌疑犯符合。陳姓刑警立刻請同事把影像放大，再把照片印出來。同時，陳姓刑警先翻拍了照片。

他把照片傳給女童父母，問他們是否認得出這個男人。照片才顯示已讀後不久，阿志立刻回電。

「這人就是殺了我女兒的混蛋嗎？」阿志非常憤怒的問。

「還無法確認。」陳姓刑警說，「但他確實在ＸＸ路口，與你的女兒在路上被拍到了。」

電話那一方沉默一下。

「他是誰？」阿志問。

陳姓刑警沉默一會，說：「這正是我想問你的問題。」

「若查出他的身分，請務必第一時間讓我知道。」

陳姓刑警未正面承諾，僅嗯了一聲。掛上電話後，米雪兒也立刻打電話來，問的問題也差不多。米雪兒口氣顯然比丈夫還糟，還直埋怨他們效率很差。

約十一點半，陳姓刑警與阿西去吃午餐。這次在老姐麵店。這間店的麵不錯，但真正招牌是免費的古早味豆花。他們在鴨肉麵來之前，已各吃兩碗，味道非常好，黃豆味非常濃郁，阿西十分肯定這是手工製作的。

阿西這時接到女友小梅的Line。她大概只是無聊，問他今天在做什麼。他在Line上跟她埋怨，「我在吃飯。之後我們得去做區域訪查，當然不只我們，分局長已調派十多名警力支援。這可是個大工程，尤其現在這麼冷，得在外頭地毯式訪查啊。說實在的，這種訪查工作很累人，通常也沒什麼效果。」她女友回，「辛苦了。」之後傳給他一張他倆自己做的Line貼圖。那是她替他按摩的照片。

鴨肉麵上桌時，陳姓刑警吸了好大一口麵條，好像有些高興，可能還在為新線索興奮吧。阿西咻一聲，也吸了一口麵，一面嚼一面看著陳姓刑警。

他這時希望自己能提出一些話題，覺得這樣安靜吃著麵十分尷尬。但他左思右想，居然想不到話題。他平時可是很會閒談的好手。陳姓刑警居然讓他無語。他覺得他是一個對手。

「我一定要成為他無話不談的朋友。」阿西左手暗自握起拳，做下決定。

正如阿西預期，下午地毯式訪查毫無效果，問了上百個人，沒人看過照片上的男人。勞師動眾的結果，僅是叨擾該區路人，也把他們都嚇了一跳。大約四點，他們回到分局的專案小組會議室。因一點進展都沒有，兩人都一臉愁容。兩人正想出去抽根菸時，一個同仁小跑步進了會議室。

身形不算胖的他，氣喘吁吁，應很久沒運動了。看來警局對於運動的宣導活動，根本徒勞無益。

他手上拿著一些資料。

「那個Rich啊，」他喊陳姓刑警的英文名字，「昨天啊，有人打電話到派出所啊，就是目擊女童命案現場的那個阿桑啊……」他句尾好像被強制釘上了「啊」。

「是，她怎麼了？」陳姓刑警說。

「她跟派出所的人說啊……自己好像想起那個男生的身分啊。」

「是嗎？是誰？」

「她說她覺得他可能是住在ＸＸ路的一個智能障礙的小男生，以前就常常沒頭沒腦的晃來晃去。但後來她又強調，只是『可能是』。」

「就算只是可能，還是很好的線索。」

同仁把資料給陳姓刑警，說：「喏，那就再麻煩你們去查訪一下了啊，雖然啊，她說自己不認識那個男生，且聽說他就是活在自己世界裡的一個小傻子啊，應不會殺人才是。但無論如何，我覺得那個人可能跟案子有很大關係啊。」

陳姓刑警與阿西根據中年女子提供的線索，來到位於ＸＸ路的住所。那是一棟以橘磚砌成的老房子，上面硬加蓋了一層鐵皮屋頂；所在地很偏僻，附近很少鄰居，幾乎都是農田，不見任何商家。房子前面有個小廣場，看來像青菜的黃黃的東西正在曬著。阿西聞到一陣酸味，他猜那是客家人的酸菜。

一個瘦瘦小小的婦人正在房子前面餵狗。他們抵達時，陳姓刑警刻意發出一些喉音，走路也故意用力，發出一些噪音，以讓她注意他們。但她一直未轉身，僅看著狗吃飯。

「不好意思，」陳姓刑警說，「我們是警察，我們有點事想請教妳。」

太陽這時很大。在冬陽下最舒服了，阿西摸了摸臉頰，雙眼瞇了起來，樣子像極了拉不拉多犬。

那婦人沒說話。
陳姓刑警再往前靠近一步。沒想到這時婦人被他嚇了一大跳，往後跌坐在地。陳姓刑警與阿西也嚇了一跳，趕緊過去攙扶她。他們問她是否還好，有些憤怒的她發出啊啊的聲音，甚至出手拍打陳姓刑警。他們這時才發現她可能是啞子，甚至也有可能是聾子。
她略略激動的跟陳姓刑警與阿西比手畫腳，好像在埋怨他們為何忽然出現，把她嚇了一跳。陳姓刑警跟她道歉，隨即又想到她可能不方便。
後來他拿出手機，在上面打字，寫出，「妳是不是不方便說話，也不方便聽？」再讓她看。她點點頭。
陳姓刑警再打，「很抱歉嚇到妳，但請妳不要害怕，我們是警察，有些事想問妳。」
她看了手機螢幕後，露出詫異表情，接著又比手畫腳，感覺在說，「我又沒做壞事，警察幹嘛來找我？」
陳姓刑警這時揮揮手，用口語用力說出「不要害怕」四個字。
她才逐漸冷靜了下來。
陳姓刑警點點頭，接著在手機裡翻出監視器裡的男子照片，讓她看，並用誇張口型說：「知不知道畫面中的男子？」
她這時沒有任何反應。
阿西也問，「請問妳認識畫面中的男子嗎？」
陳姓刑警這時有點不爽，冷冷的對阿西說：「你不知道她聽不到嗎？拿手機出來打！」

「喔對，」阿西摸摸頭說，「抱歉，我忘了。」說完，他把手機拿出，在手機裡打出，「你認識這個人嗎？」再給她看。

婦人這時指指房子，又比出筆的手勢，意思是「要入屋，用筆紙才能回答」。她往屋內走入。陳姓刑警跟阿西也跟著她入屋。她請他們坐下，接著走進房內，不久後，拿著一張紙跟原子筆返回。她在紙上寫，「他有點像是我的兒子，請問你們找他有什麼事？」

陳姓刑警用手機打出，「他可能跟一個小女孩的案件有關。」

婦人聽了很訝異，又用筆在紙上寫，「我的兒子是輕度智能障礙，但是他很善良，不會傷害小女孩。請問小女孩發生了什麼事？」

陳姓刑警再打，「妳先不要緊張，請問他現在人在哪裡？」

她在紙上寫，「請問到底發生了什麼事？先告訴我。」

陳姓刑警與阿西沉默下來。

她又寫，「小女孩案件到底是什麼？」

陳姓刑警這時用手機寫，「妳先不要太擔心，我們目前尚無任何結論。目前還不知道是誰傷害了那個小女孩。我們現在想知道，妳的兒子現在人在哪裡？」

陳姓刑警刻意隱瞞小女孩死去的事。

婦人在紙上寫，「他平日都跟他爸在幼稚園工作。他爸是幼稚園的長工。但他真的很善良，不會傷人的。你們一定找錯人了。」

阿西看到幼稚園三個字，心裡涼了一截。

陳姓刑警再打，「哪一間幼稚園？」

她寫，「草原幼稚園。」

陳姓刑警不動聲色的點點頭。

但這時婦人忽然跪下，跟陳姓刑警還有阿西磕頭。綁在狗屋旁的黑狗忽然淒厲叫了起來。

陳姓刑警跟阿西也嚇了一跳。

她又在紙上寫，「我的兒子把餔很乖，雖然腦袋壞了，但不會傷人，一定是有什麼誤會。」

陳姓刑警用手機打，「我們一定會查清楚，請妳不要緊張。」

陳姓刑警把她攙扶起來。

當他們說完，準備離開之際，一個年輕男子騎著單車回來。陳姓刑警看到他，直覺他應就是把餔，身形跟監視器上的人的模樣相當接近。他立刻跑上前，阿西也追了上去。這時婦人更是緊張，一直啊啊叫，甚至出手拉住陳姓刑警，希望他不要抓他。

她嘴裡吐出類似「他不是壞人啦」的聲音。

陳姓刑警來到年輕男子前面，問他是不是把餔。這時婦人依然抓著陳姓刑警的衣服。那個男子見狀，非常訝異，說：「你放開我的母親！你們是誰，你們要幹嘛？」

陳姓刑警與阿西發現他非智能障礙。陳姓刑警看向他母親，又看向男子，問：「你是**正常**的人？」

男子一臉莫名其妙，問：「不然咧？你們快說你們是誰？有什麼目的？在這裡幹什麼？再不說，我要報警了。」

陳姓刑警向男子表明身分。後來經過解釋，才知道，他是把餔的哥哥，勝力。原來智能障礙的，是他差一歲的弟弟。

男子母親這時哭了起來，男子抱住母親，試圖安撫她。

陳姓刑警又問他，知不知道他的弟弟現在在哪裡？勝力表示，他現在不是在幼稚園，就是在那間老房子裡看貓。

「是草原幼稚園，對吧？」阿西重複。

「對，草原幼稚園，我爸在那裡工作，我弟都跟著他上班。」

陳姓刑警與阿西對看一眼，覺得事有蹊蹺。

「『老房子看貓』是什麼意思？能否解釋？」陳姓刑警問。

「就是有一棟舊房子，沒人住了。聽說鬧鬼，後來不知為何，很多野貓在那裡，他常去那裡看貓，我弟喜歡貓。」

「嗯。」陳姓刑警說。

陳姓刑警想了一下，又問他，「你星期三人在哪裡？」

他說：「星期三？我都在學校上課吧，一直到晚上七點多才回家。」

「有人可證明嗎？」

「同堂課的同學應有看到我吧，沒課的空堂中，我在圖書館。」他說。

陳姓刑警又嗯了一聲。接著他拿出監視器的照片讓他看，問：「這個人你覺得是誰？」

勝力看了一眼，抬起眼皮，說：「那應該是我弟。」

進伯

這裡先來講一個中老年人與他兒子的故事。

大家都喊那中老年人「進伯」，學生們則喊他「進爺爺」。他略胖，膚色算白，有點小鬍子，外貌有種慈祥感。大概是因跟肯德基爺爺有點像吧。小朋友很喜歡他。

他在這間幼稚園工作很久了。他視這間幼稚園為他第二個家，舉凡園區修繕，花草護養，環境整潔等，幾乎一手包辦。平常還會幫忙營養午餐的食材採買，跟餐點的派送，而且就算週末或國定假日，只要有需要，他也都會來上班。加班費什麼的，他不清楚，但每個月的薪資，他已滿意。

他原本是一間上市公司的總務經理，雖不屬賺錢部門，但他個性老實努力，老闆很喜歡他。自從小兒子的意外後，他辭去原本在大公司的工作，到幼稚園當長工。這間幼稚園園長是他以前當兵的學長，兩人交情很好，園長同意讓他帶著遲鈍的小兒子上班。

講到他的小兒子，任誰都覺得可憐吧。他現已十八歲，長得一表人才，若不說話，沒人知道他智能不足。風度翩翩的他，大概會讓大家都覺得他是哪個優秀大學的學生吧。

那是在一個天氣十分晴好的週日下午天。早上他老婆跟他吵了一架，因為工作很累的他，這天想在家休息，不想跟太太回娘家，最後太太嘔氣，自己帶著大兒子回娘家。

喜歡跟爸爸在一起的小兒子，也選擇不回外婆家，寧願跟爸爸在家裡看電視。中午爸爸炒了很簡單的香腸炒飯。飯炒得亂七八糟，尤其切得零零落落的香腸，看來簡直像手術台上割下來的爛肉，但小兒子說「真是好吃！」

大概下午三點左右，進伯接到警衛通知，說公司廠房的水管爆裂，機台快要被淹沒，要他趕緊來修理。他原本打算帶著小兒子去公司的，可是想到待會可能修水管很忙碌，環境也差，怕危險，於是讓他自己待在家。

他臨走前，跟兒子說：「千萬不要在家裡亂搞喔，不然媽媽回來，你會被揍。」

小兒子說：「我要跟爸爸去公司！」

但爸爸說：「公司有虎姑婆，小孩不能去。」

他抱起胸，氣呼呼的說，「我才不怕什麼虎姑婆。」

爸爸說，「虎姑婆最愛吃小男孩的手指，像吃花生一樣，一直嘎吱嘎吱嚼嚼嚼喔。真的不怕的話，我就帶你去。」

但這會兒，他卻卻步了。他用食指點著食指的害怕模樣讓父親知道，自己不敢去了。

那天，他在公司待到很晚，弄了很久都搞不定，也一時忘記小兒子獨自在家的事。

是老婆打來的。他聽到電話時還不太相信。小兒子怎麼會被電視壓到頭呢？他是怎麼玩的？這是怎麼一回事？他問了一連串的問題。但妻子僅表示，他的情況很危急。

他到醫院時，小兒子還在開刀房。期間，醫師出來解釋，說孩子腦部挫傷很嚴重，他們得有心理準備，就算救回，肯定也會有永久性損傷。但因孩子還很小，才五歲，也許復原機會比成人高，他一定會盡全力的。

所幸醫生信守承諾，孩子是活下來了。

進伯在醫生手術後，跪著跟他道謝。

但卻真有後遺症，而且還非常嚴重，他小兒子的智商永遠停留在五歲。

陳姓刑警請勝力和母親坐上他們的車，一起到草原幼稚園。他們抵達時，園長還嚇了一大跳。

園長認識把餔哥哥與媽媽，三人打了招呼，但他不明白的是，他們跟陳姓刑警怎麼會在一起。園長客氣向陳姓刑警詢問，針對女童的事自己是否還有能幫忙的地方。陳姓刑警沒有回覆。勝力這時問園長，自己父親在不在。

園長看著勝力說：「在啊。」不過他露出納悶神情，看著把餔哥哥問：「找爸爸有什麼事嗎？」園長內心此刻其實非常害怕，心想，「難不成，女童命案跟自己多年好友有關？他是我請來的，若他殺了女童，責任豈不是在我身上？」

陳姓刑警露出凝重表情，表示暫先不能透漏，僅請園長把他找出來。

沒想到進伯就坐在隔壁的娃娃車上睡覺。這台娃娃車挺有意思的，粉紅色的，上面有隻像Hello Kitty的貓，只是牠有一張大笑的嘴，還戴著眼鏡。園長敲敲車窗，請他下來。

睡眼惺忪、滿頭亂髮的進伯下車，看到自己大兒子與老婆跟兩個陌生人在現場，也覺得訝異。他聽說了女童的事，也猜到那兩位應是警察，但他內心想著，這一切干我何事？

把餔哥哥這時走向前，想跟父親講話，卻被陳姓刑警一個手勢阻止。

陳姓刑警這時問把餔父親，「把餔是不是在這裡？」

把餔父親抓抓後腦勺，看了一眼勝力，像在問他發生什麼事一樣，但兩人沒說話。

進伯這時說，「早上他跟著我來上班，但我通常也沒有看著他，讓他自己玩，」說到這時，他又抓起後腦勺，說：「但後來，他好像又去老房子了。」

「老房子？有很多貓的老房子？」陳姓刑警問。

進伯有些詫異。他居然知道那間有很多貓的老房子？

「對，剛跟你說過，我弟弟很愛貓，老跑到那間老房子裡看野貓。」勝力說。

偵訊室

陳姓刑警跟阿西帶著把餔一家人回到分局。

把餔他們一家人，除了把餔之外，都在分局大廳的位置區休息。把餔一人在偵訊室。他的頭低低的，眼神忽上忽下，像隻剛從街上被抓起來的野狗，有點令人同情。

陳姓刑警他們稍早在那棟老房子裡找到了把餔。裡面一隻母黑貓剛生了一窩小貓咪，母黑貓正在餵奶。早上把餔跟爸爸要了錢，買了罐罐給母黑貓。但母黑貓因餵奶無食慾，沒吃，開著的罐罐被擱在一旁。他們看到把餔時，他正蹲在一張舊舊髒髒的木椅上傻笑，頭一面晃來晃去，雙眼注視著母黑貓，好像很高興貓咪有了孩子。後來他看到一群人來找他，露出驚嚇的樣子。把餔哥哥出聲喊他，或許是有陌生人的緣故，他彷彿也認不出自己父母與哥哥，嚇得像隻受驚老鼠，大聲尖叫，一下子東竄西竄，最後躲到一個骯髒角落，不斷瑟瑟發抖。

他父親與哥哥一直喊把餔把餔，叫他別怕別怕。可是把餔一直蓋耳尖叫。大概是陳姓刑警與阿西這兩個陌生又嚴肅的臉嚇著他了吧。最後是把餔最愛的自己父親，把他給勸了出來。

陳姓刑警於是把他們一家子都帶回分局。把餔在車上時，還是一直哇哇叫，像個被壞人抓走的小朋友一樣，無論身旁家人怎麼勸都勸不下。但這會兒，你若仔細聽，他叫的原因好像不是因害怕，而是擔心那窩剛出生的小貓沒人照顧。

偵訊室裡。

陳姓刑警與阿西坐在把餔前頭。把餔低著頭不敢看人，他偶爾看陳姓刑警一眼，但立刻又因害怕而閃避眼神。陳姓刑警則雙眼直直的看著他，臉上沒有任何表情，坦白說，他這時的臉有些嚇人。但這其實是訓練出來的。

不知為何，陳姓刑警對把餔的第一印象是良好的，覺得他不太像會傷害人的人。但根據他過往經驗而言，人很難從外表或態度直接判斷的，他也不該信任自己感覺。甚至就他過往經驗來看，自己被**感覺給害了**的機率頗高的。所以他目前養成去除所有主觀感受，所有一切，只讓證據來說話的習慣。

陳姓刑警先是跟他打招呼，但把餔好像都聽不懂，或者不想回答。把餔的眼神一直在閃躲。陳姓刑警後來跟他核對資料，問他姓名、年紀啦等，他同樣不回答。有時他好像講了些什麼，但陳姓刑警與阿西都聽不懂，但至少能明白，他並非在回答自己的問題。陳姓刑警想了想，這樣不是辦法，於是請阿西到外面，把把餔哥哥找進來。

阿西來到大廳的公共位置區。他們家人都圍了上來，把餔父親不滿的問，他們是不是可以回家了？他們警察幹嘛這樣沒事亂扣人？

阿西未回應進伯提問，僅表示因把餔都不說話，偵訊無法進行，須找人讓把餔說話。阿西傾向找年輕的勝力。把餔媽媽這時比手畫腳，好像表示應找她。

但阿西說哥哥比較好。把餔哥哥於是跟父母說，「沒事的，我去就好。」

阿西與勝力來到偵訊室。把餔看到哥哥，露出笑容，眼神似乎也比較聚焦了。陳姓刑警於是繼續偵訊。在哥哥的協助下，這會兒確實比較順利。把餔願意說話了，雖然是跟哥哥耳語，但至少是個進步。

確認他身分後，陳姓刑警問他星期三下午人在哪裡，做了什麼事。把餔哥哥像翻譯一般，重述陳姓刑警的問題。

他在哥哥耳邊細語一陣後，哥哥說，「把餔說，那天早上他跟爸爸去學校，後來去看貓，因貓咪要生孩子了。」

陳姓刑警又問，「幾點去看貓的？」

他向哥哥耳語。

哥哥說，「他記不清了，反正他一直看貓，看到好晚。」

陳姓刑警搔了一下鼻子。阿西歪著頭看著把餔。

眾人沉默一陣。

陳姓刑警向阿西使了個眼色。阿西翻開卷宗，拿出一張照片。那是一個看來像把餔的人與小Sherry在路上走路的照片。

阿西把照片放在桌上，請他看。但他不願意看，一直扭身子，一副不知所謂的樣子。陳姓刑警把照片擎在空中，就在把餔眼前。他這時才注意到照片。他一看到照片中的小Sherry，一副很興奮的樣子，一直說著一些話，聽來像是，「小Sherry小Sherry……」

陳姓刑警直接看著把餔雙眼問，「你知道小Sherry？」

把餔又開始扭起身體，一副不知所謂的樣子。

陳姓刑警這時用力拍桌一下，聲音震耳欲聾。把餔跟哥哥都嚇了一跳。把餔這時哭了起來。勝力雙眼埋怨的看著陳姓刑警，像在說，「何必呢？」

「把餔乖，把餔別哭。」把餔哥哥試圖安慰他。

「對不起，」陳姓刑警說，「我需要他的注意力。」哥哥沒回答。但臉上表情依然帶有埋怨意味。

陳姓刑警又問，「你跟她是怎麼認識的？告訴我好嗎？」

把餔這時鎮定下來，停止哭泣。但依然不說話，僅看著照片。

陳姓刑警又重複一次問題。

把餔這才在哥哥耳邊說了話……

那個老房子已很久沒住人了。

有人傳說那裡曾經死人，所以鬧鬼了。還是一隻女鬼。傳說，那邊有個女子因被男人拋棄，加上流產，於是在那裡上吊自殺。後來大概長達三年左右，沒有人再來租。該房子的主人後來把房子租出去了。他不是惡房東，針對房客自殺的事，據實以告。但該房客是一個天不怕地不怕的漢子，好像是個建築工地的工人。可是才入住沒幾天，他在半夜洗澡，卻被嚇得全裸跑出家門，並在門口暈去。據說就像電影演的一樣，那女子從浴室的天花板倒吊出現，還在洗髮的他，水一沖，睜開眼睛，與女鬼四目相視，她的雙眼是紅色的，帶著極大的怒氣。他嚇得尿都噴了出來。幾天後，他遇鬼的事，還上了報紙。

後續老房子沒人敢再租，房子的主人當然也不敢住，於是荒廢在那裡。

但鬧鬼的傳說僅止於人類世界的。對於其他生物來說，鬼是沒有意義的。那裡後來成了流浪貓的聚集地。

把餔經常造訪那裡。他喜歡貓。不知為何，把餔喜歡跟貓在一起。可能他覺得貓很可愛吧。此外，他也常常把爸媽給他的零用錢，用來買罐罐給牠們。

每次看著牠們吃罐罐，把餔就覺得很幸福。

事實上，很多人看見把餔與貓講話，但那所謂的話其實是胡言亂語，又或者是貓話？有時他還哈哈大笑。但大家都知道把餔的智能問題，所以也不覺奇怪，還有些人認為，他或許真有跟貓說話的能力也不一定。不過先前因一些虐貓新聞，讓一些愛貓人士前來關心，擔心把餔是否可能是個虐貓者。不過倒也從未有人目擊把餔對貓的行為踰矩，他對貓很好，猶如貓的守護者一樣，大家也就不管他了。

那天是週六吧，陽光很好，一片白雲剛好在老房子的上面，讓老房子籠罩在陰影裡，遠遠看去，老房子彷彿戴了頂黑帽子，變得有點卡通感。把餔正跟一隻橘色蓬毛的貓玩，一個小女孩靠近他。她一雙水靈靈的大眼睛，直盯著那頭橘色大貓，牠正躺在溫暖的陽光下搔肚子，一副很享受的樣子。小女孩見狀，也學起貓咪抓肚子，發出咯咯的笑聲。把餔看見小女孩笑，也跟著笑，兩人純然的笑，讓人感覺世上應是無災無難的。

後來把餔把手上的罐罐，給了小女孩。不太會說話的把餔發出哼哼聲，眼神又看著貓咪。小女孩立刻懂他的意思：他要她餵食貓咪。小女孩想把罐罐打開，但力氣不夠，打不開。把餔幫她把罐罐打開，又給小女孩。小女孩於是把開過的罐罐放在地上，貓咪吃了起來。把餔跟小女孩都很高興。

小女孩在週末才會來這裡。平常她得上課。而且只有在週末早上她能夠來這裡，下午也不行，通常她與父母下午會有活動。所以只有週末的早上，她會跟把餔一起餵貓，然後再跟把餔一起看天空，大概到中午回家。

小女孩知道把餔不太會說話，但她不覺得他奇怪。把餔對她而言，其實像她弟弟一樣，只是他是一個身形很大的弟弟。她有時會教他說話，甚至中英文一起教。

她會跟把餔這麼說，「那是雲cloud，那是太陽sun……，現在有風吹來，涼涼的風，wind……」

小女孩每次都很努力的教，但把餔從來學不會……

偵訊到這裡暫時結束，此時已是晚上八點。

陳姓刑警、阿西，與把餔哥哥走出偵訊室，到外面大廳的公共位置區跟把餔父母見面。陳姓刑警直截了當的表示，目前還不能夠讓把餔回家。但他們可以先回去。

進伯很激動，問：「為什麼扣留我的兒子？他是個乖小孩，你們不要這樣。」

陳姓刑警說，「他已坦承自己認識女童了，監視器上也有他的照片，雖然不是很清楚，但我們有人證，此外他的不在場證明很薄弱。檢察官已開了拘票，以便讓我們再進一步偵訊。你們先不要緊張，我們只是按程序辦事，若他無罪，自然是會沒事的。」

「那你何時放他走？」進伯又問。

「這還不知道，但你們先回去休息吧。」

進伯這時與勝力私下談話。陳姓刑警看著他們。他知道他們在討論什麼。

勝力有點緊張，說，「那個不好意思……請問，我爸爸在問的，我們是不是該請律師？」

「我跟你說，現階段什麼都還沒確認，先不要請，浪費錢而已，而且你覺得你弟弟是殺人犯嗎？」

「當然不是，就像我爸媽說的，他很善良。」

「那就是了。先不要請吧，但當然你要請也可以，這是你的權利，這點我還是必須得讓你知道。不過你知道律師的收費標準嗎？家裡經濟條件能支付嗎？」

勝力面有難色。

「先帶你父母回去休息吧。不會有事的。」

勝力跟父母轉述陳姓刑警的說詞。談到錢，他們都很擔心，最後好像也妥協。他們跟陳姓刑警點頭後，往門口走去。沒想到，外面居然有很多記者駐守。一開始他們還不知道記者們是針對自己的，三人還左顧右盼，直到他們開始發問。

「請問你們是女童兇手的家屬嗎？」

「請問你們兒子真的殺了女童嗎？他為何殺女童？」

「他真的是智能不足嗎？還是裝的？我們看過照片，他看來沒問題啊？」

「他是不是戀童癖？以前就有這個傾向嗎？」

把餔一家人嚇了一大跳，什麼話也說不出來，像極了碰到一群張著大嘴的鬣狗的幾隻小鹿。

勝力拉著沒見過記者的父母到路邊攔計程車。記者們竟也緊跟著來。把餔媽媽這時不慎跌倒。

一個女記者立刻蹲了下來，問：「請問，生了一個割女童的頭的兒子，妳的感想是什麼？」

把餔媽媽聽不到，僅傻傻的看著她，鏡頭一直特寫著她的臉。

指認

把餔一家人離開後，陳姓刑警與阿西去胖妞牛肉麵店吃麵。

這時麵還沒來。他們先吃餃子。但叫太多了。陳姓刑警叫阿西多吃點，他還年輕，別浪費食物。阿西嘴巴塞得滿滿的，他愛死餃子了，可是四十個餃子耶！確實也太多。陳姓刑警才吃十顆左右就停止。等同於他得解決三十顆。他覺得肚子已經有點脹，更別說待會還有麵。

這時陳姓刑警接到電話。是鑑識巡官打來的。他表示，法醫解剖的報告稍早已正式出爐，確定女童的死因是窒息，被悶死的，頭也確定是死後才割下的。胃裡有已消化的飯菜跟果汁牛奶，未檢出毒物或迷幻藥的成分。此外，他們在女童身上找到幾根毛髮，及嵌在手指指甲內的皮膚組織。鑑識人員將採樣把餔身上的檢體，以跟女童身上發現的毛髮與皮膚組織，做進一步比對。

「還有一些奇怪的事喔……」鑑識巡官說。

「請說。」

「女童身上似乎有很多舊傷，例如右小腿曾骨折，背後也有燒燙疤痕……」他說，「雖是舊傷，但看來非常奇怪，才幾歲而已，就有這樣的舊傷？我看她可能曾受虐，這部分你也需深入調查。」

「我知道了。」陳姓刑警掛上電話。他心裡原本期望女童被下藥，至少離開時沒有痛苦，但事實可能比他想的更加殘酷。他打了電話給檢察官，向他解釋鑑識巡官的建議，並表示需調閱女童所有就醫紀錄，同時，也需請目擊者來分局指認嫌疑犯。檢察官同意。

四點半，兩組指認人都準時抵達分局。

他們先讓現場目擊者指認。她這天還是一身運動裝束，阿西甚至覺得，好像跟目擊當天一樣的裝束，只差今天未戴墨鏡而已。「她不換衣服的嗎？」阿西又胡思亂想。陳姓刑警給她一張指認表，上面有六個嫌疑犯，其中一人是把餔。她看了一下，幾乎毫不猶豫就選了把餔。

「就是他，我確定。」她把食指按在照片上的把餔的臉說，好像企圖用食指把他壓死，「我那天看到的人，就是他，還笑嘻嘻的。」

「好。」陳姓刑警說，「請妳在這裡簽字，簽完就可以了。」

「就這樣嗎？」她一面簽名一面說。

「不然妳還想幹嘛？」陳姓刑警說。

她歪著頭想了一下，覺得特地來一趟警局，應該還能做更多事才對，但也真的沒其他事可做了。

「謝謝妳了。」陳姓刑警說。

阿西引導她出去。這時她又轉身，好像想到什麼一樣。「呃……」她說。

「還有什麼事嗎？」阿西問。

她把食指放在嘴上，「嗯……沒事。」

這時她才走出偵訊室。

這下子換幼稚園的陳老師指認。

小Sherry老師也在，兩人看來都非常害怕。小Sherry老師沒看到那男子，不做指認，今天只是陪同陳老師來的。對於陳老師，陳姓刑警有不一樣的安排。她因沒看到男子的臉，僅看到戴著口罩、站在幼稚園外的他，所以他決定讓她直接跟把餔見面。但陳老師說，她不想讓他看見自己，她會怕。

阿西說應沒關係，他智商不高，且看來也沒有威脅性。

但陳老師依然害怕不已，堅持他不能看見自己。最後只好讓把餔待在偵訊室，而她們在室外的單面鏡前觀察。

其實這是不符合程序的，但陳姓刑警不會將這部分記錄下來，確實是偷吃步。

這時，陳姓刑警與她們在偵訊室外，而把餔與阿西則在偵訊室裡。

把餔這時低著頭，陳姓刑警透過麥克風，請阿西讓把餔的頭抬起來。阿西拍拍把餔的肩膀，他轉頭看他，但依然微微低著頭。接著阿西手指指向單面鏡，說「貓咪在那裡！」把餔聽見貓咪，立刻抬頭看向前方。

「是他嗎？」陳姓刑警問陳老師。

陳老師露出努力思考的表情，但樣子有點裝可愛的感覺。

陳姓刑警要阿西讓把餔站起來。阿西站起身子，以誇張興奮口吻說：「前面有大貓咪！」把餔也有樣學樣站了起來，四處張望，想確定貓咪的位置。

陳老師走向鏡子，仔細看，最後說：「我真的……無法確認，畢竟他戴著口罩，真的很抱歉。」

陳姓刑警一直到這時，才發現陳老師是個大美女，有著一雙楚楚動人的大眼。

「不必道歉，這並非對與錯的問題。」陳姓刑警說，「那天妳有跟他簡短說話對不對？」

陳老師點點頭。

「他基本是不太會說話的，但難保不是裝的，我們也不確定。」陳姓刑警說。

陳姓刑警請阿西讓把餔發出聲音。阿西這時發出「啊」的聲音，他指指自己嘴巴，要把餔模仿自己。把餔不懂。阿西又「啊」的一聲。這會兒，可能是把餔已跟阿西熟悉了，他忽然笑了出來，跟著阿西說「啊」，說完又嘻嘻笑了起來。

陳老師臉色凝重起來。

「聲音一樣嗎？」陳姓刑警問。

「我覺得好像有點像。」她說。

陳姓刑警這時拿出一張紙，上面同樣印有六個男子的照片，但跟剛才的不一樣，順序好像調換過，人也有可能也換過。「妳勾選妳所認為的兇嫌吧？勾完，簽完名就可以了。」

陳老師看了陳姓刑警一眼。他臉上無任何情緒，但非常嚴肅。她覺得自己好像不能不勾那個人，所以勾了把餔的照片，又簽了名。

「這樣就可以了嗎？」她問，聲音幾乎發抖。

「可以了。」陳姓刑警說。

這時，陳老師向陳姓刑警詢問關於受害家屬的情況，「他們還好嗎？」

陳姓刑警僅淡淡的說，「女兒發生這麼嚴重的事，怎麼可能好？恐怕是一輩子也不會癒合的傷害。」

陳老師聞言，好像又要開始落淚。但陳姓刑警冷冷的說，「好啦，現在這裡沒妳們的事，先回去吧。」

把餔因涉嫌重大，做完相關手續後，被警備隊移送到ＨＳ縣地檢署收押禁見。

但陳姓刑警不知為何，覺得心裡不太踏實。他覺得自己正站在一層不太厚實的結冰湖面上，可以感受到冰面下的水的流動。

舊傷

就算女兒不是親生的，女童母親依然非常難過，畢竟還是自已一手養的。她拿出相簿，看著以前女兒的照片。一些是阿志拍的她還在襁褓的照片，在毛巾裡被包裹著的她，眼睛大大的，非常可愛。一些是她坐在學步車裡的照片，臉上滿是果泥，手上還拿著奶瓶跟湯匙。還有一些是學走路的照片，臉上帶著笑容的米雪兒跟在後頭，但其實當時的她恨著她，甚至幾度希望小Sherry就這樣不小心跌死算了。

米雪兒記得她很倔強，比其他孩子還早學會走路，甚至自己吃飯、上廁所等，也都比別的孩子快，好像試圖向她證明什麼似的。

一直到小Sherry喊她「媽咪」時，米雪兒才在小Sherry的眼神裡，看到她對她完全的信任。她也才真正把她當做自己的孩子，全心全意的愛著她。

她的眼淚一直滴下來，都滴到相本上了。

女童父親站在窗邊抽菸。他鬍子全沒刮，鬢角的白髮好像又更多了，整個人老了十歲，女兒的死摧毀了他。阿志對於成人世界的感情是相對無所謂的，女人對他來說最重要的是性慾的發洩。然而這一個小女孩不一樣，他是她的一部分，她在他心中留下最深的烙印，他是如此深愛這個小女兒，她是他這世界上，最愛的人。

米雪兒看著他，內心又是一股怒氣。要不是他，這家裡不會有這個小孩。小sherry那麼會勾引人，她想，一定就跟她媽一個樣。她從憎恨這個小女孩，到覺得她好像不討人厭，再來，她在她身上，看到自己深愛的男人的影子，最後她是瘋狂的喜歡上這個自己深愛的男人從外頭偷生帶回來的小孩。

可是她怎麼就那麼殘忍？在她對她掏心掏肺之後，居然就這麼離開她？未免也太無情了。米雪兒甚至覺得她是來復仇的，來替她母親復仇的。她忍不住又念了阿志幾句。

阿志抽著菸，沒有回覆。一旦回覆，就是大吵大鬧的開始。

小萱則坐在沙發上看手機，但此刻她察覺到氣氛的變化。她恨透了這一切。自從她懂事以來，爸媽整天為妹妹吵架，讓她討厭起妹妹。對她而言，妹妹是家裡喧鬧的導火線。她站起身子，向自己房間走去。她不想再聽他們吵架。

這時阿志的電話響了起來。是陳姓刑警。阿志沒等他開口，就問他何時才能取回小Sherry的遺體。陳姓刑警還是表示，一切須待檢察官的通知。他無法干涉，也不知檢察官何時會放行。

「我這通電話主要是通知你們，那個嫌犯已被裁定收押了。」陳姓刑警說。

阿志忽然安靜下來。陳姓刑警幾乎聽得到他的呼吸聲。

兩人聽著無聲的電話一陣子。

「確定他是兇手嗎？」阿志問。

「因偵查不公開的原則，目前我還不能說太多。」陳姓刑警說。其實與其說不能說，不如說不敢說。他覺得把餔應不是兇手，他已經收到了鑑定報告，把餔的ＤＮＡ與女童身上發現的生物跡證不符。

阿志又沉默下來。

半晌，他說，「那還有什麼事嗎？」

陳姓刑警說有，並跟他說，「下午請你們待在家裡，我有些事想請教你們。」

陳姓刑警他們又來到胖妞牛肉麵店。他們跟女童家人約好下午見面，打算在去之前，先把肚子填飽。這次他們沒叫餃子了，僅叫牛肉麵。前幾次吃完實在太撐。老闆娘看他們一副很餓的樣子，煮得很快，兩三下就把兩碗大碗牛肉麵給送了上來。

阿西已開吃，陳姓刑警則還沒開動。他拿著手機，還在仔細看著同仁轉來的女童就醫紀錄。這是他下午跟女童父母的討論話題，這可還是得跟女童父母仔細問清楚。一會兒後，他把手機給阿西，「你也看一下。」阿西放下筷子，接下陳姓刑警的手機，開始看女童就醫紀錄。

接著陳姓刑警拿起筷子，也開始吃麵。

他從未懷疑女童父母殺害自己女兒的可能性，但其實他曾辦過一個母親殺女兒的案子。他記得該案子起因是，女兒向母親投訴繼父性侵她，但母親非但沒幫她，反而用里長發來的老鼠藥毒害女兒，讓她痛苦掙扎二天後香消玉殞。她覺得女兒髒，勾引自己丈夫。已跟他另有兒女的她，為了保護自己的家，才殺了與前夫所生的女兒。他記得該母親被逮捕時，完全不覺自己有錯，大概自認只是處理掉一個情敵而已吧。然而他覺得阿志與米雪兒不至於這樣，他們都深愛小

Sherry，但鑒於三人之間的特殊關係，虐童的疑慮，也還是不能排除。

「就算萬分抱歉，畢竟他們可是受害遺族，」他跟阿西說，「還是得問個清楚。」

阿西嗯了一聲。

陳姓刑警起身，到冰箱拿了一瓶可樂，又返回。他沒有立刻打開可樂，而是繼續吃麵。

「西，對於女童舊傷部分，你有沒有什麼想法？」陳姓刑警喝了口湯問。他覺得湯夠濃，實在好喝。他夾了一些酸菜進碗裡，他不太吃酸菜的，這次嘗試一下。

「你是指……他們父母可能怪怪的嗎？」阿西依然看著手機螢幕說。

「我問你的想法啊，別反問我。」陳姓刑警說，他嚐了一些酸菜，眉頭皺了起來，又把酸菜通通夾出，放在碗邊。

阿西把手機還給陳姓刑警，鼻子噴出一道氣，「確實很奇怪，這麼小居然受過這麼多傷，雖然我還沒養過小孩，但也覺得這樣好像不太正常，尤其他們的關係似乎又有點複雜……」

陳姓刑警把瓶裝可樂打開，倒在杯子裡，先給阿西，再替自己倒一杯。他喝了一口可樂。

「謝陳哥。」阿西說。

「你說的複雜是指，媽媽不是親生媽媽的那件事吧？」陳姓刑警問。

「對。」阿西說。

「確實是有點複雜……」陳姓刑警陷入沉思。

吃飽後他倆來到女童的家。車還是停在上回的便利商店前。他們一樣買了飲料。同樣的店員，也一樣出現那輕蔑神情。但他們不想管他了。兩人喝完飲料，抽完菸，就去女童的家。

女童父母坐在客廳。

阿志一見到陳姓刑警，又問他到底何時能夠接回自己的女兒，他不想讓自己女兒孤零零躺在殯儀館，這很殘忍，也讓他們痛心。陳姓刑警再次表示他無法決定，這事是屬檢察官管轄的。

米雪兒則開始問，「既然他是嫌犯，你們有問他，到底把我女兒的頭藏到哪裡去嗎？你們警察是不是應該更積極，至少先讓我女兒找回全屍……」

陳姓刑警此刻跟女童父母彎腰致歉，阿西亦然。

「很抱歉，我們目前真的不能透漏情況，但針對女童的頭的部分，我們一定會盡全力找回。」陳姓刑警說。

阿志則非常生氣的用拳頭敲了桌子，罵了一聲「那該死的智障！」

四人沉默一會。

這時陳姓刑警跟他們說，「我們有一些事想跟你們討論一下，可能會花上一些時間。」

他們走到沙發旁落坐。

陳姓刑警拿出菸，問：「這裡方便抽菸嗎？」他之所問，是因為上次阿志也在家裡抽菸。所以應該是可以吧？

「沒關係。」阿志說。說完，他也拿出菸。兩人隨即抽起了菸。但阿西卻沒抽。他不是不想抽，但三人抽菸，他覺得他們會燻死米雪兒。我們的阿西有時是體貼入微的。

蜜雪兒看著陳姓刑警一眼，眼神露出一種「既然沒什麼新發現，那來這裡幹嘛，難道是來抽菸嗎？」的意味。
眾人沉默一會。
陳姓刑警向女童父母道歉，表示自己這時要問一些相對無禮的問題。女童父母沒有回話。陳姓刑警看著阿志抽了一口菸。
陳姓刑警說，「法醫在女童身上發現一些舊傷，女童生前曾骨折，背後也有燙傷疤痕，」他很冷靜的問他們，「過去是否發生了什麼事？」
蜜雪兒這時哭出聲來，陳姓刑警覺得她這哭泣來得很突然。她說都是自己的錯，是她沒有把她照顧好，小Sherry曾經爬上衣櫃，從衣櫃跌下來……
「衣櫃？多高的衣櫃？」
「大概一百六十公分。」
「她自己爬上的嗎？」陳姓刑警露出狐疑的臉。
「對，剛好旁邊有張椅子。」米雪兒很理所當然的說。
陳姓刑警追問，「當時送醫的醫院是哪一間？」
阿志說，是ＸＸ醫院。陳姓刑警點點頭，跟資料都相符。接著又問背後燙傷的原因。
阿志說，也是意外，不小心被姐姐泡的牛奶給燙傷了。
陳姓刑警有點意外，問，「是姐姐嗎？」
米雪兒說是，又說真的很抱歉，她當時也在一旁，沒能預防，跟從櫃子上摔下來一樣，一切發生得太快了。

「泡奶的溫度可以燙成這樣?」

「是電水壺。」米雪兒說,「煮滾時,小萱熱心想幫忙,不小心把它打翻,妹妹剛好在一旁,被波及到了……」

陳姓刑警臉上流露出不可思議的表情。

「有送醫嗎?」

「當然,同樣是XX醫院。」阿志說。

阿西這時說,「以一個五歲大的孩子來說,她受的傷的確有點太多。」

眾人這時安靜下來。陳姓刑警看著手上的女童就醫紀錄資料,心想說法跟紀錄都符合。他們沒有說謊。

阿志這時有點不悅,說:「這部分的確是我們父母的錯,但這都是過往的事,跟我們女兒被殺的這件事,也沒有直接關係,現在難道是追查這些事的時候嗎?你們難道認為我們殺了自己女兒?」

陳姓刑警說自己理解,但這是例行公事。他必須問清楚,請他們不要見怪。

阿志抽了口菸。

眾人安靜著。陳姓刑警與阿西的問題已經問完。他們也打算告辭,只是在等適合的時刻。

這時阿志的電話響了。

是殯儀館人員打來的。

對方說,檢察官已放行女童遺體。他們隨時可以來領,但建議是直接找禮儀社來處理。

「需要我們建議您禮儀社嗎？」對方問。

「不用了，我們自己找。」阿志說。

這早，阿志與米雪兒坐在客廳。他們在等人。

兩個人沒有說話。阿志抽著菸，米雪兒發呆看著電視。那是國家地理頻道，正講著暖化造成北極食物鏈失衡的問題。畫面上是一隻瘦弱的北極公熊在冰原上追殺一對同樣瘦弱的母子北極熊。儘管小熊卯足全力的跑，還是敵不過公熊，一口被公熊咬住，無力的掙扎著。母熊在旁徘徊一直看，但公熊委實強壯，母熊不敢靠近，最後公熊毫不留情吃起小熊來。母熊確定小熊死後，為求自保，也離開了。這是一段看得很令人痛苦的影片。但米雪兒只有眼神在電視上，她並沒在看。

他們都在想著昨天的事，他們去警局找陳姓刑警。他們想知道自己如何才能找回女兒的頭。

阿志問了陳姓刑警，「能不能告訴我，你們何時能讓那個王八智障殺人兇手把我女兒的頭還來？至少先讓她好好的走……我求你了，或者讓我去問問他，也許他看到我，會良心發現，會把我女兒的頭還我？」

阿志幾乎是求著跟陳姓刑警說，但陳姓刑警不敢回答。事實上，他根本也無法確定把餔是不是兇手。若他不是兇手，他又怎能知道女童的頭到底在哪裡？且聽檢察官說，把餔的律師已著手申請羈押停止，且成功率很高，因為根本罪證不足。

「你問他了嗎？」米雪兒也追問，「不然讓我去問好嗎？我是女人，是媽媽，我來問他，也許他會比較願意說。」

阿志、米雪兒的這些問題他無法應答，他也很痛苦。他也是父親，同樣有個在幼稚園就讀的女兒，能理解身為一個父母失去女兒的痛。

他們起初認為女童頭顱在案發地附近的可能性很高，他們已在那登山步道仔細搜尋，但始終未果。此外，目前根本無法掌握第一案發地的位置，現場沒有血，女童根本不是在那裡被殺的。既然不在那裡被殺，頭不在那裡的可能性也非常高。此外，兇手若是個變態，把頭顱保存起來的可能性也不是沒有。

他非常仔細跟阿志、米雪兒解釋，但他們聽不進去。

其實阿志、米雪兒並非聽不進去，他們是不願放棄。好不容易找到一個嫌疑犯，為何不嚴加拷打，讓他認罪，讓他說出自己女兒的頭的下落呢？他是一個殺女童的變態呀！想到這裡，他們就痛心疾首。尤其是阿志，女兒都已慘死，她的頭還有可能被兇手保存起來玩弄？他不能接受。

他很恨，很痛，都沒發現菸已經快燒到指頭，他把菸熄滅，喝了一口茶。

一台黑車來到女童公寓大廈前，停在便利商店前的停車格。前座男女看到便利商店前的一個顯著告示牌，寫著「若無購物，停車費每小時五百」。但他們不打算理會。三人從車上下來，都是身穿正式的年輕俊男美女。原本坐在後座的女孩這時才看到告示牌，歪著頭，說：「可能還是得買點東西吧？」另外兩個人用鼻子發出哼的聲音，好像在嘲笑她太膽小。

他們進入女童的公寓大廈，跟警衛伯伯表明來意。可能是女童父母有交代吧。警衛伯伯沒多問，直接把他們帶到電梯口，並按下電梯。三人走入電梯，警察伯伯用感應卡幫他們按了八樓。電梯門關上後，三人從口袋裡拿出白色手套戴上。

到八樓後，他們走到八之三前，按了門鈴。米雪兒開門讓他們進，顯然也知道他們即將來訪。

他們一入房，其中的男子開始說起話來：「謝先生，謝太太您們好。首先關於令嬡的事，我們必須先向您們表示我們最深切的遺憾，也希望您們能夠節哀，再來感謝您們選擇ＸＸ禮儀社，我們一定會把令嬡的葬禮辦好。」這男人說話時，另兩位年輕女孩像空服員解說空安一樣，用戴著白手套的雙手比畫著，雖有點唐突，但這煞有介事的模樣，讓質感提升許多。

「先進來坐吧。」米雪兒說。

阿志也已經坐在沙發上等，他在抽著菸。四人落坐在沙發上。

「要喝點茶還是咖啡？」

「不必了，謝太太。」

米雪兒還是拿了茶包、紙杯出來，將茶包置紙杯裡，在開飲機注入熱水，再給三位客人。

「我們討論過後，其實不是很想就這樣下葬我們女兒的……」垂著雙肩的阿志說。

「我們能夠理解您的想法，但，太慢下葬對您女兒不好。」葬儀社的男人說。其他兩個女人未繼續手勢動作，看來那只是起始花招而已。

米雪兒嘆了一口氣，說：「我的女兒沒有頭，到那個世界裡，那豈不是無法看，無法聽，無法說話，也無法吃嗎？沒有頭，在那個世界裡會怎麼樣呢？」

男人面有難色，說：「不能讓女童太久不下葬，否則她的靈魂無法安息。她這一生短暫且歷經令人想像不到的痛苦，最好讓她早些安息吧。」

阿志也露出為難表情。

米雪兒問：「現在還能土葬嗎？若一定要先下葬才能安息，先土葬，若屆時頭找到了，再一起火葬。這樣不知可否？」

禮儀社人員說，「也可以，那您們是考慮私人墓園還是公墓。私人墓園要花錢，公墓要排，可能要等。」

阿志與米雪兒互看了一眼。

這禮儀公司非常厲害，用蠟做出了女童的頭，成本很高，但非常相像。在小小的棺材裡，若沒仔細看，幾乎沒有破綻。據說成本超過六位數。這禮儀公司表示他們也很同情女童父母，所以沒向他們收費。但真正沒收費的原因，主要是這場葬禮有媒體報導，讓他們名氣一下子增了不少。

女童出殯時，現場只有女童的至親，大概七八人，以及陳姓刑警與阿西。那天天氣不好，陰陰的，隨時會下雨的感覺。

阿志與米雪兒哭得傷心欲絕。阿西也不禁落淚，但沒讓人發現。他看了一眼陳姓刑警，他剛毅的臉上沒有表情。

禮儀社人員要阿志拿棍子打棺材，他不捨，反而拿棍子打自己。他覺得自己沒做好父親的責任，他才是該被打死的那一個。禮儀社人員說父母不打不行，否則她到了那個地方要受罪的。她將無法跟陰曹地府的人員，解釋自己為何死，為何不孝，為何讓至親承受喪女之痛。做父母的，一定得打棺材，她才能解釋，自己是因為不乖，才被父母打死的。這才有可能被原諒。

米雪兒聞言，把棍子搶來，重重的往棺材打了幾下。

「晨晨，我的好女兒，妳走好……媽對不起妳，妳走好喔……」米雪兒一面打，一面聲嘶力竭的喊。

這時坐在圓板凳上的阿西，忽然覺得有幾滴水滴上自己臉頰，還以為是下雨了。下一秒才發現，原來是站著的陳姓刑警的淚，滴上他臉頰了。

火車

她很久沒有帶兒子回外婆家了。

主要是遠，再來是跟哥哥、嫂嫂感情不好，不想回去。當初父親死去時，留給她一棟舊房子，價格大概八百萬。她把房子租給人做便利商店，一個月有幾萬元可領。哥哥氣死了，幾乎不再跟她說話。有次她回娘家，居然還被趕出去。他大聲詛咒她：「妳拿那棟房子會有報應！」

沒想到，不久後，真有報應來臨。而她那棟房子因此賣了，全用來支付自己兒子的醫療費用。

十多年過去了，哥哥也覺得自己錯，但兩人感情依然是冷冰冰的。

她母親說，最近她兒子發生那樣的事，是運氣不好。母親請她把兒子帶回娘家，她想給他煮豬腳麵線，再帶他去廟裡拜拜，去掉霉氣。她娘家那邊的ＸＸ公特別靈驗，就連她自己也很信。過去幾度她的人生遇到了一些疑問，尤其是兒子的事，也都是在ＸＸ公的指引下，找出了答案，或者是她覺得自己找到了答案。

娘家在基隆，不會開車的她，每次都搭火車帶兒子回去。先是坐公車，從ＸＸ坐到ＸＸ火車站，再從ＸＸ火車站，搭區間車到ＸＸ火車站。加上等待時間，大概要花上近三小時。娘家離ＸＸ火車站不遠，過去還沒跟哥哥感情決裂前，通常是哥哥嫂嫂和媽媽一起來接她。一行人會在火車站前吃過那間有名的乾麵跟粉腸，再一起到娘家。氣氛很愉快，她有點懷念，但現在這些都是不可能的事了。

現在她都自己走路。從ＸＸ火車站步行到娘家，大概要走上半小時。對她來說，步行半小時沒什麼大問題，當作運動嘛。但兒子可就有問題了。他不喜歡走路。每次都抱怨連連。計程車費大概兩百元，但她捨不得花。兩百元耶，可吃三個便當。

那天，他們坐公車抵達ＸＸ火車站時。下著大雨，就算撐著傘，她跟兒子依然有些濕了。

兒子一直吵著肚子餓。她到便利商店買了一個火腿三明治給他，但他一下子就吃完了，還是吵著餓。但她擔心他越吃越胖，不肯再給他吃，只買了一瓶無糖綠茶給他喝。他喝了一口，嘟起嘴。這表情表示「自己才不要喝那個，沒甜不好喝，他要喝多多」的意思。她不想管他。但他一直吵肚子餓。通常她是能狠下心的，不過後來她又想到，最近他才經歷了那些不公平的事，覺得這孩子蠻可憐的，想說讓他開心一點吧，於是又起身到便利商店，打算買一包餅乾給他。

她手上拿著一包孔雀香酥脆，從便利商店回來時，發現孩子居然不在原本位置上。她四處找，發現他不在火車站內，嚇死了，一身冷汗滲了出來。接著又出火車站找。

好險。原來他在火車站前，蹲著看著一隻黑白色交雜的野貓。牠躺在花圃底下，一臉慵懶的牠，也在看著他。

那孩子就是喜歡貓，就連下著雨他也不在乎。她打起傘，走到他身邊，替他撐傘。她笑著看他，他笑著看貓，此刻的畫面若用濾鏡軟體圖像化，大概會有很深的幸福感吧？

過了片刻，她注意到他們旁邊站著一個戴口罩和墨鏡的人，他也正看著貓，而且沒撐傘。不過那個男子戴著一頂像魔術師戴的高帽子。

「應該不是惡意的人吧？」她想。自從那件事發生後，有些人曾經到她家裡扔雞蛋，甚至也有潑油漆、丟冥紙的，指指點點則更不用說了。現在她出門都非常小心，就連去個超市也十分謹慎。

「但他看起來還好，大概是跟兒子一樣，是喜歡貓的人吧？」她想，也就不打算管他。

這時，她看了一眼手錶，火車已快來了。她彎身，拍拍兒子肩膀。他回頭，才發現母親站在他身後。

他看到母親手裡的孔雀香酥脆，笑了一下。那笑容好深刻，幸福滿溢。

他站起身子，兩人一起回火車站，買了票，進了月台。再快步走向地下道，出來，到第二月台等車。他們坐在椅子上。她兒子打開孔雀香酥脆，喀拉喀拉吃了起來。他指指孔雀香酥脆，意思是問媽媽要不要吃。她微笑搖搖手，那是表示，「你真乖，但你自已吃就好了。」

他們身邊站著剛才那位戴口罩、墨鏡跟高帽子的男人。媽媽看了他一眼，覺得他有點奇怪。「怎麼又出現在我們身邊呢？」她想。他一動也不動的看著前方，專心等著火車，看來是沒有惡意，但太靠近他們了。大概過了五分鐘，火車抵達。孩子用手肘輕頂媽媽手臂，並用手指比向火車，意思是「火車到了」。媽媽點點頭。他們上了車廂。口罩墨鏡高帽子先生也跟他們上同個車廂。

這時間點還很早，火車很空，座位很多。媽媽與兒子一起坐在靠門的位置。兒子一直吃著孔雀香酥脆，吃得津津有味。幾個人看了他一眼，眼神中有嘲笑意味。媽媽這時注意到了，但懶得管他們。過去若有人嘲笑她兒子，她可是會跟人抗議，甚至發生衝突的，但她已經過了那個階段。此外，他們才又經歷了那件事，跟一般的嘲笑比起來，只要不是因那件不公平的事而做的歧視行為，她覺得還好。

口罩墨鏡高帽子先生這時坐在他們對面，幾乎與她四目相交。她覺得他好像在看他們，但因他戴著墨鏡，她也不知道他是否看著他們。但總覺得不太舒服，感覺在墨鏡下的他，好像有什麼不好的打算。

「是不是認出他了？」她想。但一會兒後，她又覺得，是自己想太多了。火車隨即關上門。因為人少，空調顯得很強，她覺得有點冷。

這時，她想規避口罩墨鏡高帽子先生的眼神，於是刻意閉上眼睛。她想睡一下，但腦裡一直不斷想起之前的事。她兒子在那段期間受苦了。她覺得自己很無能，居然都幫不了兒子。她甚至覺得他們所有人都是壞人，是欺負自己兒子的壞人。「世人怎能那麼壞呢？他們以後都會下地獄的。」

想著想著，不久後，她居然睡著了。

夢境中，她做了一個夢。她夢見她兒子西裝革履，梳著很好看的頭，進了一間赫赫有名的公司。他能力很強啊，在公司威風凜凜。他的下屬都是過去曾經欺負或嘲笑過他的人。不知為何，在夢境中的她，也在那間公司上班。看著兒子教訓那些下屬，覺得很高興的她，不斷笑著，最後不禁落下淚來……

不知過多久，她醒了過來，臉上居然布滿熱淚，使得她害臊起來，趕緊把淚水擦乾。火車上現在居然擠了滿滿的人。人的熱氣讓車廂顯得有點悶，她甚至覺得有點熱。她兒子靠在她肩膀上睡著了。她擦擦兒子滿是糖屑的臉。吃剩一半的孔雀香酥脆就快掉到地上了。她趕緊把孔雀香酥脆拿起，裝好，放進自己口袋裡。

這時她才發現，剛才那個口罩墨鏡高帽子男已經不見了。

「可能下車了吧。」她想。

不知為何，她覺得鬆了口氣。

隨機砍人？

早上他們才處理一件聚賭案件，抓了幾個嗜賭老人。但這起案件很無聊，也不是真正的賭徒，就是一群閒著沒事，以賭博打發時間的老頭、老太婆。但他們也沒辦法啊，畢竟有人報案，他們就得去。那些老人從六十到八十歲都有，聚賭金額很小，桌面上只有個幾百元，和一些慢性病的藥罐。看起來就像老人從老人院裡的復健活動，其中還有一位是坐著輪椅、戴著氧氣罩的，看護移工就坐在一旁。她看見警察時嚇得驚聲尖叫，以為警察是來抓自己的。大概是個非法移工吧。

阿西也不忍抓他們。他覺得自己是在欺侮老人。

老人苦苦哀求不要把他們送入警局，但他們也愛莫能助，還是把他們通通帶回去做筆錄。其中幾個老人還嚇得哭了，央求警察不要告訴自己兒女，令阿西感到不忍。

局內一下子好像變成老人安養中心。

忙完時，快要下午三點。陳姓刑警與阿西來到胖妞牛肉麵店時，他們還在午休。但看到是熟客又是警察大人，老闆娘還是特地提早幫他們做。

兩人坐在桌子前，都翹著腳，等著牛肉麵，一面吃著小菜。是麻辣涼拌鴨掌拌小黃瓜絲，還有皮蛋豆腐。阿西咬了一口鴨掌，皺起眉來，原來是咬到骨頭了，牙齒一陣酥麻，而且還太辣了。他急灌了一口水。

陳姓刑警這時接到通知，說ＸＸ火車站發生砍人事件了，初步看來，好像是隨機砍人事件，要求他倆去支援。

兩人嚇了一跳。

陳姓刑警走到老闆娘面前，丟了五百元給她，說，「很抱歉，我們有急事要去火車站。這錢先給妳，若晚一點有空，我再回來跟妳拿麵。」

說完，陳姓刑警打開玻璃門，與阿西跑著離開。

老闆娘看著他們背影，心想這麵怎麼辦，都燙下去了。

他們用最快的速度前往現場。

抵達ＸＸ火車站時，他們看見拿著刀的歹徒勒著一個年輕男子的脖子，坐在剪票口旁的牆壁前。前方血跡斑斑，一直蔓延到月台，看來歹徒在月台就已下手，再拖著他到剪票口旁。該名年輕男子年約十八歲，已昏迷，身上都是血。歹徒戴著墨鏡跟口罩，頭上還有一頂高帽子，雙手、手上的刀，甚至臉上都是血，看來非常駭人。

一些民眾，以及警察站在他們面前，請他不要再輕舉妄動。一個看來是受害者的母親沒有說話，僅跪在一旁向兇手磕頭。她的額頭上也都是血。

陳姓刑警與阿西到現場時嚇了一大跳，驚訝到幾乎要叫出聲來。倒非現場景象駭人的緣故，他們對兇殺場景早已司空見慣，就算是該男子的頭被砍下來，他們也不會多眨一次眼。

他們驚訝的原因是……那個母親和該名受害男子，他們認得的。

其實我們也認識。她就是把餔的母親，而歹徒勒住的那名昏迷年經男子正是把餔。他因罪證不足，尤其女童身上發現的毛髮，跟指甲裡的組織都跟他的檢體不符，羈押三週後，就被釋放了。

此外，儘管歹徒戴著口罩、墨鏡與高帽子，陳姓刑警一眼就認出他的身分。阿西也認出了。他與陳姓刑警交換了眼神。

陳姓刑警這時叫了歹徒的名字，但兇手似乎沒聽到，沒理會他。歹徒依然把刀子高舉在把餔胸前，大聲威脅著，「誰若膽敢再靠近，我就再把刀刺入他的胸部！」

陳姓刑警這時請其他人都退後。

就算歹徒戴著墨鏡，但陳姓刑警請他看著自己，又喊了他的名字一次。

歹徒這時才發現，眼前站的人居然是陳姓刑警。

歹徒這時怒吼，「都是你都是你，你為何放了他？他是殺了我的女兒的王八蛋，你們為何放了他？我不甘願，我要殺了他……」

陳姓刑警再次請阿志把刀子放下。

阿志拒絕。

他再次跟陳姓刑警說，「你為何把殺了我女兒的兇手放出來？……這世界還有公理嗎？你們這些王八蛋，若不制裁兇手，我就自己來……我的女兒才五歲。你們為何那麼殘忍？你們都是幫兇……」

說完，阿志又把刀往把餔胸口刺下，再拔出來。

眾人驚叫。

但把餔毫無反應。阿西覺得把餔大概已死去。陳姓刑警這時拿出槍。再一次警告阿志別再輕舉妄動，又說，請他放了把餔，他已傷得非常嚴重，需要立刻送醫。

阿志再次拒絕。他說，「我要殺了這個王八蛋……他是殺了我女兒的王八蛋，他沒有理由再繼續存在於這個世界……反而是你，你是幫兇，你們為何放了他，你們是幫兇！」

陳姓刑警說，請他冷靜，並不是他們放了他，是因為罪證不足，無法證明把餔是兇手，法官才停止羈押。針對他女兒的案件，他們還在查。他們一定會查出真相，請他給他一些時間。

阿志這時吼，「我不相信，就是這個王八蛋殺害我的女兒，我要他償命。為什麼他殺了我女兒，他那麼殘忍，那麼變態，為何還被釋放。這沒天理啊……」

阿志這時推開把餔，他立刻像一團沙袋一樣側身倒了下去。阿志大吼一聲，把刀往自己肚子刺進去。他露出痛苦表情，試圖切腹，可是刀才移動不到五公分，他就痛得無法再移動刀子。

他大叫一聲後，暈了過去。

陳姓刑警立刻衝上前，搶走他的刀，並讓阿西趕緊確認把餔的情況。阿西摸摸把餔的頸子，搖搖頭。阿志腹部也流出大量黑血來。

醫院

連續兩台救護車響著警鳴抵達D醫院。第一台車的傷患滿身是血，腸子外露，已失去意識。據救護車紀錄，他在上救護車前，已失去呼吸心跳，進行了急救並施打強心針，未有反應。醫護人員立刻將他送入急診室。醫生只看一會兒，覺得未有繼續急救的必要，宣告死亡。另一台救護車的傷患情況較好，稍有意識，但嘴裡大聲嚷著「讓我去死吧別救我我不想活了」之類的話，精神狀態不太穩定。做了急救處理後，被送到七樓的開刀房。

陳姓刑警與阿西站在檢傷護理站，旁邊的把餔母親跪著跟老天祈禱。

一會兒後，第一位病患的醫生從診間出來。他有點胖，但一副宅心仁厚的樣子。陳姓刑警與阿西上前詢問情況。醫生表示他身上刀傷太多，第一刀就致命，一共刺了十八刀，重要器官都遭受嚴重損傷，已回天乏術。

醫生這時問，「家屬呢？還沒抵達？」

陳姓刑警指指跪在旁邊祈求老天的把餔母親。

「目前只有他母親在，她跟傷者一起過來的。」陳姓刑警說。

「那……我過去解釋嗎？」醫生說。

陳姓刑警摸摸自己人中，說：「她聽不到，也無法說話，而且我覺得她此刻情緒可能非常不穩。我在想要不要等她其它家人一起來再宣布。這樣吧，我先過去跟她談一下。」

醫生嗯了一聲。

陳姓刑警走到把餔母親身旁。她正跪著，頭貼地祈禱，沒發現醫生已出來。

他拍拍把餔母親的背，她轉身看到陳姓刑警與阿西，嚇得往後坐。她用食指指著他，一臉猙獰，像看到惡魔，又爬著過去，想要打陳姓刑警。

「先不要激動。」陳姓刑警說，但這時又想起，她不會聽，也不會說話。他想拿手機時，把餔母親卻咬了陳姓刑警的小腿。陳姓刑警想推開她，但她死咬著他的腿不放。醫生、阿西也靠攏過來，想把她拉開。

「讓她咬吧。」陳姓刑警說。

把餔母親這時發出類似狗咬人的叫聲，聽起來像是一種極悲的哀鳴。

一會後，把餔母親鬆開嘴，坐在一旁大哭。

醫生除了來宣告死亡外，本還想問有關器官捐贈的事。但這會兒，也被這場景給嚇呆了。他決定待會再來問，又回到診間。

這時，把餔爸爸與哥哥也趕來醫院。他們跟把餔母親一樣，不懂為何會發生這些事。但不同的是，他們能說能聽。他們也非常憤怒，不斷質問陳姓刑警，「不是因為罪證不足，把餔才被釋放的？為何把餔會被殺？他現在情況怎麼樣？」

陳姓刑警與阿西沉默著。

「我兒子情況怎麼樣啦？」進伯用吼的，整間急診室的人都在看他。

陳姓刑警與阿西九十度彎下腰來。「很抱歉，把餔已經過世了。」

進伯聞言，跌坐了下來，像個鬧脾氣的小孩，不斷用拳頭敲地板，一面嚎哭起來。把餔哥哥與媽媽也嚎啕大哭。

陳姓刑警與阿西非常遺憾。

進伯這時指著陳姓刑警，說：「要不是你懷疑我的把餔，這些事不會發生。你們要給我個答覆！」

但陳姓刑警這會兒居然也辭窮，想不出適合的措辭。這絕不是裝的，這種情況下，你要他怎麼回答呢？說什麼也顯得言不由衷？對吧？

陳姓刑警跟阿西再次向把餔家人誠摯的道歉，但他們一臉戾氣的看著他，尤其是進伯，臉上表情簡直要殺了他倆一樣。

「殺人兇手。」把餔爸爸說，「你們是他媽的殺人兇手。」

陳姓刑警與阿西一臉歉意。

「無論如何，請接受我最真摯的歉意。」陳姓刑警說，又彎腰鞠躬。阿西也依樣畫葫蘆。他們鞠躬了幾乎一分鐘之久。

結束鞠躬後，兩人走出急診室。

這時下起雨，濕漉漉的黃昏更顯淒涼，兩人抽著菸沒說話，這個時刻太沉重了。阿西內心非常難過。他想，自己明明應是**正義的執行者**，他當刑警就是打算當正義小飛俠啊，但此刻他卻覺得自己好像毀了兩個家庭。

「陳哥，你的腳還好嗎？」阿西問，「要不要給醫生看看？」

「應該還好。」陳姓刑警說。

兩人沉默一會。阿西很想幫他看看傷口，但不敢說。

這時陳姓刑警的電話響起，他接了起來。

是一個叫麗雯的媒體記者，也是陳姓刑警的堂妹。她的聲音很嗲。

「哥，是我，阿雯。你在哪？」

「醫院。」

「醫院啊，你怎麼了嗎？」

「我沒事，是因為工作的事，才來醫院。」

「喔，嚇死我了。」她說，「對了哥，那個女童案不是你負責的嗎？今天又發生大事，你還好吧？」

「怎麼可能好，我現在在醫院，就是為了這件事。」

「是喔。哥我跟你說，新聞已經很大條。現在你們分局前有很多民眾聚集耶。」

「為何？」

「哥你沒看新聞嗎？」

「沒有，哪裡有時間看新聞。」

「總之，大家都同情女童父親。要求你們釋放他。他們說政府無作為，隨便釋放殺人兇手，是政府逼得他走上絕路的。」

陳姓刑警嘆口氣，說：「就是證據不足啊，檢察官也沒辦法。我們無法證明把餔是殺女童的兇手，他才被法官釋放。況且，我也覺得兇手可能不是他。我也沒想到阿志居然這麼衝動。」
「是喔，阿志，嗯，就是女童爸爸吧？」
「對。」
「之前跟他接觸，我一直以為他是個理智的人，真的無法想像他會做出這件事來。現在把餔的父母也幾乎崩潰，我覺得……唉，不說了。」
「哥，總之現在民眾很不理智，認為有智能問題的把餔就是兇手，還有人謠傳，他根本不是智障，是裝的。而阿志殺了他，只是在做政府應該做的事而已。這接下來可能是大新聞，連你可能也會受牽連，要有心理準備喔。聽說同業已經在挖你的身分了。」
「可是我有什麼好挖的？」
「針對你過去的案子啊。反正他們有什麼就會挖什麼，再隨便亂報、渲染，目的沒有別的，就是要收視率或點擊率而已。」
「嗯。」
「那先這樣了。」她說，「有空回去看奶奶喔。」
「嗯，掰。」
陳姓刑警講完電話後，彎身抓了抓小腿剛才被咬的部分。
「陳哥，我還是覺得你給醫生看一下比較好耶。」阿西露出擔憂表情問，「雖然不是懷疑把餔媽媽有什麼特殊的病啦，但我記得看過一篇網路文章，就算是被人咬，還是得打破傷風比較好。」

「嗯。」陳姓刑警說。

這裡我們趁陳姓刑警去看醫生時，將視角切換到醫院的另一處。

阿志開刀房樓層的休息區。

七樓。

但我們先看一眼醫院外。這裡也聚集了一些人，而且還不少。他們手上拿著燃燒的白色蠟燭，在夜晚閃閃發亮，好像一朵朵發亮的小白花，他們在為阿志祈福。一些人拿著小Sherry的照片，安安靜靜的站著。還有一些人拿著海報，上面寫著一些如「司法已死」的標語。他們說「小Sherry父親的行為是可理解的，沒有不公義的司法，就沒有這次的殺戮，是時候做司法改革了」。

米雪兒在開刀房外，等待阿志清醒。她將雙手插進深藍色外套的口袋，背靠著牆壁，雙眼看著半空，彷彿還處於阿志殺人事實的震撼之中。

她的父母、阿志的父母以及小萱也都在，但他們不說話。

當初阿志外遇並把小Sherry帶回家之時，兩家吵得非常厲害。蜜雪兒父母非常生氣，還拿鞋子打阿志。阿志父母見狀，也不滿親家打自己兒子，也與他們打了起來。四個老人後來無力再打，只好相互叫囂，上演了一齣令人啼笑皆非的鬧劇。

當時蜜雪兒母親要她離婚，要她別那麼沒志氣。可是蜜雪兒就是愛他啊。這跟志氣毫無相關。蜜雪兒父親則勸合，他說，「誰的婚姻沒有風雨？既然結了婚，就不能輕易談分離，況且有小孩。」這對老人私下意見不合，也在這事上吵了起來。

米雪兒對阿志氣歸氣，但怎麼可能離婚？她甚至覺得母親不懂愛。

阿志父母方面則認為外面那個女人已死，未來也不會再有糾葛。在道義上，是該扶養那個小孩。

兩個家庭因阿志在外面生的小孩大吵，至今還沒和好。尤其米雪兒母親，一看到阿志跟他的家人，還是一肚子火。她覺得他們立場偏頗，完全沒有替受害者，也就是她的女兒著想。這樣的人，她永遠不會再認他們為親家。

不過再怎麼樣，女婿殺了人，做親家的也是很遺憾，也還是在第一時間來醫院看了。

兩對親家坐在椅子上，沉默著，假裝對方不存在。

米雪兒這會兒來到窗前，看著那些替自己丈夫打氣的群眾。不過她跟那些人想法不同。大學輔系是法律系的她，是比較理智，知道把餔被放出來的原因，是罪證不足。這就代表在法律上而言，他尚不能是殺了自己女兒的兇手。據陳姓刑警的解釋，女兒身上發現的毛髮、皮膚組織，都與把餔的ＤＮＡ不符，而女兒下體內未沾有任何男性細胞，這代表，那可惡的兇手可能戴保險套。此外，一些證據也被法官打槍，如幼稚園陳老師的指認。她確認當天來接小Sherry的人，是會說話的，像正常人，但把餔智力不足也是事實，而她又指認把餔是接走女兒的人，明顯是一個缺乏邏輯的人，故她的指認或證詞通通被法官判定無效。而監視器畫面也被法官打槍，說那畫面不夠清晰，證據效力不夠。此外，派出所方面，則有證人表示，當天下午她看到把餔一個人在老房子裡看貓，看了好久。陳姓刑警與阿西後來也跟她談過。她是個中年阿桑，也認識把餔，說她幾乎每天都會看到他，還說那孩子很乖，是不會傷人的人。其實那個人，我們也都認識，並不神祕的，她就是在最前面說過的，那個屍體目擊者陳俊語的女管家。

米雪兒這時雙手抱起胸來，心裡埋怨起阿志：「他到底在搞什麼？怎麼會那麼衝動？難道這陣子的問題還不夠多嗎？」她甚至感到憤怒。現在阿志殺人了，所有的一切她將獨自面對。她擦擦臉上的淚水，自語，「你就是那麼自私，你永遠就是那麼的自私……」

幾個病人家屬知道米雪兒他們的身分，紛紛跟他們打氣。但他們都很有默契，不予回應。

小萱這時也坐在椅子上哭。她沒有坐在祖父母旁邊，也沒有坐在外祖父母旁邊，她不敢選擇，兩邊她都愛。若這時坐在任何一邊，都不對。

現在的她，很擔心父親的情況，雖然剛才醫生已先說，父親大概不會有生命危險，但她還是很擔心。她覺得父親很傻，居然做出這樣的事。就算沒死，他也會因殺害把餔，而入獄吧？會關多久呢？

「我會多久看不見父親呢？」她很捨不得父親。她不敢再想……

陳姓刑警與阿西這時來到這裡，發生這樣不幸的事，他們得跟米雪兒致意。但沒想到，一進來時，恰好目擊米雪兒的長輩們吵架。吵得非常兇，有人甚至連鞋子都脫了下來。尤其是蜜雪兒母親責怪阿志父母，埋怨就是他們同意把小孩接回來，才搞成這樣。這個小孩就是剋星，剋她自己的兒子，也害了她女兒。祖父母則說，都已發生意外，為何還重提往事。另一方又說，若不把這小孩接回來，就太平無事。米雪兒冷冷看著他們吵。小萱則在一旁哭泣。

陳姓刑警與阿西在一旁尷尬不已。陳姓刑警發現蜜雪兒母親一直咒罵小Sherry，讓他覺得她恨透了她，內心閃過一絲奇怪念頭。

這時，執刀醫生過來了。戴著口罩的他，是一個中等身材的人。眾人看到醫師，立刻安靜下來。他把口罩拿下，我們才發現他面容酷肖五月天的阿信。

醫生跟他們說，阿志的手術已完成，還算順利，基本上已無生命危險了。米雪兒與小萱相擁而泣。

米雪兒這時問，「我們現在能去看他嗎？」

醫生同意他們探視。

他們來到病房前，但值班警察說，每次只有五分鐘，一次兩個人。米雪兒父母不打算進去，最後只有米雪兒、小萱與阿志父母穿著綠色隔離衣，進入病房探視阿志。

首先是阿志父母。看著受了重傷的他，他們的心好痛。阿志母親不斷哭泣著，她摸著阿志的額頭，想起他小時候的樣子。一向個性理智又理性的他，從不曾犯什麼大錯，也不曾生大病，唯一令她稍稍困擾的，僅是他極佳的女人緣。她眼淚流了下來，難以理解他怎會無端受到這種劫難。「小志啊，你一定要好起來，」她撫著他的臉頰，輕聲對他說，「未來還有大好日子在等你呦。」阿志父親則一向木訥，僅一雙悲傷的雙眼看著他。他嘴唇顫抖著，想對他說些什麼，但在清醒時，他們父子話就不多，何況阿志還在麻醉狀態中呢。時間到了，他們依依不捨離開。

輪到米雪兒與小萱進入病房。但米雪兒僅看了他一眼，好像僅是為確認他還活著一般，之後就轉身離開，讓小萱嚇了一跳，也來不及勸她。但時間不多，她握起父親的手，跟他說，他太傻。怎麼可以做出這樣的事。他還有媽媽還有自己啊。難道為了妹妹，他就不要這個家了嗎？最後她問，「爸爸，你為何這麼自私？」

阿志這時還沒真正清醒，但小萱感受到爸爸的手的力氣。

她猜想，爸爸也許後悔了，也許可能正在說抱歉吧。

記者與永和豆漿

這是沉重的一天。

陳姓刑警跟阿西離開醫院後，在外頭吃了永和豆漿。兩人都吃一籠小籠包，和一杯豆漿。可惜皮太濕，有點爛，肉又沒味，阿西覺得不好吃。但看著陳姓刑警津津有味的吃著，自己也只好硬著頭皮吃下去。他想要學習陳姓刑警的一切。

離開永和豆漿後，因時間很晚，兩人直接各自回家。

沒想到，在地下室停好車後，真如麗雯所說，有記者在守候，想要堵他。

「陳警官，可不可以跟我們說幾句？」那記者問。是一個身材微胖的男人，臉長得還算帥氣。旁邊站著一個很高的人，從手上機器看來，他應該是攝影師。

陳姓刑警置之不理。

「陳警官，拜託啦，你知道我們也只是記者，這都是工作而已。這麼冷的天，我們在這兒已守了三個小時。你讓我們訪問，隨便應付講一下，讓我們交差。可以嗎？不會花你太多時間的。」記者幾乎以懇求的語氣在說。
陳姓刑警這時心軟，說：「那就速戰術決吧。」
攝影師隨即將機台打開，燈光讓陳姓刑警感到刺眼。記者很有效率拿起麥克風，問：「請問，您是負責偵辦無頭女童案的陳警官嗎？」
「是，我是。」
「針對無頭女童案，受害女童的爸爸殺了那位智能不足的嫌疑犯，你的想法是什麼？」
「我感到很遺憾。」
「你認為兇手是那個智能不足的少年嗎？」
「我的想法不重要，他今天被釋放，是因罪證不足。」
「為什麼罪證不足？」
「就我們找到的證據不夠啊？」
「那當初為何羈押他？」
「這是檢察官的決定。Not my call.」陳姓刑警不知為何講了一句英文。
「你知道這是個重大案子，而且受害者是女童，還被砍頭，無論有罪沒罪，只要被你們認定是嫌疑犯，恐怕都會受到極大的輿論壓力，你們當初有沒有考慮到這點？」
「我們警察只是依證據辦案，其他的恐怕得問檢察官，或者也該問你們媒體啊。偵查不公開你們是知道的，但你們永遠可以找到最新的資料。」
記者好像被將了一軍，忽然沉默下來。

「你知道這智能障礙少年的父母，幾乎已不敢出門了嗎？」
「這點我不知道……」
「會不會覺得他們一家子很可憐？現在想對他們說什麼嗎？」
陳姓刑警沒有回答。
「陳警官，你以前好像曾中彈，而那個犯人因精神問題被減刑，你好像曾經大罵他？你現在針對女童嫌犯的感覺，也是一樣嗎？」
「這是兩碼子事。一個是審判後的結果，一個連審判都還沒，怎麼能扯在一起？對於我來說，找到兇手與證據是最重要的事，至於審判則不是我能左右或干涉的了，我是警官，不是法官。當然我會有私人的感受，那也是很正常的。」
「所以你對於現今法律系統很失望嗎？」
「什麼意思？」
「對於你們警察辛辛苦苦抓到的犯人，法官卻隨便放，導致被害者家屬尋求私刑正義，造成無辜的人死亡，你覺得法律人很糟糕，要做司法改革對嗎？」
「我不會這麼說，法官也是依證據裁決的。但確實我認為司法改革是必要的。」
「好的，謝謝陳警官接受我們訪問，今晚累了吧，請好好休息喔。」
「你們也是。」
陳姓刑警走進家裡時，已經凌晨兩點。

他真的很累。他一入家，可可照例開啟房間的燈。他知道她醒了，她也知道他回來了。穿著白色睡衣的她走到客廳，問他要不要吃宵夜。陳姓刑警這晚說自己真的不餓，不要麻煩了。

他老婆笑了一下，走到他身邊，坐下。問他，「若不餓的話，要不要考慮吃點別的？」他看了她一眼，覺得穿著白色睡衣的她很性感，她也笑得很嫵媚，他知道她的意思。但他搖搖頭，說今天很累，完全沒有力氣。他是說真的。

她說，「可是我餓了。」她輕輕解開他的褲頭，想用嘴幫他。但他拒絕，說自己在外面忙了一天，沒洗澡，髒，別用嘴。陳姓刑警的太太說不怕，又問他，「我何時嫌棄過你了？」她於是把他拿出，輕輕吸吮。陳姓刑警雖然說累，但一下子精神就來了。他的尺寸很傲人。

陳姓刑警把雙手枕在頭後，享受她的服務。過了一會，他開始呻吟，覺得自己要到了，把手放在她肩頭，跟她說先停下。但她沒有停止，反而更加賣力，意思很明顯。最後他在她嘴裡解放。量很多，可可幾乎嗆到了。她站起身子，跑到浴室去。陳姓刑警拿了衛生紙擦擦自己，又收回。

一會，他打開電視。新聞當然講著今天的事。記者在醫院外，連線談著今天在火車站的兇殺案。他說，本案跟無頭女童案有直接關聯。今日兇手所殺的被害人，就是當時涉嫌強暴又殺害女童的兇手。而今日殺害他的兇手，正是受害女童的父親。他在殺害嫌疑犯後，也自殺，目前仍在醫院急救中。

新聞鏡頭裡，可看見記者身旁滿是拿著點燃的白蠟燭的人。他們在替阿志祈福。他們認為阿志是為了自己女兒復仇的英雄。

一個民眾受訪，流著淚講著我們的法律有多麼荒謬。居然把殺害又強暴女童的兇手給放了出來。他憤慨的問，「就算他是智障又如何，難道智障所造成的傷害就比較低嗎？傷害就是傷害，殺人就是殺人。」又說，「這不是那個父親的錯，而是警察的錯，是檢察官的錯，是法官的錯，是政府的錯！」受訪民眾身後的民眾也紛紛點頭認同，甚至有人大喊「恐龍法官要負全責！」

這時可可從浴室走了出來，坐在他身邊，把頭靠在他肩膀上。兩人一起看著新聞。

「這是你今天去辦的案子吧？」

「對。」

「唉，可憐的人。」

「誰？」

「還能有誰？」她說，「當然那個父親呀，要不是他女兒無故被人殺死，事情也不會這樣吧？」

「嗯。」

陳姓刑警沒有再回話，僅看著電視。他真的很累，累到連說話的力氣都快沒了。

「難道你不這麼覺得嗎？」可可問。但陳姓刑警依然沉默。可可一轉身，才發現他睡著了。也許是剛剛才處理過的關係，他睡得很沉。

她看著他睡著的樣子，覺得十分可愛，忍不住吻了他一下。

蛋炒蝦仁飯

爸爸的事讓小萱哭了很久，雙眼都腫腫的，喉嚨也燒聲。看來對她而言，父親受傷的打擊，遠比妹妹死去來得大。她回家時，外公外婆陪著她。米雪兒留在醫院，難保半夜不會發生什麼事。阿公阿嬤則先回去了。

其實祖父母原本也想陪小萱，但實在不想再跟她外祖父母同處一室，才先回去了。臨走前，他們跟小萱說，他們永遠會保護她，有什麼事一定要打電話給他們。講完，他們瞪了親家一眼。看來兩家的恩怨還有得磨。

他們晚上只在醫院吃了一點米雪兒買的麵包跟鮮奶。所以外婆在廚房裡煮消夜，她跟外公坐在客廳。小萱外婆在冰箱裡翻了一下，沒什麼食材，還好找到一包米雪兒在好市多買的冰凍蝦仁和一些蛋，她準備簡單炒個飯。

小時候，外公外婆最疼的人就是小萱了。以前爸爸媽媽很忙，經常把小萱留在外婆家，一待就是幾個禮拜。外公外婆住在ＤＹ縣的山區，當地盛產水蜜桃，小萱的外公也種了幾棵。其實水蜜桃不好種，除了講究技術外，若沒有悉心照顧，水蜜桃長不大，果子也會非常酸。但小萱外公主要是種休閒娛樂的，也就不那麼講究了。小萱外公開了一輩子的公車，大概在小萱十五歲時，退休了。他們只有米雪兒這麼一個女兒，自然是非常疼惜小萱這唯一外孫了。

小萱外婆家的房子是舊舊的三合院，洗澡間還沒有瓦斯，是燒柴的，很像連續劇裡舊時代才會見到的場景。小萱外祖父母並不窮，這是他們的祖產，當然要改建或增設新設備，他們都有能力，只是他們不要，這是他們選擇的生活方式而已。那邊還有條小溪，有很多大肚魚跟小蝦，夏天把腳泡進去，一面聽著蟬鳴，涼爽極了。外公外婆一向把小萱當小公主一樣看待，就算是舊房子、老設備，她依然很喜歡外婆家。此外，外婆家還有一隻黑狗妞妞。不是名犬，是外婆從外頭撿回來的米克斯。當時不知為何，可能去咬了垃圾便當，嘴被橡皮筋給套住了，時間一久，整個喉嚨被割了一條線，非常可怕。小萱外婆花了不少錢才把她救活。妞妞非常聰慧，不會亂大小便，還會聽口令，坐下、握手什麼的都會。小萱很喜歡她，就算回到了HS縣生活，也還是惦記著她。

但當然，現在她是待不慣外婆家了，並非嫌棄，而是小萱外婆家實在太偏遠了，他們家沒有網路，4G又收不到，沒有網路簡直要人命吧？對不對？後來她就很少過去住了。

此外，因妹妹來了之後，媽媽跟外婆賭氣。因為媽媽後來接受妹妹嘛，外婆難以釋然，說媽媽自甘墮落。所以外婆再也沒去過小萱家，媽媽也不曾回去，也不同意小萱獨自前往。此外，大概在妹妹來家裡後的一個月左右吧，妞妞就病逝了。她記得有一天，外婆打電話來，跟她說妞妞生了很嚴重的病，那天小Sherry不知怎的，不斷大吵大鬧的，致使她連電話都聽不清楚。她跟外婆說想回去看妞妞，外婆說要看要快，但後來媽媽還是不准她去外婆家。就是因著妹妹，她連最愛的妞妞的最後一面都沒看到。

外婆炒了蛋炒蝦仁飯。雖然簡單，但很香，看起來也很美味。

外婆裝了一碗給小萱。小萱吃著吃著，居然哭了起來。兩老嚇了一跳，急忙安慰她。

她哀哀的跟外婆說，「外婆，我好想念原本的一切，要不是妹妹，家裡不會這麼亂，爸爸不會受傷，現在還殺人，怎麼辦？外公、外婆，我們家裡變成這樣，我要怎麼辦？」

外婆看著外公，兩人都嘆了氣，也不知該說些什麼來安慰她。

吃完飯，小萱去洗澡。

在浴室裡，她發現浴室裡的上身鏡裂開了。裂紋讓在鏡面上的她，看起來好像脖子被切開了。

她摸摸鏡子上的裂紋，手指卻不慎被割到，一點點的鮮血流了出來。她把受傷的手指放進嘴裡，吸吮著，若有所思的看著鏡子裡的自己。

便利商店的拿鐵

這早，陳姓刑警與阿西來到女童的家。事實上，是來到她家下面的便利商店，就是有囉嗦店員的那間，記得吧？但此刻，他沒有值班。兩人坐在玻璃門旁，手上的咖啡幾乎已經喝完。他們在等著小萱。

他們有事想跟她談。昨晚小萱洗完澡，接到陳姓刑警的電話時，很緊張。不過她也已經滿十八歲，跟刑警聊聊，在法律上不須人陪同。

「這樣好嗎？」接到電話通知時，她問。指的是私下跟他們談。
陳姓刑警說，「這只有好處不會有壞處。」
「你們要跟我談什麼？你們不會懷疑我殺了我妹妹吧？」
陳姓刑警忽然沉默下來。電話那一頭的小萱非常緊張。
「妳覺得我們應該懷疑嗎？」
「當然不希望，也沒必要。」
「我們是從來沒有這個念頭。」陳姓刑警說。
「嗯。」
陳姓刑警忽然沉默下來，小萱非常緊張。
「我們應該要有這個念頭嗎？」陳姓刑警又問一次。
「不用……吧。」小萱說。陳姓刑警這時在觀察她的反應。
「嗯，那就明天早上見，最後，這件事不要跟米雪兒說。」
「好。」

小萱在約定時間前的一個小時就醒了，也已經打扮好了。她坐在床前，一直想著警察要問她些什麼，為什麼要她自己去就好。她緊張到不自覺咬起指甲。

米雪兒若看到一定會念她。她會說，「這是髒小孩才會有的壞習慣。」

想到這，她才忽然停止咬指甲的動作。她這時拿出手機，打開，在Line裡，找了「北鼻」這個稱呼的人，打了過去。
「北鼻，醒了嗎？」她說。
「醒了，鼻怎麼了？」
「昨晚刑警找我，約我等一下跟我談我妹妹的事，怎麼辦？」
「真的？」
「對，而且……而且要我單獨去，在我家下面那間便利商店。」
「為什麼要找妳談？他們有說嗎？」
「沒有，什麼也沒說。」
兩人沉默一會。
「怎麼辦，我好怕，是不是因為……」她欲言又止。
「鼻，妳聽我說，不要怕，反正什麼都說不知道就好了。懂嗎？」
「嗯。可是……」
「我們不會有事的。不要擔心。好嗎？」
「嗯。」
「不用擔心。」對方重複一次。
「嗯。」小萱說完，掛上電話。她看一眼窗外，有點陰，好像要下雨了。
在約定時間前的十分鐘，她走出房間，外公外婆還在沙發上睡。她悄悄出門。
進入便利商店時，她好像踏入鬼屋一樣，一直東張西望。阿西看到她，站起身子，去接她，並問她要喝什麼。小萱說不用。但阿西說拿鐵好嗎？就逕自點了一杯拿鐵給她。此刻的店員是一個妹妹，隨即熟練的做起咖啡。小萱與阿西在櫃檯前等咖啡，她覺得有點尷尬。這時在座位上的陳姓刑警跟小萱笑了一下，卻令她有點害怕。因為他的笑裡藏著威嚴。

「昨晚睡得好嗎？昨天辛苦了。」阿西說。

小萱嗯了一聲，接著為打破尷尬，又硬說：「只要爸爸沒有生命危險就好了。」

店員妹妹這時把咖啡給阿西，阿西又把咖啡給小萱。結完帳，兩人走到陳姓刑警坐的位置前。阿西坐在陳姓刑警旁邊，小萱坐在他們對面。這時陳姓刑警又露出笑容，說「請妳不要緊張」。

「但我知道妳一定很緊張，對嗎？」陳姓刑警問。

小萱點頭。

「對了，吃過早餐沒？」

小萱搖搖頭。

「去買個麵包給她。」陳姓刑警看著阿西說。阿西立刻起身。

「真的不用了，真的，我喝咖啡就好了。我通常也不吃早餐。」

阿西留步，又回到座位。

「這樣不好喔。」陳姓刑警說，「早餐很重要。」

「嗯，我知道。」

陳姓刑警發現她的聲音還在抖。

陳姓刑警露出溫柔的微笑，說：「我們今天來，不是問妳的事，所以真的不要緊張。」
「嗯……」
「聽醫生說，妳爸爸已經穩定下來了？」
「嗯，對。」
「媽媽還在醫院，對嗎？」陳姓刑警又說，「接下來，她可能會有點累，妳要堅強，要做媽媽的後盾……」
「我會，只是最近我也很累，家裡發生那麼多事情……」
「確實，尤其妳年紀還那麼小，辛苦妳了……」
小萱喝了口咖啡，問：「請問，今天是要問我什麼？」
陳姓刑警也喝了口咖啡，但他的咖啡杯早空了，他只是做做樣子。接著低吟一下，說：「我們今天找你，主要是想知道，妳妹妹去妳家裡後，家裡是否有什麼變化？」
「妹妹來家裡之後？……」
「對。」
「當然，家裡的變化很大……」她若有所思的說。
「能告訴我們嗎？」
「嗯……」小萱說，接著開始幽幽的敘述起來。

妹妹來到家裡的那天……

是一個很平凡的週六。

難得下廚的媽媽在廚房裡忙進忙出，我記得那天她心情不錯。她說天天吃外面不好，週末應該好好煮一頓。她特地帶著我去傳統市場，買了很多新鮮食材，特別是青菜，還特別買了一隻烏骨雞。她說要做剝皮辣椒烏骨雞湯，跟很多很多的青菜。想讓大家在週末能夠補一下維他命跟纖維。尤其是爸爸。

我記得那天她笑著跟我說，「爸爸的肚子越來越大，但卻一點也不自覺。」

我們從市場回來後，爸爸居然不在家。但我們也沒想那麼多，猜測他可能去外頭買涼的或菸，或者去哪裡逛了吧。我們進屋後，我原本想幫媽媽的，但她說我只會越幫越忙，她叫我去看卡通，所以我就在客廳看櫻桃小丸子。不知過多久，我聽見雨聲，我走近窗戶。哇，天黑黑，居然下起大雷雨。

媽媽在廚房大叫，「趕快去看看房間的窗戶有沒有關！」

我就跑去爸媽房間跟我的房間檢查，還好都關上了。回到客廳時，我跟媽說：「都有關喔。」

「好。」她回應我。

不久後，爸爸就進來了。他身上都濕了。我打算拿毛巾替爸爸擦拭，可是他卻搖搖手。就在那時，我在爸爸身後，看見一台嬰兒推車，一個小女孩坐在裡面。她身上也濕了。我看到她時，嚇了一跳，問爸爸那個小女孩是誰，可是爸爸沒說話。她也怯生生的看著我。同時我也看到，她抓著爸爸的手，感覺跟爸爸很熟悉，我內心有種很奇怪的感覺。

他只問，「妳媽媽呢？」

我說，「在廚房裡煮菜。」

爸爸彎身跟那個小女孩說，「妳在這裡坐一下，姐姐會陪妳。」那小女孩說好。爸爸交代我幫忙看一下小女孩，我說好。他便一面搓著手，往廚房走去。

媽媽從廚房裡聽見外頭講話聲音，於是從廚房裡走了出來，恰好與爸爸碰到面。媽媽問爸爸怎麼淋雨了。但爸爸沒說話。媽媽這時才看到推車裡的小女孩。她露出詫異表情，接著瞪向爸爸。

這時爸爸跟媽媽說，「我們入房再談。」

媽媽那時的表情非常憤怒。但她入房前，還是不忘提醒我，要替小女孩擦乾身子，免得感冒。

後來我就聽到爸媽在房裡吵架的聲音，吵得好兇。我聽見媽媽尖叫大哭，爸爸一直叫她冷靜。那時那個小女孩也怕得哭了。我趕緊把她的耳朵蓋起來。後來……甚至，我還聽到拳頭打肉的聲音。爸爸是絕對不會動手的，我知道是媽媽打爸爸。爸媽吵架甚至打架已經不是第一次。我其實沒有很訝異或害怕，我已經習慣。

可是小女孩卻越哭越大聲。

我只好抱起她，並安慰起這個當時我不知道身分的小女孩。

我當時只覺得她有著一雙父親的黑瞳大眼，深邃而迷人。

其實坦白說，我也不喜歡妹妹。我只喜歡妹妹一天而已，其實仔細來說，喜歡她的時間，只有她剛來的那十分鐘，在爸媽當天為她而吵之前。

原因是小Sherry來家裡後，家裡很少安靜。媽媽幾乎一整年都在對父親生氣。每日數次小吵，五日一大吵。媽媽總在大吵大鬧之後又大哭。小吵、大吵，大哭，不斷的循環。

我那陣子在家裡都得戰戰兢兢的，我若講錯話，也會挨罵，不僅挨媽媽的罵，也會挨爸爸的罵，我就像一個出氣筒。

妹妹來家裡後，媽媽像換了一個人，神經兮兮的。而且天天在我面前說，她不喜歡妹妹，要我也不喜歡妹妹。若我跟妹妹玩得很開心時，她還會生氣。可是一會兒，她又悉心照顧她，幫她洗澡換尿布等，一句怨言也沒有，有時還逗得她發出銀鈴般的笑聲。我實在不懂，不是要我不能喜歡妹妹嗎？怎麼媽媽自己卻愛上了她？

在媽媽的言語洗腦下，我漸漸理解媽媽，覺得爸爸在外偷生孩子很過分。而且爸爸很喜歡她，喜歡到讓我匪夷所思，甚至讓我感覺，好像他只有妹妹這一個女兒。爸爸常常幫她洗澡，陪著她睡覺，講床頭故事給她聽，買了好多玩具給她，妹妹無論什麼動作爸爸都好喜歡，他也常常被她逗得哈哈大笑，那是種極其幸福的笑……在跟我相處時，幾乎是沒有的。

而且妹妹才剛學會講話，彷彿就懂了恃寵而驕，講話還會頂嘴，讓我越來越覺得討厭。

所以我其實不喜歡妹妹，嗯，或許該這麼說吧，我其實討厭妹妹。

但奇怪的是，媽媽過了一年後，又變了。她說妹妹很可愛。我們一家人要快樂過生活，不要計較了。計較只會讓日子難過。

「可是她是爸爸在外面跟別的女人生的小孩耶，媽媽妳不生氣嗎？。」我問媽媽，「我喜歡她，妳真的沒關係嗎？」

「我們就是一家人。」她說，「小孩不要管大人的事，她就是妳的妹妹。」

我只覺得困惑。

我不懂。

阿西聽著，也不懂。他在想著，「若有一天，自己女朋友懷了別人的孩子但要求他娶她的話，他會同意嗎？」他自覺應不會同意，甚至他會恨她，而且恨一輩子吧。原來我們的阿西對愛那麼執著。

但結了婚，也有孩子的陳姓刑警，覺得這一切都是因為愛，還算正常。

陳姓刑警這時問，「那外婆呢？她是不是不太喜歡小Sherry？」

「當然。」她說，「自從妹妹來家裡後，她就不曾來我們家了。她跟我說，妳們家裡有髒東西，所以她不敢來。媽媽也很氣外婆，說什麼孩子就是孩子而已，又不懂大人恩怨，**怪孩子幹嘛**？她說外婆太殘忍。所以之後，我們也不曾再去外婆家。」

「這樣聽起來，妳外婆是真的很恨妳妹妹？」阿西問。

小萱露出懷疑表情，坐直了身體，口氣慎重的說：「那應該不可能吧。若……我猜對你的想法，你的懷疑可能不切實際。外婆是很善良的人，而且刀子口豆腐心，她只有一張利嘴而已。」

「這樣啊。」阿西說。

「對的。」小萱肯定的說，喝了一口拿鐵。

陳姓刑警這時看了阿西一眼，眼神好像在問「你在問什麼啊」的感覺。

阿西也看到他的眼神，覺得尷尬，於是側著頭，刻意把眼神慢慢飄走。

「那爺爺奶奶呢？」

「他們很疼妹妹啊。可以理解的，對於他們來說，妹妹也是孫女，畢竟都是爸爸生的。」小萱說這話時有點酸，「妹妹很常跟爸爸去TC市爺爺奶奶的家，有時還住在那裡，他們很常給她禮物。」

「他們是做什麼的？」

「退休了。他們以前都是F大學的中文系教授。」

陳姓刑警嗯了一聲。阿西喝下最後一口咖啡。

「我可以問一個問題嗎？」小萱這時說。

「可以。」陳姓刑警說，「只是我不一定會回答，尤其有關案情的部分，因為偵查不能公開。」

「嗯，我不是要問案情的事啦。我想問的是，在你們眼中，是不是每個人都是嫌疑犯啊？我當然不是指世界上的每個人啦，而是指所有的關係人。」

「可以這麼說。」

「所以連我也可能是嫌疑犯？」

「嗯。」陳姓刑警回。

小萱露出若有所思的表情。

「我們問題差不多了，現在妳可以先回去了。」陳姓刑警說。

「嗯。」小萱說，說完她就起身，跟他們欠身示意，之後走出店外。

陳姓刑警這時傳Line給派出所員警，請他們調查一下小Sherry四個祖父母的不在場證明。

紙團

陳姓刑警與阿西在辦公室裡，兩人坐在旋轉椅上，來回丟著一個大紙團，一面聊著女童的案情。

阿西說，「把餔胸口共有十多道傷口，死前一定很痛。我覺得他有點可憐。而且我感覺把餔是個善良的孩子。雖然他很高啦，也已滿十八歲。但跟他相處起來，他可真像個孩子。」

阿西說完，陳姓刑警把紙團丟到他手上，他又丟給陳姓刑警。阿西又說：「陳哥，我問你一個問題喔……」

陳姓刑警點頭，說：「問啊。」又把紙團丟給他，彷彿給他一個什麼發言權似的。

阿西拿著紙團，捏了幾下，之後丟給陳姓刑警，問：「陳哥做了這麼久的刑警，可曾有過良心不安的時候？例如對於把餔的死？」

陳姓刑警拿著紙團，也揉了幾下，說：「怎麼說呢，良心不安沒有，我一向依證據辦案，但無力感倒常有，很多事不是我們所能控制的。」說完，他把紙團丟給阿西，陷入沉思。小Sherry的案子陷入膠著，唯一嫌疑犯已死，目前他們幾無其他線索。陳姓刑警覺得這件案子將會越來越難辨，但這卻是分局長最重視的案子。他此刻正感到非常無力，恍若心裡有根很長的繩索，他想把繩索另一端綁著的東西給拉過來，但無論他怎麼拉都是拉空。阿西這時把紙團丟給陳姓刑警，他卻不小心漏接，掉到地上。他撿起紙團，帥氣咻一聲丟進垃圾桶，跟阿西說，「我們該出門了。」

「連丟個紙團都那麼帥。」阿西心裡想。他越來越欽佩這個前輩了。

陳姓刑警為找更清楚的監視器畫面，訪問更多店家，並請他們提供監視器畫面，也調閱公路監視器，但關鍵畫面好像躲著他們一樣，都未見跟案件有關的畫面。

但並非毫無所獲。

其中一間檳榔攤男老闆向陳姓刑警透漏，在小Sherry被殺隔天，有對情侶來問他，店外是否有監視器。他覺得納悶，問他們為何問。他們說他們之前在他的店前，發生了交通意外，若他店外有監視器，可幫助他們釐清肇責。他說有，後來還播放監視器畫面給他們看。他們看了一下，便說可以了。

「不知道對你們有沒有幫助？」他問情侶。

他們笑笑說有，便離開了。

「反正我覺得他們有點奇怪就是了。」那個男人說。

陳姓刑警想了想，問：「他們確實有發生意外嗎？」

「這幾天我沒聽說附近有車禍。」，他說，「我也覺得奇怪。他們目的好像不是為了看監視器畫面，反而像在確認監視器方向的感覺，我之所以記得那麼清楚，是因他們來訪的前一天，我們這裡附近發生那女童的事。你們知道吧？就是那個被割頭的女童的事啊，強欲嚇死人喔。」

陳姓刑警與阿西沒有回話。

「記得他們的長相嗎？」陳姓刑警問。

「無法記得。」

「無法記得？什麼意思？」

那個男人舔了一下上嘴唇，說：「那兩個人都戴著墨鏡跟口罩啊，可疑吧？他們解釋自己感冒了，眼睛又畏光。我當時也不覺奇怪。但現在想想，卻覺得奇怪了，怎麼可能兩人同時感冒跟畏光？……」

最後陳姓刑警拿出把餔的照片，問：「情侶中的男人，是這男人嗎？我是指身形的感覺。」

對方仔細看著照片，搔搔頭，說：「好像是，以輪廓來說，相似度超過七成吧。抱歉，我真無法確認，畢竟都戴著口罩與墨鏡，只能大致從輪廓去推定。」

「他的談吐有沒有任何問題？」陳姓刑警又問。

「談吐有沒有問題？什麼意思？」他問。

阿西這時說：「他的智商，讓你來感覺的話，是正常的嗎？」

「正常啊，非常正常，甚至像聰明的人，肯定讀了不少書。」他說。

陳姓刑警與阿西互看了一眼。

「對了，」陳姓刑警又說：「他們那天來找你，我們應是看得到店內的監視器畫面吧？能否幫我們找找？」

「很抱歉，我店內的監視器壞了，沒有修，現在那個就像裝飾品。」他縮起肩膀，指指店內監視器說，「真是抱歉，幫不上忙。」

跟檳榔攤老闆問完話後，他們去吃午餐。又是在胖妞牛肉麵店。男人吃東西的習慣通常是懶的，只要吃過一次可接受，重複吃的機率就很高。反正只是要填飽肚子嘛。但現在這敘述點，是他們吃飽之後，至於他們點了什麼，我們不再贅述，基本跟前面都一樣，而且陳姓刑警與阿西已經吃飽了。

真的很飽。

阿西此刻想打嗝又打不出來，很難受，像肚子裡塞了顆氣球。

陳姓刑警也差不多。他想抽菸，但懶得走出去，畢竟實在太飽了。他拿出菸與打火機，但看到牆壁上的禁菸標誌，又放了回去。

這時他接到電話，內勤同仁打來的，說有一些新發現。他們把女童被殺當天跟隔天，所有在那間檳榔店前停過的車的車牌，都記錄下來了。

結束電話後，同仁把車牌號碼發給他們。陳姓刑警收到資料後，隨即打開警政資訊網站，確認車牌。

沒想到，其中一個車牌的所有人的名字聽來非常熟悉。

陳姓刑警讓阿西看。阿西也嚇了一跳，不自覺的用食指指著陳姓刑警，說，「羅文進？那不是把舖爸爸嗎？這台車的駕駛人若去過女童屍體發現地附近的店家詢問監視器的事，而且就在女童被殺的隔天，這恐怕有點奇怪喔……」

陳姓刑警這時舔舔上牙齒，若有所思的樣子。

陳姓刑警與阿西來到把舖的家。

他們家外頭搭了一個傳統藍白條紋的喪事布棚，把舖的靈位設在裡面。把舖母親原本站在布棚下，一些親戚在她旁邊用客家話聊著天。她注意到陳姓刑警與阿西後，立刻拉下臉，直接走入室內。

正在一旁調整布棚繩子的把舖爸爸見狀，也刻意側身，不上前招呼他們，反而轉身看著把舖的照片，嘴裡小聲說著話。

陳姓刑警知道自己顧人怨，也明白他們怪罪於他，要不是他懷疑起把舖，把把舖抓起來，之後法官又輕易釋放他，讓受害者家屬有機可趁，進而造成把舖死亡……若這些事都沒發生，把舖可能還活著。

這些他都明白。

但，陳姓刑警當然覺得冤枉，他只是按證據辦案，且決定羈押或釋放他的人也不是自己，是檢察官跟法官啊。要怪應該怪他們。但解釋這些也於事無補。對於受害者來說，他就是台灣法律的一切代表，他好像就是兇手。

陳姓刑警與阿西向把餔父親表明，自己想替把餔上柱香。但把餔爸爸不說話，僅故意用力拉著繩子。

這時勝力忽從室內跑出來招呼他們。把餔爸爸默默走回屋內。

把餔哥哥低聲向他們道歉，說他的父母，尤其他的母親，對他們依然非常生氣。

陳姓刑警與阿西說自己能理解。阿西這時看了一眼把餔的遺照，覺得有點心虛。他忽然覺得照片上的把餔，雙眼像極了低頭看人的狗的雙眼，極其無辜的感覺。把餔哥哥嘆口氣，拿起兩支香，點燃，給他們。

燒完香後，陳姓刑警表示自己有些事得跟他們談，且需要他們三人都在場。勝力看往室內，一臉無奈。

「嗯，我個人是可以的。」他說，「但是我的父母可能不是很願意。」

陳姓刑警這時喊了一聲把餔父親。屋內的他轉身看著陳姓刑警，眼神極為埋怨。阿西這時再一次看把餔的照片，他覺得把餔在瞪自己。

「我兒子都已經死了，你還要問什麼？」把餔父親從屋內喊，忽然哭了起來，「你們這些警察到底在做什麼？他們的女兒死了你就幫忙他們。我的兒子沒做壞事，被他殺死，你們還要來質問我。你們這樣做對嗎？我們難道不是受害者？還是因為我兒子是個笨蛋就活該？你以為我們好欺負是嗎？」

阿西這時覺得內疚不已。他看陳姓刑警一眼，但他表情裡沒有任何情緒。

「把餔父親，請節哀。我們不是……」陳姓刑警說。

把餔父親打斷他，說：「我的兒子只是傻而已，他很善良的，怎麼可能去殺那個小女童……你是不認識他，你若認識他，你就知道他多善良了。」

陳姓刑警說：「這部分我們都理解。把餔爸爸，請節哀。我們警察只是依法辦事，但後來發生的事……這點我無話可說，我們真的很抱歉。」

「誰能還我兒子的命來？」把餔父親對陳姓刑警吼著說，「你能把我兒子的命還來嗎？不能你就滾開！」

阿西這時看著崩潰的把餔爸爸，忽然覺得自己是個壞人。

因把餔父親的情緒不穩，勝力這時把陳姓刑警與阿西帶到外頭。勝力很誠懇的說，「弟弟死後，他們每天以淚洗面。我希望你們現在不要打擾他們，我真的很擔心他們承受不了。」陳姓刑警沒回應，僅拿出菸來抽。阿西也是。勝力看著他們嘴裡飄出的煙霧，覺得味道很重，也不太理解抽菸這行為為何如此迷人。

幾次吞雲吐霧後，陳姓刑警才說，「勝力，今天我們真得問你們一些事……很不好意思，待會能不能請你幫忙？你跟你父母商量一下，讓我們好好談一談？」

勝力一臉無奈，說：「但我父母今天情緒不太好……」

「這是正事，」陳姓刑警說，「若你不幫忙，我們就得請示檢察官，發正式通知書，請你們過來分局一趟了。但有必要嗎？我們大家別把事情弄得那麼複雜，你說是不是？」

勝力無奈抓抓臉，「我知道了，」接著又說，「我跟我父母商量一下。」

「真是謝謝你了。」陳姓刑警說。

十分鐘後，陳姓刑警手上的菸已經是第三根了。阿西是第二根。他覺得陳姓刑警的菸抽得很快。

這時，勝力出來請陳姓刑警與阿西入屋。

把餔父母已經坐在客廳，裡面都是燒紙錢的味道。一些親戚也站在一旁，一臉關心模樣。阿西請他們暫且離場，表示偵訊內容不能讓閒雜人等聽見。其他人於是摸摸鼻子，離開現場。

陳姓刑警直接開門見山說，他們查到一部可疑的車，在女童被殺隔天，停在一間檳榔店前。老闆說車子是XXX牌，車號是XXXXX，登記人正是把餔父親。

「請問那台車是你的嗎？」

把餔父親默然不語。

陳姓刑警繼續追問，「是你的嗎？」

把餔父親說，「是又怎麼樣？」

阿西說，「伯父，請你務必配合，這事很重要。」

進伯這時看了把餔母親一眼，兩人好似交換了眼神。

後來把餔父親才說，「是我的，不過那台車已經被偷了。」

「被偷了？」陳姓刑警好像鸚鵡學話一般重複。
「對。」
「沒去報警嗎？」
「沒有。」
「為什麼？」
「那台車對我們來說是不吉利的車，被偷了也好。」
「為什麼這麼說？」陳姓刑警問。
「過往的事了，而且也跟你們沒關係。」他說。
「被偷多久？」
「可能三年以上。」
「真的是這樣嗎？」陳姓刑警問勝力。
「是，我很久沒看到那部車。」

這件事對陳姓刑警來說，有點奇怪。車子不見三年，居然沒有報案？阿西也搔搔頭。但這件事可能與女童命案有關，他們可不能不慎。

問話結束後，勝力送陳姓刑警與阿西出去。在外面，他們談了一下。勝力跟他們說，他弟弟是因意外，才變成這樣的。他被壓在電視下，是他跟媽媽發現的，當時他們剛從外婆家回來。他們把弟弟抱上那台車，請隔壁的一個叔叔幫忙開車，送弟弟去醫院。可是半路車子故障，當時所在地點又很偏僻，他們拖了很久，才請來計程車，造成弟弟延誤就醫。

勝力最後說，「所以爸爸跟媽媽都覺得是那輛車害到弟弟了。」

新聞節目

這一章我們來討論新聞節目。

這是一個討論時事新聞的節目。除主持人是赫赫有名的大律師外，來賓名嘴中，有幾位也是律師，其他則是退役記者。其中一位律師的另一身分，還是小說家，寫了幾本很受歡迎的社會性故事小說。

其中一位特別來賓不是媒體界的人，而是我們故事中的人物之一，也就是米雪兒。小萱也在現場。她特意要求母親讓自己來看錄影。她坐在攝影棚外面，一面玩著手機，一面看著他們錄影。

這晚節目的主題是，小Sherry以及米雪兒丈夫殺害把餔的命案。上這節目主要是一個律師的建議；他是主動找上蜜雪兒的，說要免費幫她。米雪兒之前就聽過他，算是個名律師，風評甚佳，不過他的收費非常昂貴。當他提出免費服務時，米雪兒其實非常詫異。他覺得若米雪兒上節目談談這個案件，也許對於自己丈夫的案件有所幫助。該律師認為台灣是一個極其特殊的國家，輿論是可影響法律判決的。

節目開始先談了小Sherry的部分。米雪兒拿出小Sherry的照片，說著她小時候有多可愛。她深愛著這個小女孩，她可是她生命的一切。她跟她老公都因為小Sherry的死而悲痛至極。

「這是人世間無法想像的痛。」她這樣說道，「我的小Sherry居然被人殺死，而且死得如此悽慘。她才五歲而已。她是純然的無害，為什麼要傷害她呢？我真的不懂。」

這時坐在一旁跟她一起受訪的律師，一臉哀傷，並輕拍她的肩膀。

「他們警察跟我們說，他們抓到了兇手。」她接著說道，「是一個噁心的男人，一個智能不足的男人。事實上，他只是一個男孩，因為他才十八歲。一個年紀尚輕的變態，一個不值得存活的垃圾青少年。」刑警他們是這樣跟我們說的，「我們找到了兇手，幫你們伸張正義了。」

「我的丈夫得知後，一語不發，把自己關在房間裡。」

她繼續說，「他很氣，後來我聽到他房裡傳出拳頭捶牆的聲音。我知道他氣的理由，他是恨不得自己去拘留所把他殺掉。你們聽了或許覺得難以理解。可是我們心中的那種恨那種痛……真的……難以消滅……」

「可是你們知道嗎？過了幾個禮拜而已。那個噁心的東西居然被放了。他們說罪證不足……當我們得知他被抓時，我們不是開心，心裡沒有任何喜悅，只是稍稍平緩。可是後來他被放了，實在荒謬至極。我們真的不懂……若是你們，你們能懂嗎？」

現場來賓面面相覷。

「在他被釋放之後，我丈夫非常憤怒。他的心幾乎狂亂了，無法上班，也幾乎無法正常生活。後來他白天消失，我問他去哪裡了，他卻不理我，或者吼著叫我不要理他。其實在那段期間，我們的關係變得非常不好。他因為悲傷、憤怒，整個人都變了，我幾乎不認識他了。後來有一天，他跟我說，其實更像是自言自語，那傢伙一定是兇手。我問他，他在說什麼。他大吼著說，妳是白癡嗎？我是說，那個叫把餔的人，他一定是兇手。我問他為什麼。他說，我跑去找那個王八智障，在一間老房子前面，那個變態正在看貓。我問他是不是殺了我們的小Sherry。他一直嘻嘻笑，不把我當一回事，我揍了他一拳。他還是嘻嘻笑。後來我拿出照片，他看到我們女兒照片，就一副很興奮的樣子，像哈巴狗一樣喘著氣。他一定是兇手。我們的女兒一定是被他殺了。」

「後來也就發生了那件事。是沒錯，他是預謀的。他買了刀，戴了口罩與墨鏡，還有一頂高帽子。是，他是預謀。這是事實。可是他只是一位傷心的父親。他可能發瘋了。他不知道自己在做些什麼……我請求我們偉大的總統，我們偉大的執法機構。我的丈夫不是惡意的殺人兇手，他只是一位悲傷的父親，請幫幫我們。他沒有罪……」

米雪兒說到這時，哭了起來。能言善道的來賓們這時都啞口無言，與主持人四眼相對。

身為律師的主持人這時說，「用我的專業來看，我們的法律好像真的出了問題，但這是法律面的問題。我們執法人員就像一個工具，只是依法辦事，我們其實也有血有肉，可是我們不能以主觀感受來處理法律，這是相當危險的。也因此，我們也不該是被攻訐的對象。然而，我們也真的不該讓受害者自己去爭取正義。我們應該真的好好檢討法律問題。司法改革恐怕是必要的。但所謂司法改革，卻也像一句口號，怎麼改才對，才是真正的問題所在。可是對與錯之間，這個討論非常深奧，也不是一般民眾能理解的。」

「主持人說得沒有錯，我們不該允許私刑正義，」其中一個律師來賓露出為難表情說，「米雪兒，嗯不好意思，我是指妳先生，就這樣殺了一個他自以為的兇手。但，妳有沒有想過，若他不是兇手，這該怎麼辦？」

米雪兒對這突如其來的問題啞口無言。律師之前跟她排演時，未曾提及這個問題。攝影棚這時很冷，米雪兒感覺自己脖子至手臂都是雞皮疙瘩，但卻因緊張，腋下卻出汗了。

律師來賓依然用那張為難的臉說：「正義不是那麼容易定義的，殺人當然很該死，但只要是人都很聰明，殺人後，都懂得裝瘋賣傻，或躲藏，或否認，所以我們才需要執法單位，需要法律，甚至需要科技……因為真相不是那麼容易被發現的。有時就連真相擺在你眼前，你也無法理解。若受害家屬因一時憤慨，殺了無辜的人，他還無辜嗎？何況，對方可能還是一個需要人幫助的智能障礙者……我知道您過去也讀過法律，是能理解我說什麼吧？」

米雪兒這時征住了。

「妳現在希望大眾、希望政府能夠放過妳老公，可是目前沒有證據顯示被妳老公殺害的男子是兇手。萬一他不是兇手，請問誰來替他申冤？誰來替他復仇？」

律師見狀，說：「她也只是一位女兒被人殘忍殺害的媽媽，丈夫所做的事，也不是她所能控制的，就饒過她吧。」

「不，沒關係，我認同這位律師的論點。」米雪兒說，「但如同我前面所說的，我認為我先生他是瘋了，因為我們可愛的小女兒的死去而瘋了。他根本不知道自己在做什麼。就算這看起來像謀殺，但事實上，這是一場意外。」

眾人這時稍微停頓，臉上閃過一絲尷尬。

接著主持人又談到幼稚園安全的問題。一個來賓說，「這問題也一直沒有被重視。幼稚園怎可隨便讓人把孩子接走呢？其實這問題很簡單避免的，只要幼稚園發給家長，例如一張『代接送證明』，只要不是父母，都須備有這張證明，才能領走孩子，這就很容易避免了。」說完，她搖搖頭，說，「也許這一切可以避免的。」

這時主持人說，「我們來看一下影片。」接著鏡頭切換至另一個畫面。那是監視器影片，也就是前頭我們已經看過的小Sherry被人接走的影像。結束後，又切至另一段影片。那是一個女人，在殯儀館前，跪在阿志與米雪兒前面，說著自己很抱歉，因自己的疏忽，而造成女童的死亡。

米雪兒看到時，有點意外，原來那是陳老師那天在雨中跟他們道歉的鏡頭。

節目又切回現場。米雪兒此刻的表情非常冷漠。

主持人接著問米雪兒，對於幼稚園的疏失，她的看法是什麼，是否能夠原諒畫面中的女人。米雪兒冷冷的說，這部分她都還沒想過。但女兒已死，丈夫又崩潰殺人……幼稚園若做好自己工作，也許這些事不會發生，但這些事對她而言，不是現階段的重點。之後她跟律師交頭接耳。律師接著表示，針對這塊，他們將會保留法律追訴權。

沒想到就在這時，陳老師突然走進錄影現場。

她一襲典雅黑色洋裝，雙手套著黑手套，腳上也一雙黑得發亮的高跟鞋，顯得綽約出眾，此外，臉上還戴著黑色面紗，看來比米雪兒更像被害遺族。但面紗很薄，鏡頭仍可看出她的美麗容顏。接下來她的舉動非常奇怪，她跪了下來，並以跪姿移動到米雪兒前面。小萱這時也非常意外，手機放了下來，直看著錄影現場。陳老師未直視米雪兒，僅開始不斷打自己巴掌，一面說：

「我要贖罪我要贖罪我對不起妳我不對不起妳……」

現場的人除米雪兒之外，應知道這個安排的，他們沒有阻止她。

後來是主持人把她扶到位置上。

幾個來賓開始發問。陳老師一面哭一面回答，問題多半是之前問過的，為何直接把女童交給陌生男人，幼稚園對這塊怎麼沒有控管等問題。陳老師的解釋也跟之前差不多，這裡就不贅述了。後來一個來賓問到把餔的事。陳老師提及自己曾去警局指認，並詳述自己的指認過程。該來賓搖搖頭，說這根本不符合程序，是誘導式指認。另一個來賓則大罵，刑警怎麼可以如此辦案，太荒謬了。

主持人這時問，「現在米雪兒就在妳的面前，妳有什麼話對她說嗎？」

陳老師與米雪兒對望著。米雪兒覺得她是一個很奇怪的人，她很想離開現場。

此刻陳老師的眼淚一直從臉上墜落，米雪兒在攝影現場的鏡頭上，看得一清二楚。她美極了，五官精緻得像洋娃娃，再加上眼淚，非常吸引眾人目光。

陳老師用非常令人疼惜的聲音說：「我對於自己的疏失真的很抱歉，我很痛苦，希望女童的家屬能夠原諒我……」

好不容易捱完節目，小萱走了過來。她們看著還在跟來賓、主持人討論的陳老師，不禁皺起眉頭。小萱也認為她是一個很奇怪的人，好像很享受於訪問一樣。

米雪兒、小萱這時與律師先離開。

在電梯裡時，米雪兒忽然想到那天陳老師給阿志的那封信。阿志好像就是在讀過她給的那封信後，開始有了瘋狂想法。

那個陳老師的信上，會不會寫了有關兇手的事？

米雪兒與律師討論起這件事，律師問，現在這封信在哪裡。米雪兒說，當初她放在桌上，阿志應該拿去了，後續她就不清楚了。

律師歪了頭，想了一下，最後跟米雪兒說，這好像跟阿志的殺人事件沒有直接關聯，但他會放在心上。

拿鐵

阿西正在轉原子筆，他在挑戰極限，看自己最多能轉幾圈。他現在的極限是兩圈半，他想要挑戰四圈，但一直失敗，他覺得很喪氣。這早，他們在警局開偵查會議，依然沒有新突破，沒有新的人證、物證，也沒有新的想法或線索，氣氛非常低迷。

陳姓刑警站在白板前，剛做了一個簡報，但坦白說，那簡報一點意義也沒有，全是大家已知的事實，阿西幾乎都會背了。

分局長也過來關心，一再強調這個案子絕對不能積案，否則他的面子掛不住。這樣的信心喊話根本徒勞無益。整個專案小組的人員都非常失落，臉沉沉的，彷彿地心引力正在扯他們的臉一樣。

會議結束後，兩人喝著剛從7－11買來的咖啡。阿西喜歡拿鐵，奶越多越好，但不愛糖，因為自己太胖了。陳姓刑警喜歡黑咖啡加糖，滴奶不沾，糖隨意，有時可加到兩包。

阿西看著陳姓刑警喝著黑咖啡，忽覺喝黑咖啡好像比較man。加了奶，就娘了，也像小孩沒斷奶一樣，不成熟。暗自決定下次也點黑咖啡好了。他也要man，要成熟。他要模仿陳姓刑警的一切。

目前他們最新關注的重點，在於那對詢問監視器畫面的神祕男女，以及把餔父親失竊的車。陳姓刑警對該車是否遭竊依然存疑，但該車的確已積欠稅金多年，也沒有罰單紀錄，似乎也符合說法。陳姓刑警已交代鑑識科，再仔細調閱附近路口的監視器畫面，若發現該車行蹤，立刻通知他們。他們必須知道開車的人究竟是誰。為何他們在小Sherry被殺隔天，在附近檳榔攤店詢問有關監視器的事？此外，車上男女，居然刻意戴口罩、墨鏡，似乎有什麼目的一樣。

陳姓刑警喝了一口咖啡。糖太少了，有點苦，他提醒自己下次加兩包糖。他有預感，若這件事能有個答案，對案情將會有很大的幫助。

下午三點左右，陳姓刑警接到鑑識科的來電，要他們立刻前往專案小組會議室。

「有了重大發現了。」他們說。

鑑識科同仁見到陳姓刑警與阿西時，興奮的說，「我們在一間便利商店的前面，看到了這輛車，而且駕駛下車來買東西了，他沒有戴口罩，時間就在女童案發生後的第三天。來，你們看，畫面上的這個人就是駕車的人。」

陳姓刑警與阿西趨前一看，臉上出現吃驚的表情。

有人說謊。

鱸魚

米雪兒這早特地早起，去市場買了一隻鱸魚跟一些牛肉。不知道是哪個長輩曾經跟她說，魚新不新鮮，不是看魚鰓，最重要的是眼球，乾淨澄澈就是新鮮。這條魚眼睛非常乾淨，身體也非常具有彈性，應是非常新鮮

魚販已把內臟清掉了，但可能做事隨便，清得不太乾淨。於是她把魚再清理過，用強勁的水大沖特沖，又用鹽抹過，切成一塊塊，再放入鍋裡煮。煮好後，她加了一點薑去腥，之後把魚湯倒進保溫鍋裡。接著又燙了一份牛肉，同樣僅用一點點鹽巴調味。之後又到家裡附近的健康餐廳，買了黑米飯。

這健康料理是給阿志的。人家說，鱸魚跟牛肉對於刀傷是最好的食材，而黑米飯是給他補

血的。

醫生說，「阿志的命是保下來了，不過還需休養一段時日，才能完全復原。」

這時的阿志，坐在病床上，眼神空洞的望著窗外，像一個沒有靈魂的人。他的手未被拷著，但病房是被管制進出的。警察在外面輪流守著。

他所面臨的是預謀殺人罪。基本已毫無疑慮，他從把餔母子搭車地點就開始尾隨他們，到了XX火車站殺人，監視器拍得清清楚楚。阿志也已自白預謀殺人過程。

然而這罪可非常重，最高可判處極刑。但阿志的情況特殊，一切還很難說。

阿志對於自己的所做所為，絲毫不感後悔。他覺得自己是在做政府應做的事。他只是替天，替自己，替小Sherry行道。

可是現在的他，想到小Sherry還是心痛不已。不同於一般小孩特別黏媽媽，小Sherry特別黏的是爸爸。她喜歡爸爸幫她洗澡，總要爸爸念故事書給她聽，跌倒時，她先喊的是爸爸，哪裡痛痛時，也喊爸爸，甚至晚上做惡夢時，她第一個喊的也是爸爸。不知為何，小Sherry好像能理解在這個家裡，他是她唯一真正直接血緣關係者。對於她而言，阿志是他最愛的把拔，是她的天，是她的一切。

就算對他而言，他已把殺害他小寶貝的兇手給殺掉了，殺害小Sherry的人已不復存在，他已復仇。但他的內心沒有任何安慰；一想到Sherry，他還是心如刀絞。她才五歲，還沒來得及理解這個世界，就遭逢厄運。她是他最親愛的小寶貝，他怎麼想都想不透，老天為何這麼狠，對他如此，對她更是如此……

他痛苦逾恆，也自責不已，自己居然連保護她，讓她好好長大這麼簡單的一件事都做不來。他覺得自己不配繼續活下去。現在，他正在想著如何自了。但殺自己其實非常不容易，尤其在這麼多人戒護之下。

警方這天只開放一小時讓家屬探病。在規定時間的半小時前，米雪兒跟小萱已經在病房前等待。她們手上提著剛煮好的魚湯、牛肉跟黑米飯。

時間一到，警方打開門，讓她們進去。

阿志在假寐。小萱喊了爸爸。但他沒有吭聲。她們也知道他在假睡。

米雪兒跟他說，「來吃點魚湯。」他依然沒有回應。

米雪兒搖搖他的身子，他才睜開眼。雙眼裡有種憤怒，致使米雪兒嚇了一跳。

「不要吵我，」阿志說，又把眼睛閉上，繼續睡。

米雪兒見狀，跟小萱說，「我看，他不想見我們。他唯一珍愛的女兒死了，他就發瘋，整個世界，他只在乎她跟那個女人。魚湯、牛肉還有黑米飯我放在這裡，小萱，我們走吧。」

「我想多陪爸爸一下。」小萱說。

她坐在床沿上，看著爸爸，眼淚一直流。

「爸，先起來吃飯好嗎？」小萱問。

米雪兒這時大概也心軟了，「小萱，把東西弄給爸爸吃。」

小萱把食物打開整理好，擱在餐桌車上，再移到床上。她把床稍稍搖起。

「爸，來吃飯。」小萱用幾乎哀求的口氣說。

這時阿志好像有吃飯的慾望。他拿起筷子跟湯匙，慢慢吃了起來。小萱看得很高興。

「阿志，律師我找好了。」雙手抱胸的米雪兒說，「事實上，是他自己來找我們的，而且一切免費。」

阿志沒有回應。小萱弄湯給他喝，他喝了一口。

「對方也不是小律師，很有名的大律師，他會盡全力幫你，可能很快會來找你，你得要好好跟他配合。」

阿志依然漠然，好像對律師的話題毫無興趣。也是吧，一個想死的人怎麼會在乎自己即將面臨什麼？他放下餐具，轉頭看向窗外。兩隻小彎嘴鳥正在外面的蒼翠大樹上，一面跳躍，一面咕咕的叫著，彷彿在歡喜著什麼似的。

高速衝刺

陳姓刑警與阿西跳上車，鳴上警笛。

阿西的車門都還沒來得及關咧，陳姓刑警就把油門直接硬踩，車子像炮彈一樣，高速往前衝。阿西非常害怕，緊緊抓住車子側邊把手，一面跟陳姓刑警提醒，「陳哥，我們自己也要顧命啊。」

但陳姓刑警好像著魔一樣，他轉頭看著阿西笑，說：「這案子總算有些眉目了。」他心想，「通常只要有人撒謊，就一定有進展。這世上鮮少有人沒犯罪而對警察撒謊的。」

阿西這時看著微笑的他，忽然覺得他像個微笑的惡魔。

這時經過一個轉彎，阿西身體被甩了一下，頭撞到車窗，忍不住咕噥一句。

大約半小時，他們來到把舖的家。陳姓刑警把車停在布棚旁，兩人立刻跳下車，衝進棚內。但沒看到把舖父母或哥哥，現場僅有他們的親朋好友，坐在把舖靈位前聊天。

陳姓刑警很嚴肅的問，「有沒有看到把舖的家人？」

他們不認識陳姓刑警，僅露出納悶表情，接著又問陳姓刑警的身分。他立刻帥氣的拿出警察證。「我是刑警。」他說。

眾人嚇了一跳，多數人都是第一次遇到刑警。

他們愣了一會才回答，「把舖父母好像去棺材店看棺材了。」

「那把舖的哥哥呢？」陳姓刑警又問。

他們不確定的說，「可能也去了。」

「確定嗎？」阿西問。

眾人面面相覷，表示無法確定。

陳姓刑警向他們詢問那間棺材店的店名與位置後，兩人立刻跳上車，前往該間棺材店。

阿西的動作稍微慢了，還被陳姓刑警念了一下。

又是一樣高速飆車。這間棺材店，若正常開車的話，大概需要半小時才能到，但他們十分鐘就到了。

各位由此可以想像他們開得有多快了吧？

阿西這時心裡想著，「陳姓刑警開車真快如警匪電影裡的追車場面，他們若因此撞死人，嗯，就是為了一個已經被殺死的人而再殺人，這是不是本末倒置了？」但他也僅只於想而已。陳姓刑警現在像極了吸毒而high的人一樣，他不敢跟他說話。

車停下後，陳姓刑警立刻跳下車，衝進店內，果然在棺材店裡看見正在選購棺木的把餔父母。阿西隨後也跟著進來。一具具陳列著的棺木，讓他想起舊時代的香港殭屍電影，忽然覺得有點冷。

把餔父母看到陳姓刑警，露出一副不耐煩的表情。

「你們的兒子呢？」陳姓刑警問。

「被你害死了，還問什麼問。」把餔父親說。阿西這時看見把餔母親正瞪著他們。

「不是，我們要找勝力。」

「你找他做什麼？」把餔父親說。

「先別問這麼多，快告訴我，你的大兒子在哪裡？」陳姓刑警這回很不客氣的問。

把餔父親也被嚇了一跳，臉上閃過一絲懷疑表情。

「在哪裡？」陳姓刑警這回簡直是用吼的。

把餔父親不甘示弱，問：「你害死我小兒子，現在還要加害我大兒子嗎？我不會告訴你，你去死吧你！」

陳姓刑警這時非常憤怒，但他已不像過去那麼衝動了。他忽然想到，他可能也只是一個受害家屬的父親，於是冷靜了下來。

「你要打我嗎？」把餔父親吼，「我不怕你，我用我這條老命跟你拚了，你來啊，我不怕你！」

棺材店老闆這時想當和事佬，請大家冷靜。

陳姓刑警這時向把餔父親道歉，口氣平和的說：「我剛才從你家裡過來，沒有看到他。還有你為何撒謊？你兒子在女童被殺後的第三天，分明還在用那台車的。我們鑑識科的人，找到他開著那台車到一間便利商店購物的監視器畫面。我們需要問他一些事情。他到底在哪裡？」

「我什麼都不會跟你說，你這個爛警察，你key系啦！」他又吼。身為客家人的他，口裡的閩南語有著濃濃的客家音。

大男孩

氣氛此刻好像有點凝重？頭皮有點緊？很想趕快翻頁？我們的兇手身分……好像呼之欲出？

原來兇手居然是？……

但當然不免俗的，在繼續故事的重要情節之前，我們先來談點別的事情。很多推理或驚悚小說都如此，那叫鋪陳，你們不能只對我露出白眼，那樣不公平。

好的，無論你贊同與否，現在我們先來講講一個大男孩的故事。他不會是跟故事主體完全無關的，你們不用擔心。

前面好像都匆匆提過他而已，但其實他在這故事中，是至關重要的。

現在我們先來說說這個人的小故事。

他面貌姣好，是個吸引人的小帥哥，大概有些陳柏霖的樣子吧。帥到有女生主動寫信給他的程度。但他不是很快樂。

他覺得父母不愛自己，只愛自己的弟弟，就因為他的弟弟很特殊。

就算他書讀得不錯，每次考試都名列前茅，他的父母永遠不曾誇讚他，好像他書讀得好是理所當然的事，因為他不如弟弟那麼特殊嘛。

在這當下，他是大學生，讀的還是全國前五大的大學之一，而且距離家裡很近。

他讀電子系，很硬的科目，但學校課業對他來說，易如反掌。現在他的煩惱都來自家裡。他的經濟壓力很重，父母不提供他學費、生活費就罷，還規定他每月至少繳回五千元。要求一個全職學生每月繳錢，未免有點超過吧？

他打工加上家教也才一萬多，扣除給父母的五千，生活費其實不太夠用。

但他很懂事，從不曾抱怨父母，也不曾說過弟弟什麼。事實上，他還很疼弟弟。

他雖很帥，又有女生主動投懷送抱。但他一直沒有女朋友。周邊女同學得不到他，還曾亂傳他是同性戀。但他不交女朋友的原因很單純，不知為何，他覺得跟他同齡或比他年長的女人都沒有吸引力，他是愛女人的，這一點我們十分肯定。但他覺得她們很臭。是的，很臭，不是譬喻的說法，他真的覺得她們很臭。他覺得他聞得到女人的臭味。

他第一次發現他喜歡小女孩時，是替一位可愛的小女孩家教的時候。

她小學三年級，對數學很沒天分。她的父母是做餐廳的，兩個人都算長得好看，女兒也繼承了他們外貌優點，甚至青出於藍。她非常可愛，就像日本小童星一樣，有著一雙大大的眼睛，乾淨而成熟的氣質。因女童父母沒有時間教自己女兒，事實上，他倆很精明，但只懂做吃，擅長做生意，對讀書一竅不通。他們希望女兒未來不要做餐飲，太累了，所以希望她能把書讀好，以後做動腦的工作。但擔心自己把女兒教壞，於是請他來幫自己女兒課輔。

他第一次見到她就喜歡上她。她大而深邃的眼睛，尚未發育的身體，以及童稚的聲音，不知怎的，很吸引他。但他清楚明白自己這行為是不正常的，也知道什麼是戀童癖，也查過戀童癖的相關資料，也瞭解這種欲望會讓世人鄙視，被痛恨。

他覺得別人若知道他這個祕密，他會被殺。他知道在世人眼光下，自己是個必須被殲滅的怪物。

所以他很痛苦，一直試圖克制自己慾望，但慾望卻越發強烈。每次上課時，他的慾望都被她撩起。他只能克制。有幾次，他甚至覺得自己無法克制，而必須到廁所解決後，才能繼續上課。

他覺得自己體內好似有個怪物存在。

那個小女孩也很喜歡他。這大概不難理解的。小朋友也是喜歡美的人事物，對於她來說，課輔老師很俊美，像卡通裡的什麼貴公子，可比學校老師好看太多倍了。

那一晚，他來上課時，她的家長剛好有事。他們面露赧色跟他說，今天要麻煩老師了。他們晚上剛好有聚餐，是餐飲工會舉辦的，但盡量會在他們上課結束前回來。他們對他是百分之百的信任，覺得他來自知名國立大學，長相好看，溫和有禮，孩子跟他單獨在一起，是絕對不會有問題的。

臨走前他們說，今晚的鐘點費多一倍。他覺得很高興。倒非因終點費多一倍的關係，而是因他能與她單獨在一起。

他的內心沒有壞念頭。我們不能這麼誤會他。最多他只想抱抱她，聞聞她的味道，或者摸摸她的身體。

如此而已。

當他們離開後，他緩緩走上二樓，來到她的房間。

她坐在小書桌前，用手撐著臉頰，看著桌上的數學課本，皺著眉，模樣楚楚可憐。他覺得自己心都痛了。

她的表情好似很痛苦。他忍不住摸摸她的臉頰。

她說，「老師，這些數學我都不懂，我是不是很笨呀？」

「妳一點都不笨。」他說。

「那為什麼我都看不懂？」她又說，「同學們都說這些很簡單。」

他說，「來，過來，老師教妳。」

她站起身子，走到老師旁邊，坐在老師大腿上。她自然的把頭靠在他胸膛上。女童的味道進入他的鼻腔。她沒有任何成熟女人有的那種腐爛味道，有的只有純然、沒有任何邪氣的女童香，讓他覺得自己很幸福……

當女童父母回來時，他們嚇了一大跳。他居然裸著上半身跟女童共眠。女童父親個子高大又強壯，盛怒的他，揍了他一頓，把他的牙齒都給打掉了一顆。瘦巴巴的他根本無力招架。女童父親原本拖著被他打得半死的他，打算把他帶去警局，但他死命掙脫女童父親，又跪求女童父母，希望他們手下留情，若到警局去，他一輩子也不用做人了。但他們怎麼樣也無法原諒那個「變態」（這詞是他們說的），堅決報警。

最後是女童替他求情，她不懂老師犯了什麼錯，她一直哭，一直罵爸爸為什麼那麼兇，為什麼打老師，罵媽媽為何不阻止爸爸，女童甚至哭到發出淒厲的尖叫。女童父母因女兒替他求情而心軟，最後才沒有鬧上警局。

也因此這個小秘密，其實沒有其他人知道，至少勝力這樣以為。

然而，這世界只要有人，就難以存有真正的秘密。陳姓刑警這一天，為了追查勝力的下落，而來到他就讀的ｘｘ大學。關於他的為人處事，他訪問了幾個同學，對於多數同學一面倒的說他好話，他完全不感意外，畢竟勝力本來就是一個好學生、好孩子，但所謂的好學生或好孩子，不一定就能免除於罪惡。以他幹這麼多年刑警的經驗，他知道，惡不一定是醜陋的，有時還非常美麗。

以上關於這件女童的事，正是透過他一個同學的嘴裡得知的。他的同學是那個小女童的鄰居，小女童的爸爸算是他的堂哥。那個同學一向就不喜歡勝力，他覺得他的個性很詭異。

但，他真正討厭他的原因是，勝力又帥又會讀書。而他長得極醜，書也讀不贏他。

這時的勝力，駕駛著那台他父親的黃色舊車，漫無目的的開著。他現在不敢回家，原因是，稍早他接到父親的電話，叫他萬萬不可回家。

他問原因。

把餔父親很坦誠的說，「兒子啊，我不知道你是不是做了什麼，但老爸只剩你這個兒子，就算你殺人放火我也原諒你，也要救你。我跟你說，警察正在找你，但老爸我相信你，你一定沒做壞事對不對？那個姓陳的警察有夠黑，想破案想出名想瘋了，無論如何，你還是先不要回來。」

在父親的警告下，又想起弟弟無端被人殺害，勝力害怕極了，他身子甚至抖了起來。他很怕自己也像弟弟一樣，就這樣莫名其妙被殺了。

他把車停下。這兒是處僻靜地方，附近都是田野，前面則是一個廢棄工廠。據說以前是間做玩具的代工廠，好像是直升機玩具，知名品牌、真能飛的那一種，外銷到美國的。車旁有一隻虎斑色野狗，正對著他用舌頭舔嘴巴。

勝力才剛吃完便當，把剩下的骨頭給了牠。牠嘎嘎幾聲就把骨頭吞了。不知為何，牠覺得勝力還有其他食物。牠在等著，露著渴望的雙眼一直看著他，但其實勝力車上只剩一瓶水。

他今天離家時，只帶了兩千元，他原本打算去買一本課堂要用的原文書的，誰知道自己莫名其妙變成通緝犯，不但不敢回家，也必須隱藏自己。他必須省著用這兩千元。他很有可能很快還得加油。因擔心監視器，他不敢開太大的路，只敢在這鄉間野外的小路行駛。雖然戶頭還有之前打工所存的幾萬元，他也不敢去領，深怕自己行跡暴露。

「對，我以前做了一件壞事。」他瞪大了一雙眼，對那隻狗說，「你不要再看著我了好嗎？」

大女孩

那個大嘴巴、長得極醜的同學其實還跟陳姓刑警說了另一個大女孩的故事。

那個大女孩呢，我們到目前為止，對她好像也沒有太多著墨。為求公平，現在我們也來認真說說她吧。

她十八歲，也在這個ＨＳ縣讀大學，但跟大男孩的學校不同所。她身高不到一百五，甚至可能才接近一百四十五。很多人說她像個芭比娃娃。但她很不喜歡那個稱號。她希望自己能長到一百六左右。以前喝了很多鮮奶，還吃了什麼轉骨藥，無奈就是長不高。不是基因的問題，她父母的身材都高挑好看，臉又小，像模特兒一般的完美比例。她覺得自己很可能是基因突變，有類侏儒症，只是未達侏儒症標準而已。不過她也不埋怨老天，至少不是真的侏儒就好。

第一眼在大學校園裡看到他時，她就覺得他是自己的真命天子。那時，她是為了她的熱音社團來到他的學校。隔週她將在他的學校表演，因此跟著團員們先來視察場地。他們很顯眼，她的身高很迷你，其他男性團員們卻都很高大，且留著一頭長髮，跟他們走在一起，站中間的她好像一隻企鵝。

那天結束場勘後，她跟她的樂團成員到學校內的咖啡館喝咖啡，一面打屁聊天。他們的團員都很帥，但不知怎的，卻都不是她的菜，所以她在他們面前很自在。他們正聊著其中一個團員的一夜情。他羞愧的說，一直到結束，他才發現對方是個四十歲的歐巴桑。她拍掌放聲狂笑。正巧也在那兒的大男孩，經過他們桌子，不慎打翻她的咖啡。他重新買了一杯給她，而她跟他要了電話。

兩人緣分就此開啟。

她一直很愛他，愛他到願意替他做任何事。

是她追求他的，人說「女追男隔層紗」，但她的愛人卻沒那麼好追。只是她實在太喜歡他了，甚至放下自尊求他愛她。他考慮了好久，最後才決定跟她在一起。或許很多人會覺得這樣未免也太沒志氣了。但對她而言，愛很重要。志氣什麼的，也就隨便了。

她的男友什麼都好，只有一個奇怪的性癖。他喜歡她把身體的毛都剃光，包括腋毛及陰毛；他說，女人身上若有毛，很噁心。對於腋毛，她認同需要除掉，她自己也不喜歡腋毛，不美觀嘛；但陰毛，嗯，她就有點不理解了。

她覺得自己若把陰毛剃除，站在全身鏡前，很奇怪，又沒什麼胸部的她，根本像個女童。而且每次剃除完，剛長出的陰毛非常粗，她覺得自己私密處好像長了鬍子，用手摸的時候，還會害羞。但他就這樣要求啊，而且在做那事時，他若摸到自己身上的毛髮，還會生氣。

沒辦法呀，當你愛一個人，你就喜歡讓他高興。對吧？

此外，他還不喜歡她化妝，就算淡妝也不可以，他甚至要求她在辦那事時，穿童裝，打扮成小女童模樣，還要求她嗲聲嗲氣學女童說話。

可是後來不知為何，他還是不太喜歡碰自己，這裡的「碰」不是指性愛，而是身體接觸。尤其當她那個來的時候，他覺得她很臭，甚至說她臭到讓他頭暈，不敢靠近她。

但愛一個人嘛，就要接受一個人的全部，對於他嫌棄自己，她其實不生氣。她只是覺得他很奇怪，並希望他向自己坦承一切。

一回，在黑暗的電影院裡，她極其謹慎的問，「究竟……你愛的是什麼？」

她當時以為他可能是同性戀（太多人傳言了），而他只是被她逼得與自己交往。她覺得同性戀沒什麼，甚至想要征服他。

在黑暗中，他沒有立刻回應，但她覺得自己聽見他吞口水的聲音。

「妳真的想知道嗎？」他問。
「嗯你說啊，」她說，「什麼都嚇不到我的。」
「無論我說什麼，妳都不會怕？」
「嗯。」她說。
她覺得他就要坦承自己是同志了。而她默默的決定，若他坦承自己是同志時，她就要當個徹底的腐女。同時當她的姐妹。她太愛他了，愛到生活裡不能沒有他。
「我愛的是……」他說。

苦惱

當一個人決定要消失時，其實不是那麼好找的。
很多人科技電影看多了，就覺得找人易如反掌，什麼鷹眼啊天眼啊什麼的，彷彿只要按個鈕，螢幕上就會有很多線條跑出來，然後就可精準定位對方位置。又或者以為政府真如《1984》裡的老大哥，監視著每一個人，你當政府真那麼有錢啊？那真的只是電影或書籍。就算台灣很小，但可躲藏的地方很多，就算科技再怎麼發達，或者監視器再怎麼多，你要隱形也不是不可能的事。更何況還有法律倫理的考量，別以為法律容許公權力做任何通訊調查，事實上，什麼可都得經過申請，需待許可的。沒有辦法，人的隱私也是很重要的權力之一，不可隨意侵犯。

這段期間，陳姓刑警與阿西還是繼續監視把舖父母。把舖父母也知情，也一直跟他們解釋，自己不知道勝力在哪裡。但陳姓刑警與阿西不願放棄。

進伯每次都吼著說，「你害死我小兒子還不夠，現在又要來害我大兒子嗎？你不要以為我好欺負，你再繼續這樣，我就用我這條老命跟你拚了！」

陳姓刑警最後聽到有些煩了，因為他的說詞都差不多，毫無創意。每次問他，他都是這樣回答。

他覺得他在說謊，在演戲，他覺得他看得出來。但他也不能拿他們怎樣。

他們只能整天守在把舖家前監視。這次他們共有四個人，分成兩部車。因為出出入入的人實在太多了，一批人馬走了，至少還有另一批人馬可以守。

阿西當然跟陳姓刑警同車。每天他都買了好幾杯黑咖啡、超涼口香糖，以免自己睡著。他們從把舖出殯前就開始守，一直到他出殯後，還是繼續守，已近兩個禮拜。期間他們偷偷跟著他們父母出去了幾次，但他們多半是出去購買生活用品。幾次他們有些愧疚，因為市場的人認出他們，居然有人就當面對他們說，「你兒子死得好！」

因為毫無進展，他們覺得很苦惱，菸抽得比往常還多。

監視一整天下來，菸蒂多得簡直嚇死人。阿西看了車上菸蒂一眼，腦裡出現一個奇怪畫面：一台剛從湖裡被打撈起的車，門不知為何被打開，菸蒂像水一樣宣洩而出……

神明壇

他的錢已經花完了，也把最後的礦泉水喝完了，期間，他甚至跑去跟人要零錢，以買點麵包飲料啊什麼的。他說自己忘了帶錢，需要坐公車回家。但現在的人都很聰明，不但不願給，還會訓話人，什麼「年輕人好手好腳不去工作，居然來要飯」，也有人說，「看你一表人才，怎麼來騙錢？你不覺得羞恥？」

這個時代的一個巨大變化是，人變得不愛聽道理，反倒都好愛訓話人，就算自己人生失敗得一場糊塗，也是滿嘴道理，抓到任何機會，就是巴啦巴啦的訓話個沒停，好像只要嘴上贏了，人生就贏了的似的。他再也受不了別人的白眼或訓話，但現在他真的已經餓到受不了，肚子已經癟到極限。

他把車停下，來回巡視四周，除了前面的神明壇外，幾乎都是田，這個地方看來很安全。他下車，走進神明壇。裡面一個臉色發黃的瘦弱婦人狐疑的看了他一眼。她大概覺得這個年輕人不是來問神的吧，所以沒有招呼他。

「那個……我可以跟您借電話嗎？我的手機沒電了，有急事要聯絡人。」

婦人毫無表情的看著他。

「我可以給你錢。」他拿出最後的十二元，「一通就好，很快。」

婦人還是面無表情。勝力有些尷尬，不知是否該把拿著錢的手收回。幸好，婦人這時伸手取走他的十二元。

「跟我來。」她帶他到裡面看來像辦公室的地方。

「就一通。」她指著電話，冷冷的說。

勝力迭聲感謝。

他站在電話前思索了一會。他只能打給自己百分之百信任的人。但他不能打給父母，覺得警方恐怕在監聽父母的電話。他想打給朋友，可是他的朋友都是學生，要怎麼樣說服他們什麼都不問而拿錢過來呢？這恐怕有點難。

最後他覺得自己只能打給她。

對，就剩她了。沒有人知道她與他的關係，應該是安全的吧？

只有她能信任，讓他冒這個險。

當她接起電話後，發現是他時，不間斷的連續問：「北鼻，是你嗎？你跑去哪裡了？你發生什麼事了？我很緊張你不知道嗎？鼻，你還好吧……」

「就……」勝力不知該怎麼解釋。

「什麼事都可以跟我說啊，你知道我愛你，我只會幫你。」

「呃，我現在沒力氣解釋，太餓了。我身上都沒錢，妳來找我好嗎？記得帶錢，和一些食物，還有喝的……」

就這樣，兩人約定了時間與地點。

完全沒察覺有人在監聽他們的電話。

那個神明壇很不好找，要從一條小路進去，再連續拐好幾個彎，經過最後一個彎後，路很小又逶迤，常常有轎車一個不慎，輪胎就陷進一旁水溝，需要幾個大男人一起推，才能把車推出。

她對交通工具很沒天分，但所幸是騎車，若現在是開車，她覺得自己早開進田裡了。身上帶了幾千塊的她，騎著車，跟著導航來到這個地方。她花了比導航預計的時間還要多，因為就算有導航，她也常常騎錯路。這不是學習不學習的問題，她幾乎完全沒有方向感。

幸好是下午呢，否則晚上來這蕭索的地方，可是很駭人的。因為大概再相隔個幾百公尺，就是一片墓園。

她騎呀騎，繞啊繞，總算找到這個神明壇，也看到了他的車。

正當她停好車，下車，想跟他像愛情電影裡的久別情人那樣來個擁抱時，卻發現呃……

那裡不只他一人而已。

還有一個面無表情的瘦弱婦人，兩位警察，跟一隻坐在一旁好像在看戲的小黃狗。

婦人與小黃狗是神明壇的配角，在這裡不重要，我們就不描述了。

至於兩位警察呢。一位看來約中年吧，有點帥，像古天樂。抽著菸的他，以一個很酷、很疏離的姿勢站著，像極了什麼美國獨立電影裡的個性演員，另一位則相對年輕，但已經有點小肚子了。他外型很普通，怎麼站都難看，我們就不描繪他的站姿了。

她見過他們，甚至講過幾次話。跟我們一樣，她也知道他們其中年長的、帥的那個刑警叫陳姓刑警，而年輕的那位叫阿西。

但她好像不清楚他們為何逮捕自己的男友。

小萱一臉不可置信。

偵訊室

勝力被逮捕時，完全沒有抗拒。在偵訊室裡的他，只是一副不太理解的樣子，睜著一雙滿是疑問的大眼睛，東看看西看看。這個偵訊室他已經來過了，所以不是在看環境，他這個「看」只是在顯示自己的迷惘而已。

他一直說不懂他們為何逮捕自己。

陳姓刑警與阿西則忽然變得冷漠異常，跟之前與他討論自己弟弟的樣子時判若兩人。他覺得自己好像忽然不太認識他們了。

陳姓刑警坐在他面前，一句話也沒說。他在注意著勝力的行為舉止，也在傳達一個訊息：「你現在是嫌疑犯！」阿西原本想發問，但陳姓刑警一個手勢請他閉嘴。他也就安靜下來。

「為何抓我？」勝力又說，「你們把我弟害死還不夠嗎？你們讓我怕得連弟弟出殯都不敢參加，你們會不會太過分？」

陳姓刑警依然安靜著。

「為何不說話？」他又說，「把我抓來又不說話？」

陳姓刑警繼續看著他的雙眼，好像試圖看進他的腦袋。勝力感到不太自在，一下子用手摸臉，一下子又摸鬢角，也不由自主閃避起他的眼神。

陳姓刑警這時站起身子，一個眼神給阿西，要他跟自己一起離開偵訊室。

他們到外頭抽菸。已經是晚上了，天空這時無雲，月亮是滿月，有夠肥，像一顆裝太多餡料的月餅，隨時會掉下來的感覺。兩人也沒說話。

抽菸抽到一半，陳姓刑警摸摸鼻翼，要阿西待會什麼都不要說，他主持就好。阿西點頭。

陳姓刑警返回偵訊室時，像耍脾氣的青少年一樣，用力砰的一聲把門關上，讓勝力嚇了一跳。他這行為是故意的。他把菸叼在嘴上，接著把襯衫上面的幾顆釦子扭開，讓自己看起來像流氓。阿西看見陳姓刑警的變化，也嚇了一跳。他覺得他好像在演戲，但又覺得耍起流氓的他，很帥，簡直要被圈粉了。不過他早已是陳姓刑警的粉了吧？他也想學，於是伸手摸摸自己領口的釦子，打算解開。但隨即又覺得，算了吧，自己沒有這種魅力，只會讓人覺得為什麼不把釦子扣好而已。可能還會被問，「是釦子掉了嗎？」

「你為什麼在一開始的時候騙我們？」陳姓刑警聲如洪鐘，「你不知道騙刑警是有罪的嗎？」不等他回答，他又繼續說，「小Sherry被殺的那天？你人究竟在哪裡？我奉勸你，你最好不要再騙我……」

「我跟你說過了，那天我去學校上課，」勝力說，「沒課的時候，我就在圖書館……」

「你少騙我了，」陳姓刑警說，「我跟你同學確認過了，那天沒人見過你。」

勝力想了一下，問：「你跟誰確認的？」

「這不重要。」陳姓刑警說。這時他也沉默一會，又說：「除此之外，你的一個同學，告訴我們關於你過往的一件事，你應猜得到我在說什麼吧？」

「什……麼事？」勝力結巴起來。他其實猜到是什麼事了。

「你應該知道……」陳姓刑警用極銳利的眼神看著他。

「那件事很久了，而且是誤會，我沒有傷害那小女童的意思，我只是不小心睡著了。」勝力試圖辯白。

「跟一個小女童裸身抱在一起睡著？你是不是一個變態？」陳姓刑警說，「你他媽是不是戀童癖？小Sherry的死是不是跟你有關？」

「沒有，我不是戀童癖，我只是……」

「只是什麼？只是喜歡看著女童打手槍嗎？」

「我沒有，你不要亂說……」

這時陳姓刑警從卷宗裡，拿出幾張小Sherry的驗屍照。他把照片丟在他頭上，說，「你他媽是不是強姦她，又殺了她？」

勝力看了一眼散落在桌上的小Sherry的驗屍照，雙眼緊閉起來。

「我沒有傷害任何人。」勝力說，「我從來沒有傷害過任何人……你不要亂說，我已經查過了，現在不是刑求的時代，我不怕你……」

陳姓刑警拿起其中一張，攤在他眼前，說：「你給我仔細看！看清楚是不是自己殺了這個小女童？」

「我不是變態。」勝力這時大喊，「我不是變態！你不要誣陷我！」

陳姓刑警這時很憤怒，很想揍他，但勝力所言不假，現在已不是可刑求的時代了。他站起身身子，轉身往後看，試圖冷靜。

沉默一會。

陳姓刑警又轉身，問，「告訴我，為何你父親針對那台黃色的車撒了謊？」

「這我不知道，」他說，「那台車我們一直在使用著，我也不知道他為何這麼說，也許是因對你不滿，他不想再跟你說話。我爸媽一輩子都會恨你們，在他們心目中，你們就是殺了我弟的兇手。」

阿西這時心裡震了一下。他從來沒想過，自己會被人認為是兇手。

陳姓刑警依然面無表情，這時他拿起另一份卷宗，打開，裡面有幾張照片。他說，「這台車在小Sherry被殺的隔天下午，出現在某檳榔攤前，這是你家的那台車吧？」

勝力看了一眼，說：「是。」

「開車的人難道不是你嗎？」陳姓刑警問。

勝力這時沒說話。

「我問，開車的人是不是你？」陳姓刑警這問題幾乎是吼的。

「我不知道……」

「不知道？」陳姓刑警忽然砰的一聲用力拍桌，「你家的車根本沒被偷，在家裡好好的。所以有機會開那台車的人，除了你，就是你爸吧？因為你弟跟你媽不會開車，再來，你爸那天在上班，這點幼稚園已經確認，所以代表那天開車的人就是你！」

「好，我承認。是我開的。但這並不代表我就是殺人兇手。」

「那你為何說謊？」陳姓刑警這時再次憤怒拍桌。聲音之大，就連阿西都被嚇到了。他覺得此刻的陳姓刑警非常令人恐懼。他忽然確幸自己不是被他拷問，要不然自己可能會被嚇到尿褲子。

「我……」

「我問你為何撒謊？」陳姓刑警用凶狠的眼神繼續問。

「我……」

汽車旅館

陳姓刑警實在太兇了，接下來的偵訊，我也不忍再敘述，以免破壞陳姓刑警的形象。我們暫且直接快轉，來到偵訊結束的早上吧。

陳姓刑警與阿西來到美好早餐店。

已點好早餐，兩人都在抽著菸，沒有說話，滿腦子都在想著女童案子。而我們的陳姓刑警也已恢復原貌，又是那個帥氣、迷人，性格大方的陳姓刑警。但他衣服的鈕子依然沒扣回去。原因？我也不懂，可能是為了耍帥。老闆娘剛看到他微微露出的飽滿胸肌，臉都快紅了。

對陳姓刑警來說，懲兇鬥狠其實不是他的本性。

對於他來說，這是一種戲，而且很累人，他覺得每次偵訊完犯人，自己就像跑完馬拉松一樣，精疲力盡。他們目前沒有太多證據，最多僅能拘留他二十四個小時。但他覺得事情絕非那麼簡單，畢竟勝力說了那麼多的謊。

勝力後來坦承，小Sherry被殺那天，他其實沒在學校上課，而是與小萱在外面約會，到汽車旅館去了。他之所以說謊，是因沒有人知道，自己跟她交往。小萱擔心自己因約會而忘了接妹妹，導致妹妹被殺，擔心被家人責罵，尤其是媽媽，還擔心可能有刑責的問題，所以才要求男友跟自己一起說謊。而他們之所以去檳榔攤確認監視器方向，是因他們那天曾步行經過該間檳榔攤，擔心被拍到留下證據，然而他們是步行在對街，根本拍不到。

「這是全部的事實，我是為了保護小萱。」他說。

雖然他的說法尚未核實，陳姓刑警有種不好的預感，他覺得勝力沒說謊。若如此，等於這一次的努力又將全是白費工夫。

老闆娘這時送上早餐，問了一下陳姓刑警最近可好，又說，感覺他好像瘦了。陳姓刑警笑了笑，說自己一定都好，最近只是工作不順，所以很累，非常謝謝她的關心。

她說，「這樣啊，一定要好好照顧自己身體。」說完，老闆娘捏捏陳姓刑警的手臂，說：

「不過，還是很壯喔。」說完，就嘻嘻笑著離開。

陳姓刑警好像也很享受於老闆娘對自己的欣賞。至少，好像從來不曾埋怨就是。

老闆娘走到櫃檯，裝了幾顆荷包蛋，又回來，說：「來，這免費招待你，補補身子。」

「謝謝妳了。」他說。

阿西這天也累了，還一臉愁容，外表感覺比陳姓刑警還蒼老。但老闆娘完全沒有在意他的存在的意思。他也沒力氣跟老闆娘爭寵，靜靜抽著菸，吃著自己的早餐。他真的累了。一夜沒睡耶。

吃完早餐，他們來到汽車旅館。他們向櫃台人員表明自己是刑警。櫃台人員立刻提高警覺，擔心他們是來抓猴。陳姓刑警查覺到了，說他們要查的事不會影響客人的，不用擔心，他們有更重要的事要辦。

他們向他調閱了監視器，幸好這汽車旅館的監視系統存檔有半年之久。後來確實在勝力說的時間裡，看見他家的那部黃色的車進來，進去的時間是早上十點半，出去的時間是在下午三點四十分左右。那時小Sherry應該已經死去，也就是說，若那期間他都在汽車旅館裡，那麼，他就不是兇手。

他們又問了櫃檯人員，在那一天，那台車的房客是否有什麼特殊之處。

他聳聳肩，無奈的說：「噯，你們先想想我們每天都多少房客吧？而且我們這行最注重就是隱私。我怎麼可能記得某天的某房客有什麼特殊之處，我又不是天才，而且我也不應該記得什麼細節，這有違工作道德啊。」

說的也是，對吧？

阿西的家跟他女友

這邊來帶一下我們菜鳥警察阿西的私生活部分，免得你們覺得我太偏心。

阿西是南部孩子，來北部已經將近十年。他租在ＸＸ路，一個非常寬敞的高級套房，光浴室就有十坪左右。每月租金要三萬八千元。但他不想讓人知道他其實很有錢，所以同事都不知道他住哪裡，包括每天跟他相處的陳姓刑警。

他的父母一直不願他當警察，太危險了。但小時候，當他看完波麗士大人後，他覺得警察很帥，於是選擇當警察。他父母最後悔的就是，買了波麗士大人的ＤＶＤ給他。

他當警察就是這麼單純，其實他的人也差不多。單純，無心眼，很容易崇拜身邊的人。而且他的崇拜是真心的，所以他從小就很討比他年長或強勢的人的歡心。

他的女友小梅是個小學老師。人不錯，也是一個喜歡幫人的人。兩人很登對，怎麼說呢？都有點傻氣吧，都自以為的相信這世界，是自己所想像中的樣子。

那天從汽車旅館回去後，阿西回到租屋處休息。

剛好這天，他的小情人也沒上班。

她見他回來，問他吃過早餐沒。

他說吃過了。

她說自己要去買早餐，問他還要不要吃些什麼。

他說，「不了，吃太胖不好。」他講這話時，忽然想到陳姓刑警，希望自己跟他一樣結實、好看。

她笑著摸摸他肚子。我不會嫌棄你。「肚子大，我覺得可愛。」

他也笑笑說，「我知道。但我是警察，不能吃太胖。吃太胖怎麼追犯人，用滾的嗎？」

她哈哈笑，「也是。」接著出去買早餐。

阿西聞聞自己身體，覺得自己很臭。他掐指算了算自己已工作了幾個小時，但好像算不出來，總之已工作超過十五個小時了吧。「再這樣下去，會不會過勞死啊？」他想。

他走進浴室，把衣服脫下，投到洗衣籃裡，接著光著身子，進透明淋浴間洗澡。

當蓮蓬頭的水淋上他的頭時，他打上洗髮精，接著使力用指甲抓頭皮。他洗頭通常很用力，非常用力的那一種，發出嘎嘎嘎的聲音，好像要讓腦細胞都感受到自己指工才行。他這麼用力只是因小時候媽媽的一句，「洗頭要用力抓，頭才不會臭喔。」看來母親的話對小孩影響，真的非常之大。

忽然之間，有人抱住他。他嚇了一跳，差點要攻擊身後的人，但本能要他住手。抱住他的人這時出聲，跟他預料一樣，後面的人，是他女友。

「妳在幹嘛啦，嚇死我了。妳不是去買早餐了？」他問。

「對啊，但不知道怎麼了，忽然很想你，覺得回來先吃你比較好。」她撥弄著他的下面，「有段時間了。來一下好嗎？」

「我很累。」他說。

但男人嘛，又才三十歲而已。對於那檔事，根本沒有說不的權利。一下子就登登了起來。

「你身體可不是這麼說的。」她笑著說。

兩人結束後一起淋浴。

她問起他最近在辦的案子，那個無頭小女孩的案子。「怎麼拖那麼久？」

他偏了一下頭，說：「很難辦，我們一點把握都沒有。」

「怎麼說？」小梅問。她拿起沐浴球，開始用力刷阿西的耳背。「這裡要洗乾淨才行。」

「輕一點啦。」阿西說，「好痛。」

「你怎麼那麼像小孩？」

「是妳老把我當成妳的學生吧？」

「我才不會幫學生洗澡呢，你變態喔。」小梅笑著說，「另一邊也要刷，忍著點！」

「痛痛痛……」

「好了好了，應該乾淨了。」小梅說，「剛剛關於妹妹案子的事，你還沒說完，為何沒有把握？」

阿西又偏了一下頭，說：「死去的小女孩身上乾淨得什麼也沒有，只有指甲裡的幾片皮膚組織，跟幾根該死的毛。但之前已經確認過，不屬於把餔的，嗯，就是那個智能不足的少年啊，妳也知道，他也死了。現在我們懷疑兇手可能是嫌疑犯的哥哥。他長得跟把餔很像嘛，只是這個哥哥很聰明，還是讀ＸＸ大學的。但他們是兄弟，既然弟弟不符合，哥哥肯定也不符合吧？但我們還是送去鑑識中心驗了，妳知道，搞不好他們根本不是親兄弟，只是機率很小就是，兩人眉宇之間太像了。再說，他也有不在場證明。其實，我們根本沒把握。」

「妹妹好可憐哦。」她說。

「不過確實那個人，滿嘴謊言就是了，」他說，「有點奇怪。」

「誰？」

「把餔的哥哥啊，那個叫勝力的傢伙。」

他們出浴室後，小梅像媽媽一樣拿起毛巾替阿西擦拭。阿西想要自己擦，她嘖了一聲，「別亂動。」還打了一下他肥嫩嫩的屁股，發出響亮啪的聲音。

阿西只好乖乖站好，像個小孩一樣，讓小梅擦拭。

這天是阿西的補休日，他睡了一會，沒想到醒來時，已是隔日。阿西拿起手機來看。陳姓刑警傳了Line給他，跟他說，「小Sherry指甲裡的組織跟身上的毛，也與勝力不符合，只能讓他走了。」

阿西一點也不意外。

對質

自從妹妹死去後，小萱就跟樂團告假。之前，她平常沒課時，就跟著樂團練唱，或者四處表演，她喜歡這樣忙碌，畢竟她不愛念書，也念不來。她讀的S大學，幾乎是不用考就能進的程度，自然是沒在讀書了。

自從告假後，她多出很多時間，有時候覺得很無聊。

像這天，她只有早上有課，上完後就沒事了。

她跟幾個朋友在學校的義大利麵餐廳吃午餐。她們聊著期中報告啊、哪個教授機車，或者同學的八卦什麼的。但她也沒心思聊天。主要是她覺得無聊，那些話題她沒興趣。而且大家還是把她當受害者遺族看待，對待她還是很小心。若她聊得太開心，她們還會覺得她太無情吧。

妹妹才剛死耶，爸爸還被關，就笑成這樣，會不會太誇張？女人內在的批判性，可是很令人害怕的，所以她目前還是沉默好。

後來她跟同學道別，一個人在校園裡走來走去。雖是間不用考就能進的學校，但校園還算漂亮，建築新穎摩登，加上非常多的翠綠植物，走在校園間，好像沐浴在芬多精裡，還算享受。

在這時間點，勝力的偵訊是昨天的事。

前面提過，陳姓刑警與阿西沒有直接證據，已讓他離開。還是小萱主動去接他的。小萱去接他時，勝力一臉疲態，他已很久沒好好休息了。他說自己很累，想回家睡覺，所以沒跟小萱說太多話。其實他說謊，他沒跟小萱說太多話是因，他有點埋怨小萱。雖然這些事跟她沒有直接關係，但因小萱妹妹的事，他已死去一個弟弟，家也幾乎垮了，更不用提殺了自己弟弟的人，正是小萱父親。

小時候，他曾哭著跟父母說，弟弟因受傷智力受損，就能得到他們全部的愛……他覺得很不公平，他也曾希望自己是受傷的那個，甚至去撞頭，期盼也把自己撞傻。然而就算父母偏心，且弟弟根本是家裡的累贅，但事實上，勝力從不真正怨恨弟弟，甚至很疼弟弟，對於他的死去，他非常傷心，覺得生命少了很重要的部分，而那些部分永遠也回填不了。他覺得自己未來很難再跟小萱繼續，他覺得自己有點恨她。

此外，他父母現在因這一陣子的事，變得足不出戶。他們不是懦弱，他們曾經奮力抵抗，但這個體制依然無情的，在把餔跟他身邊親近的人的身上，貼上殺人犯的標籤，甚至在把餔死後，依然有人覺得他死有餘辜。他們說，他們是智障強暴殺人犯的父母，當然也不值得同情。於是，他們開始害怕別人指指點點，索性都不出門了。尤其是把餔媽媽，常常面著牆坐在家裡角落，一坐就是一天。除了不能聽，不能說，她好像也開始期待自己不能看，不能吃，不能喝。她希望自己消失。她極度想念兒子，她想要與他在一起。把餔爸爸也跟幼院園園長請了長假，以照顧自己老婆。

他的生活全變了調，未來日子怎麼過？他看著小萱，很想用力用雙手搖著她的肩膀，問她這些問題。若她答不出，他想請她爸爸媽媽回答。但他們也只是另一邊的受害遺族而已。

小萱跟勝力走出警局，沒想到，居然有記者在守。

「請問你為什麼被抓？」

「請問你也是嫌疑犯嗎？」

「請問你是跟弟弟聯手殺了女童嗎？」

一連串的問題像糞便一樣，一直往勝力身上丟。他覺得很臭，很想大叫。這時他忽然情緒崩潰，大吼：「你們到底想要我怎樣？要我們全家去死，你們才甘願嗎？這是你們要的嗎？」

記者們嚇了一大跳，但毫無退縮的意思，甚至有點高興。

他上鉤了。他們就是想要受害遺族的崩潰模樣。

「我們沒有惡意，可不可談一下你剛剛為何被警察抓？到底女童案跟你有沒有關係？」

勝力想要繼續憤怒，可是他無法，他打不贏，記者依然如鬣狗一樣，對他死纏爛打。他跟小萱說，「我自己回去就好了。」接著跑著離開警局，這時一台計程車剛好駛來，他上了計程車。

小萱坐在摩托車上，呆呆的看著計程車駛離。她心想，「幸好父母一直以來沒讓我曝光，要不自己可能也會受記者迫害吧？」

小萱從學校回到家時，家裡沒人。

今天米雪兒回去公司工作了，這是她在阿志的事後，第一天上班。因阿志的事，老闆緊張得要命，深怕出版社會被影響。所幸阿志在事發以前，早已跟幾位當紅作家簽了幾本書，編務現在都還在預計的時程之內。

很久沒收信的米雪兒一打開信箱，如雪片般的信件開始載入。收到好多來自作者跟一些廠商的來信。其中很多都是針對阿志的事的關心訊息。他們都很擔心，尤其是之前提到的那位德國作家，寫了好長的一封信來，裡頭都是關心內容。他甚至打算再來台灣看看。但米雪兒只淡淡回「我們會努力，把家庭恢復原狀。」並請他不要來，就算來了，目前也看不到阿志。她也知道，她來只想看阿志而已。

家裡的事，就算是好事，她平日都懶得說，何況是這些沉重的事。

對於老闆方面，她跟老闆喊話，說不必擔心，自己會銜接起阿志的工作。米雪兒是認真的，她也必須做到。阿志很快會接受審判，短期內是很難能出來。她得賺錢，維持家裡生計，跟續繳房貸，而唯一方法，就是把公司書籍銷量撐起來。

小萱拿著剛買回的麥當勞，想到爸爸，想到勝力……吃著吃著，居然哭了起來。她覺得自己很寂寞。她很想念爸爸。

這時門鈴響了。

小萱起身，來到門前，看了一下鑰匙孔洞裡的人。「是他們。」她想，但沒有露出意外神情，看來是與他們約好了。

她把門打開。

陳姓刑警與阿西在外頭。他們有些事想問小萱，主要是勝力的事。小萱知道今天米雪兒不在，就叫他們直接來家裡找自己。

他們在客廳落坐。

陳姓刑警不廢話，開宗明義談勝力的事。

「妹妹被殺的那天，妳跟勝力真的見了面嗎？」陳姓刑警問，「不要再跟我說謊。」

「是的。」她說。

「所以那一天，不是因為練團而忘記接妹妹？」

「不是……」

「你們去了哪裡？」

「我是早上九點多出去的，吃完早餐，就跟著他去ＸＸ汽車旅館，我們……」

「沒關係，妳就說，我們對那些不感興趣，只是想查清楚你們當天的行蹤。」

「就，我們待到下午三四點吧。後來就去吃飯，我大概六點多回家。那天不知為何，很累，所以就睡著，一直到你們來我家為止。當天就因為這樣，我忘記去接妹妹，就發生了這樣的事……」說到這裡，她開始哭了起來。阿西給她一張面紙。

「不要哭了，我需要妳好好回答我的問題。你們是怎麼去汽車旅館的？」陳姓刑警問。

「他開車。」

「什麼車？顏色？型別？」

「抱歉，我不懂車，就一台他平常開的黃色轎車。」

陳姓刑警這時停了下來，若有所思。

「妳跟他交往多久了？」

「快兩年。」

「他的個性怎麼樣？」

「沒有什麼特別之處，人不錯，很善良，很照顧家人，尤其他弟弟。這是我喜歡他的原因之一，」她說，「坦白說，我覺得他不是會傷害人的人，你們恐怕是找錯人了。」

陳姓刑警與阿西沒有說話。

「有沒有其他的事要補充？有什麼奇怪的地方嗎？人事物都可以。」陳姓刑警問。

她搖搖頭，但一會，又露出若有所思的表情。

「確定嗎？」他又說，「任何奇怪的地方都可以講。」

「真的沒有，勝力是好人，很照顧他的弟弟的。」她說。

「妳知道他的過往嗎？」陳姓刑警問。當然是指他與家教妹妹裸睡的事。

「什麼過往？」小萱問。其實她知道那些事，也猜得到陳姓刑警在說那件事。但她不在意。她知道他就是喜歡年幼女孩，這是她刻意打扮年幼的原因，為了迎合他。勝力從未有傷害人的打算，也未真正侵害過任何女童。對小萱而言，他是很善良的。但她知道社會對於戀童的人的觀感，所以她選擇保護男友。

陳姓刑警與阿西互看一眼，最後沒有回答她的問題。

尷尬

這天米雪兒一如往常來到公司上班。同事們基本上不太敢主動跟她說話。畢竟發生那樣的事，大家不知該說些什麼，或者，說了什麼都顯得尷尬。索性大家就裝得沒事且如平常一般對待她。米雪兒大概也明白，也認同。

大概早上十點左右，剛從國外回來的老闆，打了通電話給米雪兒，請她到他的辦公室。米雪兒敲敲門。

「進來。」老闆說。這位老闆長得不算好看，但很有自信，可能是常跑健身房的關係。他總梳著油頭、穿亮色系緊身襯衫。他未婚，講話聲音有點像女人，米雪兒覺得他是同志，但他說自己有女友，只是沒人見過。

米雪兒開門走了進去。

「來，坐。」老闆說。

接著老闆大概說了一些安慰的話。這裡我們就不贅述。後來又講了一些打氣話，說她的能力跟阿志不相上下，他認為她一定能夠像阿志一樣，替公司帶來豐厚的業績。蜜雪兒只說自己一定會盡力。

「那當然，等阿志出來之後，我們一定也會歡迎他。就像過往一樣。」老闆說。

米雪兒跟老闆道謝，走出辦公室。但她疑惑的是，阿志可是殺人犯啊，未來他對他的態度真能不變？

到了晚上，米雪兒在加班。其實她沒有那麼忙，很多事助理小姐都處理了。她只是不想回家。老公不在身邊，小女兒也死了，家裡宛然毀了，那種過往的和樂氣氛再也找不回了。她盯著螢幕，眼淚一直流，想起小女兒的身影，想起即將入獄的丈夫……

大家陸續跟米雪兒打招呼，離開辦公室，最後只剩她一個人。後來她迷迷糊糊的睡著了。她做了一個夢。

夢裡小Sherry是她的親生女兒（或者親生與否，一點也不重要），像平常一樣，她毫無煩惱的笑著。阿志與小萱也在一旁。大家都像卡通人物般，臉上有著不成比例、誇張的笑容。天氣晴好，不熱也不冷，微微的風吹著，他們在綠得出油的大草原上放風箏。那風箏是一隻黃色小鴨，非常可愛。天邊的雲朵深處稍微粉紅，他們快樂得讓人不可置信。

可是不知怎的，一陣狂風忽然襲來。拉著風箏的小Sherry，就這樣隨著風箏被吹到天邊。在天空飄浮的小Sherry哭著要媽媽救自己，距離愈來越遠，但她的聲音卻像在她耳邊呼救一樣。米雪兒奮力的追，但不管她怎麼追，也追不到……

她醒來時，已十二點，她嚇了一跳，看了一眼手機，裡面都是小萱打來的電話。她趕緊回電，小萱立刻接了起來，顯然是在等她。小萱這時哭了起來，直問米雪兒人在哪裡。她一個人在家裡很害怕。米雪兒說自己不小心在辦公室睡著了，說著說著，也哭了起來。

小萱跟米雪兒說，「這世界只剩下我們而已。」

米雪兒說，「對，所以我們更加得堅強，我們別哭了。」

小萱說，「好，我們不哭。」

水瓶

隔早，米雪兒特地早起上班，她不想讓大家覺得自己特別。

她拿著一杯從7－11買來的特大杯熱拿鐵進公司，這是她的早餐。她走路有點搖搖晃晃的，畢竟幾乎一整晚都沒睡。公司警衛問她昨晚睡得好不好，她微笑說現在自己能醒著，都靠這杯咖啡。

警衛這時意有所指的說了聲「加油」。米雪兒沒說什麼，僅看了他一眼。警衛這時有點後悔自己多言。

兩人有點莫名尷尬。

她來到座位開始工作，一樣是非常多的郵件。早上她非常忙碌，下個月有本書進度太慢。她先是打電話到外包設計公司，抱怨封面怎麼到現在還沒提供。他們也沒在客氣，說：「之前就已提供幾款，都是你們不滿意，現在重新設計又抱怨慢。要時間想啊，你當我天才？」

兩人口氣甚差的爭執一下。

半晌，另一個主編又來說，其中一個作者說，書籍的一些內容要改，但都已經排好版，怎麼辦呢。接下來另一個主編又有一些事，需米雪兒決定一些設計等。

米雪兒忙得不可開交，但並不覺得討厭，她覺得自己在忙的過程中，才真正活了起來。這陣子太多私事讓自己心煩。她需要這些。

忙到一半，手機響了起來，她看一眼手機，是國外號碼。原來是一個重要的國外小說的經紀公司打來的。對方問新書授權的報價何時提供，她用流利英文告知對方，自己還在確認，對方劈頭就是抱怨回應太晚，又恐嚇，「再不給出報價，出版權就不賣你們了。針對台灣市場，就已經有好幾個出版社在搶了喔。」其實她很想說，「那你就給別的出版社吧。」因為這本書她其實不喜歡，但終究沒能說出口。出版社雖不如一般產品公司那樣市儈，和氣總是生財。

好不容易把對方安撫下來結束電話。她喝了口咖啡，但咖啡已經冷了。她這時發現自己現在非但不累，反而還更有精神。

大概在十一點之際，警衛通知她有包裹送來。

她想，「大概是連鎖書店送回來的退書吧？但仔細想想，好像沒有接到通知？那會是誰寄包裹來呢？」

她請助理下去幫她拿。

身形玲瓏的助理不知為何，用日文「嗨」了一聲，之後下樓到警衛室。簽完名，從警衛手中接來包裹。沒想到包裹很重。那是一個暗黃色的厚紙板的盒子。上面寫著「小心輕放」。可能是易碎品，她想，而且裡面似乎有水的感覺。

「會是什麼呢？」助理猜不透裡面是什麼，但其實她不太在乎。現在她在乎的是，她覺得若把這麼重的東西搬到八樓，就算有電梯，自己可能也耐不住，或者手可能會斷掉。她露出苦惱的表情。

於是她裝起可愛，嘟起嘴巴，請警衛幫忙。警衛一向覺得她可愛，義不容辭答應，一副很男人的樣子抬起箱子。

兩人走進電梯。

警衛也耐不住好奇，問：「奇怪，這是什麼東西呢？怎麼那麼重？」

助理搖搖頭，說，「我也不知道耶。」

警衛又看了一下上面貼著的寄送資料，說，「哇，是花蓮寄來的，寫了個英文名，Michelle Huang。黃小姐嗎？」

助理說，「對啊，給我們主管的。」

「寄送人也是英文名，Sun Lee……誰？」

「我也不知道，可能是她朋友吧。」

這時電梯打開。助理接過箱子，說，「剩下我來吧。」接著跟警衛道謝。警衛說，「不會。對了，那個……」助理假裝沒聽見，直接走出電梯。

警衛面露失望，他本想約她吃個飯。但隨即想算了吧。自己是個警衛而已，那麼可愛的她，怎可能看得上自己。其實警衛的想法是對的。好的，我們替肥宅警衛工具人，默哀五分鐘。

助理走進辦公室，到米雪兒位置前，把箱子給米雪兒。

米雪兒接過，也嚇了一跳，問：「怎麼那麼重？」

助理說，「我也不知道耶。」

米雪兒看了一下名字，說：「Michelle Huang，確實是我。但從花蓮寄來的，奇怪，是誰？我怎麼也想不起會有什麼人從花蓮寄東西給我？寄信人是Sun Lee，我也沒聽過。」

「米雪兒也不知道嗎？」

「不知道。」米雪兒說。

「奇怪了。」

米雪兒拿出一把美工刀，把箱子上的膠帶輕輕切開，把紙盒打開。裡面還有一層保麗龍。她想直接拿出，但卡得很緊。助理幫她壓住箱子兩旁，米雪兒伸手進去，用力把保麗龍盒拿出。保麗龍盒相當沉手，接著她把保麗龍盒的盒蓋拿起。

助理這時尖叫，惹得眾人都過來關心。

米雪兒面無表情看著保麗龍盒裡的東西。

那是一個大水瓶，黃澄澄的水裡，裝的是小Sherry的頭。

這時，米雪兒砰的一聲暈了過去。

陳姓刑警與阿西很快趕來。辦公室有人怕到哭出來，一些人甚至到廁所嘔吐，有些人則拍著胸口念佛號或呼喊耶穌。

但事實上，水瓶裡的小Sherry看來並不嚇人。她的雙眼輕輕閉著，像睡著一般，而且好像化著妝似的，氣色非常好，臉上還有淡淡微笑。但這微笑肯定是做出來的。原因很簡單，因為那個微笑是一直維持著的。

小萱這時也抵達了。她正顧著米雪兒。雖然她在暈倒前好像還理性，但事實上，她是驚嚇過度才面無表情。小萱只看了一眼水瓶裡的妹妹，她不敢再看，她覺得自己若再多看一眼，可能會嘔吐。

鑑識人員先在盒子上檢查指紋，但陳姓刑警聽鑑識人員說，盒子上雖有很多指紋，但他們認為是運送過程中，相關接觸人員的指紋。這個寄件人非常細心，因為內部盒子，包括水瓶跟保麗龍，則完全沒有指紋。

陳姓刑警原本想問米雪兒今天接收包裹的過程，但她面無表情，還有些呆滯。他覺得也許得緩緩。

他們首先打算追查寄件人背景。但上面資料肯定都假的，兇手不會傻到填入真實資料吧？但依然得從那些資訊追查起。寄件的地點是在花蓮市區的某一間7－11。陳姓刑警已聯絡當地派出所前往調查。

在這時候，眾人忽然聽見米雪兒放聲大哭。聲音之淒厲，讓在場的人都為她不捨。

花蓮

陳姓刑警與阿西來到胖妞牛肉麵店。經歷了下午的人頭事件，兩人都沒食慾，但人總是要吃，否則沒有力氣辦案。

兩人都點牛肉湯麵，看來是吃不下肉了。

等一下他們要開車去花蓮，查看寄送人的情況。

不一會，老闆端著兩碗麵來了。阿西看到麵湯的顏色，不知怎的，想到了裝著小Sherry的頭的大水瓶裡的水的顏色，一樣的黃澄澄，帶有一點肉屑雜質。他感到一陣乾嘔，胃酸湧到嘴邊，幾乎要吐了。但看到陳姓刑警津津有味的吃著麵，大口飲湯。他覺得自己若要繼續做這份工作，必須堅強起來，也該努力吃才對。「果然是有經驗的老刑警。」阿西心裡想。

「西，」陳姓刑警忽然叫了阿西。

「怎麼？」阿西抬起頭。

「你會不會覺得，我們偵辦方向可能錯了？」陳姓刑警說這話時，臉還是朝下看著麵。這時他才抬起頭，繼續說：「兇手把女童的頭寄給母親，可能是仇恨，我想，我們偵辦方向可能錯了。這應不是一般隨機強暴殺人案，有預謀的。」

阿西的頭歪了一下，說：「可是她也被性侵了，這可能不是單純仇恨啊。若只是恨她的父母，應該只是虐待她，再把頭割下吧，為何要性侵呢？再說隨機殺人再肢體屍體的案例也不是沒有……」

「可能要誤導我們。」陳姓刑警說，「而且記得嗎？女童體內沒有發現男性細胞。這代表那所謂性侵，可能是做出來的。」

「這樣啊。」阿西說，露出思考的表情，「為了仇恨，殺別人女兒，假裝性侵，又砍頭，再寄人頭給母親，這……這……是多大的仇恨？」

陳姓刑警喝了一口湯，說，「只是，讓我疑惑的是，若是預謀的，無論什麼動機也好，為何沒有傳達訊息？」

「這案子真的很奇怪，兇手到底在想什麼啊……」阿西附和道。

「人心真的很複雜的。」陳姓刑警嘆了口氣。之後，他看了阿西的麵一眼，「你麵怎麼還剩那麼多？」

「燙……」他不敢說自己現在有點反胃。這樣未免太不專業了。

「快吃吧。」陳姓刑警說，「待會得開長途。」

從ＨＳ縣開車到花蓮差不多要四小時。陳姓刑警體力很好，阿西數度問陳姓刑警是否換手，他都拒絕。阿西後來也睡著了。醒來時，是在一間遊客休息中心前面。陳姓刑警問他要不要廁所，阿西說好啊。兩人一起信步去廁所，回來時，陳姓刑警在販賣機投了兩瓶無糖烏龍茶。他丟了一瓶給阿西。兩人在販賣機前抽菸喝飲料。阿西又問剩下的路程要不要由他開。他還是堅持自己開。陳姓刑警是那種不會把駕駛權輕易交給別人的人。

他們抵達花蓮時已十二點，沒有休息，直接前往寄出包裹的便利商店所屬轄區的派出所。之後他們跟著騎車的當地派出所員警，一起前往那間7－11。

他們已跟當時上大夜班的店員約好，將進行筆錄。

他們沒有告知該店員發生了什麼事。僅跟他說，他處理的一個包裹有問題，需要他確認寄送包裹的人的身分。

店員是一個瘦瘦、皮膚黝黑的男子，髮型像郭富城當紅時期的M字中分頭。長得不算醜，可能長期做大夜班的緣故，一臉倦容，口臭也很明顯。

他說：「當時是一個男生來寄的，因為很重，所以我印象很深刻。而且那個寄送的男生，還一直交代裡面是玻璃罐，所以運送過程務必要小心。」

阿西這時拿出勝力的照片，請他確認照片中的人，是不是寄貨人。

店員搖搖食指，說，「當時他戴著口罩、帽子，還戴著手套，我真的無法確認。」說到這，他像想到什麼一樣，說：「我們公司沒規定要確認寄件人身分喔，所以……」不知為何，他口氣裡有卸責的感覺。

陳姓刑警這時拿出手機，播放裡頭的影片，一個男人的聲音傳出，那是勝力的聲音。陳姓刑警問，「他的聲音跟他的類似嗎？」

店員這次搖搖頭，說，「完全不像喔，寄送人的聲音很尖銳。」

阿西納悶問，「尖銳？像娘娘腔嗎？」

店員又搖頭，說：「倒也不是耶……這樣說來，其實我覺得，他的聲音像是用假音說話的。你知道吧？就像這樣……」說完，他開始用假音講話，「就像這樣，你懂嗎？」他此刻的聲音像極了曾志偉的聲音。

「知道啦，夠了夠了，別再裝了。」陳姓刑警面有難色的說。

「故意的嗎？」阿西又問。

「好像喔。」他說，「但我也無法確認，也有可能是天生的聲音。」

「外貌故意遮掩，聲音又刻意用假音，根本是有準備的。」阿西說。

店員這時鼓起鼻翼，好像聞了什麼怪味，說：「對了，除此之外，我當時還幫他填單據，因為他說自己的手受傷，所以單據上的字跡，是我的，不是他的喔。」

阿西嘖了一聲，說：「他完全是有備而來。」

「對了，還有一件事。」他又說，「我剛剛說他是男生嘛，其實我也無法確定，畢竟他穿了一件黑色風衣。有個地方很奇怪，就是他身上很香，非常濃烈，像女人的香水味道。所以，是男是女很難說。」

陳姓刑警與阿西互看一眼。

「看來，我們今天是白來一趟了。」阿西說。

店員最後還是耐不住好奇，「請問，那包裹裡，是什麼東西呢？」

「你不知道比較好。」阿西說。

跟店員做完筆錄，已是凌晨兩點。陳姓刑警與阿西非常疲累。他們原本想直接回ＨＳ縣，但想疲勞駕駛不好，於是開車到一間便宜旅館，打算休息後，再回ＨＳ縣。

因沒有特別申請，不能報公帳。兩人為省錢，僅跟櫃台要了一間TWIN房。沒想到，這位櫃台店員一直用特殊眼光看著他們。

「我們只休息一下就走了，不必兩間房。」陳姓刑警解釋。但店員眼神這時更為奇怪。

「嗯，我了解了，因為只是休、息、一、下，所以不必兩間房。」櫃台不知為何刻意重複說，接著拿出單子，勾了幾地方，給他們填寫。

「我們一下子就走了，也要寫單子喔？」這下換阿西問了。

「只要checkin，就算只是休、息、一、下，不必兩間房，都要寫單子啊，這是我們飯店的規定。」櫃台說，「為了資安而已，不要想太多，而且你們要休、息、多、久，基本我也沒意見。」

「我們也沒想太多……」阿西碎碎念著。

「寫吧。」陳姓刑警說，拿起筆，在櫃檯上寫上自己資料。阿西也寫了。

櫃台取回兩人寫好的單子，開始在電腦上輸入資料，接著問：「付現還是刷卡？」

陳姓刑警拿出信用卡，說：「刷卡。」

他接過卡時，又問：「抽菸嗎？還是需要無菸房？」

「有抽菸。」陳姓刑警說。

刷完卡後。他把鑰匙、發票給他們，露出神秘微笑，說：「祝兩位有美好的一晚。」

阿西覺得這話很莫名其妙。

兩人來到三樓的三零六房門前。門一開，沒想到裡面居然是一張心型大床。該死的櫃台弄錯了。

兩人對看一眼。

「我先去沖個澡。」陳姓刑警無謂的說。

「好。」阿西說，接著落坐一旁沙發。他想自己一整天沒洗澡，也先不要躺床吧，畢竟待會兩人可要同床共眠。他把菸拿出來抽。陳姓刑警這時在他面前脫下衣服，褲子，僅剩一件三角豹紋內褲。他對他的內褲品味感到新奇，忍不住微笑，接著又看到他大腿上的子彈疤痕，覺得可怕，好像被什麼咬過似的。不過下一刻，他忽然覺得抽著菸、看著幾近裸體的陳姓刑警的自己，好像有點怪，於是把電視打開。

「看電視好了。」他想。

陳姓刑警這時在他面前，不知有意或無意，做了幾次性感的拉筋動作，還發出呻吟聲。之後走進浴室。阿西發現自己竟然吞了口口水。

一會後，陳姓刑警洗好澡走出來，一樣穿著剛才那條豹紋三角內褲。他們這晚來住這裡，完全是臨時起意，衣服當然也沒得換的。

「換你洗啦。」他說，「我實在太累了，我先睡了。」

陳姓刑警說完就躺上床。

阿西起身，脫掉上衣與長褲。都還沒進浴室呢，就聽到陳姓刑警傳來深深的打呼聲。

他在想著，「待會洗好澡，我應該睡在哪裡比較好？」

精神科醫生的報告

昨晚阿西也很累，洗完澡，也就直接躺床了。

特別累時，睡眠時間總過得非常快。

醒來時，阿西覺得自己好像才剛閉眼，但牆上時鐘已顯示五點半。同時，阿西嚇了一跳，陳姓刑警居然一條大腿跨在自己屁股上，他的體溫很高，整條腿像發燙似的。為了避免吵醒他，他輕輕移開他的大腿，再下床。

他起身看了一下手機時間，確實是五點半了。他記得陳姓刑警昨晚說，今早六點回去ＨＳ縣，現在大概也無法再睡了。他到浴室刷了牙，上了廁所。結束後，他開門，打算叫醒陳姓刑警，沒想到他已醒來了，甚至衣服也穿好了。

這下換陳姓刑警進浴室盥洗，阿西在房內抽菸等他。期間他聽見他手機響了，但不是電話，而是訊息，或mail的聲音。

陳姓刑警出來後，問：「睡得好吧？」

「嗯，還可以。」
「那走吧。」
阿西說，「OK，走吧。」
阿西把房卡丟在電梯裡的房卡盒裡。出來時又看到昨晚的櫃台。他坐在椅子上，頭往後仰，嘴巴大張，呼呼睡著。
「未免也太不敬業了吧。」阿西想。

他們把車開出去後，陳姓刑警又停在一間早餐店前。如前面所說，他是一個很重視早餐的人。
「先吃飯吧。」他說。
這是一間西式早餐店，老闆娘看來非常年輕，俐落短髮跟男性裝扮。阿西覺得她應該是T。陳姓刑警點了跟平常一樣的早餐。阿西也是。
點完後，他們在外面一根電線桿旁抽菸。陳姓刑警這時拿出手機，發現有一封信寄來，上面主旨是「精神科醫師報告」。他想起來了，是他之前交代內勤同仁，把現有發現寄給某知名精神科醫生，請他側寫兇手可能會是什麼樣的人。
陳姓刑警聚精會神的看著報告。阿西也覺得好奇，瞧了幾眼。
老闆娘這時說，「早餐好囉。」
阿西先去取早餐，之後把早餐放在桌上。
「陳哥，吃飯囉。」阿西說。

「來了。」陳姓刑警說，把菸丟到地上，踩熄，之後走到位置落坐。

陳姓刑警依然看著手機。阿西先吃起早餐。

一會，陳姓刑警把手機給阿西，說：「你也看一下。」

「嗯。」阿西回。

陳姓刑警吃起早餐，說：「這是我之前請XXX寄給XXX精神科醫生，請他就我們所發現的資料，側寫兇手的可能樣子。」

「嗯。」阿西回。

「報告有點長，但前面的部分都是我們知道的，你可直接看結論就好。」

這裡我們特別把精神科醫生的結論，簡單敘述如下：

> 我認為兇手很可能是女童父母認識的人，隨機犯案的可能性非常低。兇手與女童父母甚至可能相當熟稔。兇手外在行為可能跟一般人差不多，但可能是一個反社會性格的人，跟常人差異的地方會是，他無法感受別人的痛苦。我猜測他平常不是一個暴戾的人，甚至也許對人客氣有禮、討人喜歡，只是內心黑暗，且隱藏得非常好。
>
> 另外，這所謂仇恨很有可能是單方面的，也就是說，也許他恨女童父母（或其中一人），但他（們）並不自知。有可能是女童父母不自覺嚴重踩到他的痛處，或者女童父母知道自己冒犯他，卻不覺得事態嚴重。但對他而言，卻是非常嚴重的冒犯，致使他犯下這樣的罪行。
>
> 另外，也請特別注意，因是預謀犯案，而且就目前你們的描述看來，我認為兇手有玩弄警察

或假造證據的可能性。兇手甚至可能把這當作一場遊戲。所以不要完全相信你們所找到的證據。這點請務必特別注意。

仇人？

收到包裹的隔天，米雪兒很早就起來了。她本想上班的，想讓人知道自己心態已調整妥善。但老闆叫她別來上班，在家裡休養就好。其實她身邊的人，對於這件事，好像比她還要害怕的事。

就算不上班，今天她也剛好有事。梳妝整齊的她，坐在梳妝台前，看著自己，想著女兒下葬之前她跟阿志決定，找到頭之後，他們要把女兒的身體連同頭一起火葬。但阿志一年半載也無法出來。

她是不是該先做？還是要等阿志出來後，再一起決定？

畢竟這是他的女兒，她充其量也只能是養母。但想著土裡的棺材裡的女兒，肩上頂著一個假頭，她又覺得心疼。「應該要先做才對。」她想。

她看了一眼手機的簡訊，已經十點了，但陳姓刑警與阿西還沒到。做刑警的人怎麼能遲到呢？她心裡埋怨著。

陳姓刑警與阿西抵達米雪兒家時，已經是十點半了。他們入屋時，也沒有道歉，看來刑警對於時間的約定，是相當跋扈的。但也不能怪他們，他們可是直接從花蓮開到米雪兒家的。

這會，他們的問話重點在於「仇人」。

米雪兒說自己沒有仇人。她是一個很單純的人。國立大學英文系畢業後，就到了某大型出版社上班，不久後，就轉到阿志的出版社，接著兩人相愛（或許是她自認兩人相愛），結婚，生了孩子。

他們的生活再單純不過。

阿志年輕時是多情了點，但同樣沒有傷害人，當然也沒豎立什麼仇人。他們也沒有欠債，房子儘管是貸款的，但也都順利繳款，不曾拖欠，他們也沒有跟人借錢或騙過人錢。出版社員工也多半是自己離職的（除了最早因外型太佳而被米雪兒弄走的之外），哪裡來的恩怨呢？

米雪兒想不透，甚至覺得自己不太理解，為何陳姓刑警問這些問題。當陳姓刑警繼續追問，是否有人可能想報復她時，她還是想不到，這世界會有任何人，跟自己有深仇大恨，會想要以殺害她的女兒來報復她。

陳姓刑警要她仔細再想想。

「我沒有仇人啊。我甚至不太會恨人，不太懂什麼是恨。」米雪兒看著陳姓刑警的雙眼，如此說道。

「阿志呢？阿志也沒有仇人嗎？親戚朋友方面？或者有沒有可能跟人結怨而不自知？」

米雪兒真的很努力的想。

最後她說，「我忽然想起來，這個世界可能有一個人恨我，恨我到無可復加的程度，可能恨到希望我去死吧。」

「誰？」

「可是那個人，已經死了。」

而那個人的身分，我想，也不用我多說吧？

對，米雪兒指的就是小Sherry的生母。

「妳跟女童生母之間，發生了什麼事嗎？」

米雪兒忽然冷笑一陣。

「看你的年紀，你應該結婚了吧？」

「嗯，結婚了。」

「我老公背叛了我，讓比我年輕十五歲的女人懷了孕，而且還登門來找我。你自己說嘛，你覺得我們之間能夠沒問題嗎？」

陳姓刑警沉默下來。

「請妳告訴我發生了什麼事。」

「也沒什麼事。」米雪兒說，「她生了病，肝癌。為了孩子連命都不要。生下小孩後，她就臥病不起了，一連串的化療啊標靶治療，都救不起來。最後她要我們養她的小孩。我跟她吵，說我死也不會讓她的小賤種來我家。」

「後來呢？」

「後來？還有什麼後來？後來老天有眼，讓她死了啊。」她說，「她就這樣不負責任的走了啊。」

「她死前我也在啊，還是一直惦記著孩子，一直求我養她孩子，我就站在她床前，說我一輩子不會照顧她的小孩，我要讓妳死不瞑目。她最後一口氣，就瞪著我。像要殺死我一樣。最後就死去了。」

兩個刑警滿臉意外看著米雪兒。

「你們這樣看著我幹嘛？」米雪兒說，「你們覺得我很殘酷嗎？難道我得同情我丈夫的小三？」

「我們不評論這個，請別誤會。」陳姓刑警說，「後來怎麼樣了？」

「我老公是小孩的爸爸，當然還是把她帶回來了。」米雪兒說，「阿志為了把小孩帶回來，還花了兩百五十萬給那賤女人的爸爸。他是一個看來流氓樣的人，跟阿志爭撫養權，根本是為了錢。」

「當時這個……就說交易吧，」陳姓刑警說，「有發生任何不愉快嗎？」

「沒有，阿志不是會跟人吵架的人。」米雪兒說，「那女人的爸爸是王八蛋，但拿了錢，就笑嘻嘻走人。」

「後續呢？有沒有再來要錢？」

米雪兒想了一下。

「阿志好像有再給他一筆錢。」米雪兒說，「但我不太確定。阿志也否認，但我覺得有。」

「他，我說女童的外公，有可能因為錢而動手嗎？」

「不可能，也沒必要啊，晨晨是他的搖錢樹耶。」米雪兒說。接著又沉吟一會，「其實我也不知道，我跟他不熟，只那段期間見過幾次面而已，但我想不出他動手的動機，他真的沒有傷害自己外孫女的理由啊，是不是？」

「嗯。」陳姓刑警說。

沉默一會。米雪兒這時轉頭，若有所思看著窗外。陳姓刑警看見她咬了咬上嘴唇。

「對了，」陳姓刑警又說，「你們感情好嗎？妳跟丈夫之間？」

「感情好不好很難說，但哪對夫妻沒有問題？你跟老婆沒有問題嗎？」

「請妳不要反問我。最後我再問一下，他，我指阿志……還有沒有別的女人？」陳姓刑警問。

「自從晨晨來了之後，我想應該沒有，但我不敢百分之百肯定。他外型迷人又能說善道，體能又強，就算我能防他，也很難防主動上門的。」

「那妳呢？我不是惡意質疑妳，調查而已。妳有沒有曾經因為想報復，而去找別的對象？有跟丈夫以外的男人交往嗎？」

米雪兒笑了一下，沒有回答。

「請妳回答。」

「你的問題很大男人耶，難道我就要因報復丈夫才能外遇？不能因我喜歡？」她說。

「請妳回答我的問題，我們不是在辯論。」

「沒有啦。應付阿志就都快累死了，哪來力氣去找新男人。」

陳姓刑警跟阿西根據米雪兒提供的小女童外公的聯絡資料，來到ＸＸ路的房子。米雪兒雖也給了手機號碼，但該手機號碼已無法打通。陳姓刑警與阿西於是直接拜訪。雖這條線索跟案子不太可能有直接關聯，但陳姓刑警基本已窮途末路，什麼線索都不願放棄了。

那房子看來很舊，屋齡起碼三十年以上。陳姓刑警敲門，但無人回應。他們問了隔壁檳榔攤的人。裡面小姐說，「可能都在上班吧。」陳姓刑警又問，知不知道他們在哪裡上班。小姐說，

「我不說別人私事。」

陳姓刑警表明身分。

她聳聳肩，說，「那又怎樣，我就是不說別人私事啊，難道犯法？」

「怎麼樣才能讓妳聊別人私事？」他又問。

「不買包檳榔嗎？現在生意不好做。」她問。

「我們不吃。」阿西說。

「菸呢，涼的呢？」

「來兩包七星跟兩瓶可樂吧。」陳姓刑警說，遞了五百給小姐。

小姐收了錢，開心的把兩包菸跟兩瓶可樂給陳姓刑警，但沒找零。阿西心算著，這樣應要找回兩百六？難道就這樣算了？阿西看了陳姓刑警一眼，但他沒表示什麼。他忽然覺得自己跟陳姓

刑警比起來，真的很愛計較。

「現在可以說了吧？」陳姓刑警說。

「我記得他們是一對老夫妻吧，做那行業的。」她說。

「做什麼行業？」

「賣的啦。」她說，「他們下面小姐都是越南來的。」

「在哪裡？」

「就ＸＸ路的『越來越香』護膚店。」

小姐這時咬咬嘴唇，看起來像是下嘴唇發癢，但這只是她思考的特別動作而已，問，「ㄏ，帥哥警官，為何問這些？人家其實也是對老實的老夫妻，求生存而已，聽說還有兩個女兒上大學，需要學費呢，別那麼缺德去抄人吧。」

「跟那沒關係。」陳姓刑警說。

「那跟什麼有關係？」

陳姓刑警沒有回答。小姐也不自打無趣。陳姓刑警跟她道別。小姐跟陳姓刑警拋個媚眼，說：「下次再來找我玩喔。」

陳姓刑警笑了笑，阿西看他一眼，覺得他異性緣未免也太好，有點羨慕。

他們來到了ＸＸ路的「越來越香」護膚店。

裡面一個約六十歲的男子正一面抽著菸，一面看電視。他餘光看到陳姓刑警與阿西，立刻起身，堆起笑臉，熱情招呼。

「頭家來坐，來休息，我們小姐都年輕漂亮技術又好，也很配合啦！」他說，「來坐來坐。」

阿西聽著老闆的話，還真坐了下來。陳姓刑警給了他一個眼神。阿西又立刻起身。

「今天要來鬆一下齁，我跟你們說，這次找對了店。這裡附近，就我們家素質最好。」他又說。

「這裡一次只要兩千，很便宜啦。要不要，我立刻幫你們安排，都年輕漂亮喔，很實在，不會偷。」老闆說，「兩人給你們打折，一千八啦，好嗎？」

「我們不是來問這個的。」陳姓刑警說，「我們是警察。」說完，他秀出警察證。

老闆一看到警察就變臉，抱怨：「警察？厚，幹嘛又來找我們麻煩？我們都很乖，有繳月費捏。」他一臉委屈的說。

「不用擔心，我們是來偵辦別的案子的。」陳姓刑警說，「不是來找你麻煩。」

「別的案子？難道是殺人案？還是搶東西偷東西？」他說，「啊我又沒有做壞事，你棉找我幹嘛？」

「我們來問你孫女的事。」

「孫女？我哪裡來的孫女？」

陳姓刑警把女童生前的照片給他看。「你的女兒不是叫許庭麗？這是她的女兒謝晨雪，爸爸是謝允志。」

老闆摸摸臉，說：「這件事你怎麼知道的？」

陳姓刑警說，「你難道不知道你孫女發生了什麼事？」

老闆說，「我那女兒跟我感情不好，我管不動她啦。後來生病死了後，我只知道孩子跟著她老北。她發生了什麼事嗎？」

陳姓刑警沉默一會，說：「能不能告訴我，在XX月XX日，你人在哪裡？在做什麼？」

老闆想都沒想，就說在店裡。「週一到週五，我幾乎每天都在這裡，我很勤勞。沒騙你，監視器可證明一切。你要的話，我口以給你看。」

「暫且不用，」陳姓刑警說，「你過去是不是跟孩子她爸拿過錢？」

老闆愣了一陣。「這是我們的協議，應該沒犯法吧？」

「是沒犯法，但，後續你有再跟他要錢嗎？」

「那傢伙把我孫女帶走，要點錢也是應該的，不是嗎？」他說，「請問我孫女到底怎麼了？」

陳姓刑警這時覺得這人只是一個無情、冷血的王八蛋而已，應不會殺人，冷冷的說：「你喔，拿了錢就不關心自己孫女，不配做人，你孫女死了啦，你真是一個垃圾。」

這時陳姓刑警的電話響起。對方是鑑識巡官，但訊號不太好，聽不太清楚。陳姓刑警走出按摩店。

老闆這時皺起眉，看著阿西，抱怨說：「你們警察也太某禮貌，居然叫我垃圾。噎，我口以告你們喔。」

阿西這時口氣很隨便的跟老闆道歉，還小聲講了「要告就去告，笨叟」。之後也走出按摩店。

陳姓刑警還在講電話。阿西聽見他說著什麼「水瓶裡發現幾根頭髮，很長，但不屬於女童的」之類的話……阿西覺得陳姓刑警的臉，好像被耳邊電話的電磁波影響，忽然縮了起來，看來像面露疑惑，又像覺得冷的表情。

阿西拿出菸，抽了起來。鼻子吐出兩道煙霧，像頭牛一樣。

陳姓刑警掛上電話，跟阿西說：「他們說在女童的頭的水瓶裡，發現幾根不是女童的頭髮。因長度明顯比女童的還要長，約有四十公分。毛髮已經做了成分分析，可知是男人的。這你應該記得吧？上次的鑑定講座有講，頭髮本身是可以分辨男女的。但ＤＮＡ部分則需靠毛囊。你上次有認真聽吧？」

阿西偏著頭傻笑。

陳姓刑警用鼻子哼了一聲，繼續說：「但因毛囊泡在甲醇裡，已受損，身分鑑定目前有困難，要送到日本鑑定。目前在討論中，有結果很快會通知我們。」說到這時，他嘆了口氣，「原本女童身上發現的頭髮是短髮，現又發現長髮……這代表，兇手可能不只一人。」

聚餐

阿西跟小梅已在餐廳裡面了。兩人像年輕情侶般嬉鬧著，好像在玩著「互看對方看誰先笑」的遊戲。但兩人都很愛笑，根本無法得出勝負。兩個差不多三十歲的男女，玩著這樣的遊戲，好像變成兩個小學生。我是指智商。

這是一間海鮮餐廳，靠近海港，在HS縣這裡還算有名餐廳。很多人喜歡他們的生魚片。他們做法不像日式或台式，等魚死了後冰過再切，而是韓式，直接把魚肉從活魚身上削下來。跟日台式的生魚片比起來，這種切法會讓魚肉本身更有彈性、有嚼勁，有時甚至像口香糖的口感。至於好吃不好吃，則因人而異了。

陳姓刑警與可可一到餐廳，陳姓刑警就把阿西叫到外面選菜。陳姓刑警說要吃什麼不要客氣。阿西看著魚缸裡的**游來游去的海魚**，忽然覺得這種點菜方式有點殘忍。

「被我點到就得死耶，我好像死神。」他想著。

但他還是點了鱸魚，準備做清蒸，香菇炒水蓮，和一份大炒麵。陳姓刑警又叫了兩隻焗烤波士頓龍蝦、檸檬生蠔、鹽烤蝦子、大盤生魚片，跟螃蟹火鍋。阿西想了一下，這頓可能不便宜。陳姓刑警真的很大方。

這天是可可生日。陳姓刑警叫上阿西跟女友一起幫可可慶生。她們之前見過起幾次面，彼此都還蠻喜歡的。是真心的喜歡，不是那種表面的。

趁他倆出去點料理時，可可問小梅，「你們有打算了嗎？」

小梅歪著頭，問：「妳說結婚嗎？」

「對呀，」她問，「妳快滿三十了耶，都沒考慮喔？超過三十才生，會比較累喔。」

「其實我也沒打算生，現在社會這麼亂，我覺得生小孩來世界好像是罪一樣。」

「噯，妳是小學老師，怎麼那麼說？」可可笑著拍了一下小梅的手臂。小梅也笑了，但她笑是因為痛。可可打人很痛。她想，「她可能是斷掌。」

「或許我本來就不愛小孩。」她吐舌笑了一下。

「不過說的也是，看看他們最近偵辦的那起無頭女童案，想到都頭皮發麻，好可怕。」

「就是，而且好像都沒進展。」

「現在聽說應該是預謀。」

「預謀殺害女童啊？這未免也太可怕了。」

這時他倆從外頭走回來。

「又抽菸了是不是？」可可收起笑臉，問，「臭死了。你到底什麼時候要戒？」

「做警察哪個不抽菸的。」陳姓刑警說。

「藉口，就算你說的是真的，你可以當那個不抽菸的警察啊。」可可有點不高興。

陳姓刑警摸摸可可的臉，用有點裝可愛的聲音，說：「我可愛的老婆，別說這個了，今天妳生日，開心一些吧？」

「你戒菸我就開心了。」

阿西這時有點訝異，陳姓刑警居然會對老婆撒嬌？對比在偵訊室裡的凶狠模樣，他覺得這個男人實在很難摸透。他暗自決定，自己從今而後，也要當一個讓別人摸不透的男人。

「對了可可姐，」小梅拿出一個紅色禮盒，「這是我跟阿西的一點心意，請笑納，生日快樂喔。」

「幹嘛破費，太不好意思了。」她說。

「我們一點心意啦，陳警官那麼照顧我們阿西。要不是碰到陳警官，我們家這隻大冬瓜，肯定得受很多苦。我覺得大家很有緣，是不是？」

「我什麼時候是大冬瓜了？」阿西做出不高興的臉。大家笑了。

「妳說的也沒錯，大家有緣。嗳，不收就顯得我沒禮貌了。」可可把禮物收下，「妹子，我現在打開，OK？」

「那當然。」

可可把禮物打開，裡面是一個桃紅色的女士皮夾。

可可拿把皮夾拿出，「嗳，好漂亮耶，妹子眼光真好。很高貴。謝謝啦。」說完，又驚呼：「是COACH的啊，真的不好意思，讓你們破費了，下次妳生日，我再送還妳。」可可想著，這大概要五千元，下次回送該送啥好？

「別這麼說，可可姐，這樣說太見外了。」小梅說。

可可這時舉起柳丁汁，說：「妹子我先敬妳！」

「姐生日快樂喔！」小梅說。

菜陸續上來，擺設非常講究，尤其生魚片，擺得像一朵紅色大花，讓人食指大動。因都要開車，他們也沒喝酒。陳姓刑警與阿志都不是那種拚酒型的，所以彼此合得來。要是跟其他同仁一起來，沒拚個你死我活，他們不會放過彼此。陳姓刑警也不是討厭喝酒，實在無法接受那種文化，為何要置別人於死地不可，又不是有仇？你說是不是？

「女童的案子破得了嗎？」可可忽然問，「好可憐的妹妹喔，你倆一定要加油。」

陳姓刑警與阿西都沉默下來。

陳姓刑警嘆口氣，說：「這案子非常難辦，新證據一直推翻原有假設。」他正吃著生魚片。非常新鮮，有嚼勁，他覺得很好吃。

「嗯，之前我們掌握的一些證據，如女童身上找到的毛髮、皮膚組織等，都跟現有的嫌疑人不符合，現在最新的證據是，我們發現兇嫌之一可能是長髮，而且還很長。」說到這，他看了小梅一眼，「大概跟小梅的頭髮長度差不多。」

「真假？？長髮？兇嫌是女人？」小梅露出不可置信的表情。

「是男人，長髮男人。」陳姓刑警說，「因為那長髮是在水瓶裡面找到的，好像……塞在女童的嘴裡，女童的嘴被一種特殊的膠黏起來了。水瓶裡裝的是甲醇，就是福馬林有沒有？鑑定身分需要毛囊，但毛囊因甲醇已受損，可能要送到日本用最新的蛋白質分析法，才能有結果。但鑑識中心已先分析過毛髮的成分，跟女童身上找到的毛髮不太一樣。通常一個人的毛髮成分，會有類似的成分分布，跟人的生活習慣會有關聯。但這兩者完全不像……總之，現在大概可以知道的是，兇手可能是兩人以上。一人短髮，一人長髮，感覺起來非常麻煩……」

「噯老公，上次叫你去拜神，你就是鐵齒不去。」可可說。

「拜什麼啊，真有神鬼的話，被殺的人自己破案就好啦。」陳姓刑警說，「別說這些啦。」

這時阿西陷入沉思。

「這也太誇張了！」小梅說，「兩個甚至更多的大男人欺負一個小女童，真是讓人噁心耶，想到我都憤怒了。雖然我是國小老師，經常被那些小鬼頭氣得半死，但小孩就是小孩啊，怎麼那麼過分，真是罪大惡極，不能原諒！」

「真的……」可可也說，「想到都心好痛喔。」

「陳哥，」偏著頭的阿西忽然說，「你記得小萱最早的不在場證明嗎？她不是說，她到學校練唱，跟她的什麼樂團一起嘛。後來派出所同仁也把他們請到派出所，且也核實她的不在場證明。雖然我們現在知道那不在場證明是假的啦……但我記得同仁好像提到，團員含小萱共五人，除小萱外，其他都是男孩，而且長髮？」

陳姓刑警聞言，偏著頭露出凝思表情。小梅與可可同時看著陳姓刑警。阿西覺得他這個表情實在很帥，忍不住學了一下。但隨即又想，我做這個表情也帥嗎？別人會不會以為我在憋屁？不過肯定不帥，於是又不學了。

「我出去打一個電話。」陳姓刑警說，隨即走出餐廳。

他們看著他離去的背影。

「別管他了，我們吃我們的。」可可說。

「不在場證明是假的，是什麼意思？小萱是誰？」小梅問。

「呃……」阿西有點懶得解釋，「吃生魚片吧。」

校園

陳姓刑警與阿西站在一棵深綠且大而茂密的秋風樹下，在S大學的校園裡。前方是網球場，若干同學正激情揮汗打著球，其中一個男生看來球技不凡。他們都戴著墨鏡。一些學生走過時，忍不住看他們一眼，大概覺得他們有點奇怪吧。但他們完全沒有察覺。阿西只覺得，自己很懷念這種青春無敵氣息。雖然自己也不算老，才剛滿三十，但跟年輕無敵的大學生比，自己依然是個老人吧。

阿西拿出菸，被陳姓刑警制止。

「別忘了我們在哪裡啊。」陳姓刑警說。

「對喔，抱歉。」他說，「但不抽菸，就不像刑警了，像兩個在大學裡閒逛的大叔，我看女大生會因此怕我們。」

陳姓刑警用鼻子哼了一聲。「嘖，你想太多。」但此刻經過的幾個女大生，還真的露出警覺表情，竊竊私語了起來。

小萱這時翩然來到這顆大樹下。她綁著雙馬尾，身上一件白色卡通T恤，緊身牛仔褲。身高迷你的她，加上這身裝扮，看來真的很年幼，會讓人誤會是小學生。

「很抱歉又來找妳，一直給妳添麻煩。」陳姓刑警說。

「是不會啦。」小萱說。這時一陣微風吹來。小萱順著微風把幾絡頭髮撥到耳後。阿西這時才領會到，小萱雖然身材玲瓏，但面容也沒想像中小，已是成熟女人了。

「只是我覺得，一直來找我，我跟案子又沒有直接關係，難道都沒有新的突破嗎？時間已經很久了。再這樣下去，不就永遠都不知道殺妹妹的人是誰了，妹妹好可憐……」

「我們正因有一些新發現，所以來找妳，想問妳一些事。至於新發現是什麼，目前同樣不能公開，很抱歉。」陳姓刑警說。

陳姓刑警與阿西目前沒有抽菸，但小萱這時在風裡聞到菸味。她想，這兩位癮君子實在抽太大了，跟爸爸大概差不多。為什麼男人這麼愛抽菸呢？

「那這次你們想問我什麼？不會又是關於我外婆的事吧？」

「我們是想問妳，有關妳的樂團的事。」

「樂團？」

「對。」陳姓刑警說，「我們有幾個問題。」

「嗯，雖然我實在不懂你們問樂團幹嘛，」她說，「但，請說吧。」

「他們認不認識妳妹妹？有沒有看過妳妹妹？」陳姓刑警問。

「他們常常來我家玩，有時我們也會在家裡練團，所以認識我們全家人，當然包括我妹妹。」

「妳覺得他們對於妳妹妹的態度如何？會不會過度關心妳妹妹？」

小萱這時露出不耐煩的表情，說：「你們若是質疑他們，那是不可能的事啦，他們是一群好人。」

「先別激動。」阿西說。

「可是我覺得……我覺得……」

陳姓刑警這時沉默下來，臉非常嚴肅。小萱看到了，忽然有點害怕。

三人沉默下來。

一會後，陳姓刑警說，「無論他們是不是好人，我想跟他們四人談一下，能不能幫我安排？」

「他們下午三點會在露九酒吧表演，我因妹妹的事暫時告假，現在有一個替代的女生在唱。你們若要找他們，可以四點左右過去，那時應該已經結束了。」

「好，請先不要通知他們。」陳姓刑警說。

「嗯，那我可以走了嗎？」

「可以。」

小萱轉身離開。

她的步伐看起來很累，阿西覺得她的背影看來又更小了，彷彿隨便伸手一抓，就可以把她放進口袋裡。

陳姓刑警與阿西來到露九酒吧。他們就如一般客人，欣賞著眼前樂團的表演。唱得還不錯，歌也好聽，阿西很意外的發現自己其實很享受，尤其唱歌的女孩聲線很特別，讓人聯想到愛黛兒，一點點沙沙的，但十分渾厚。此外，長相又漂亮，跟小萱不相上下。阿西沒聽過小萱的歌聲，但他們找來這麼會唱的人來頂替，小萱會不會被徹底取代啊。他忽然覺得擔心，但隨即又想。這好像跟案情無關。別想這件事了。

此外，那四個男人也都長得很好看，只是都一襲長髮，阿西覺得有點怪，不太理解做這樣裝扮的意思。也許是特色？

然而，這是一間同志酒吧。很多人正打量著抽著菸、一臉嚴肅的陳姓刑警，看來他是同志天菜。有些人心裡還想著，這個帥爆的天菜，居然跟一個微胖的醜男人一起？未免也太浪費了。他們甚至有點生氣。

但他倆都沒發現這特殊空氣，僅喝著咖啡，專心一致的等著樂團表演結束。一個服務生過來問陳姓刑警是否還要點什麼，這已是第三次了。陳姓刑警有點意外，說不用了。事實上，服務生也只是故意過來跟他說話而已。

動聽的音樂讓時間過得特別快。時間到了，樂團向大家致意，並道別。他們下台整理樂器。另一組人馬也準備上台了。但陳姓刑警與阿西沒有時間再欣賞。他們走向前，向樂隊表示身分。

他們嚇了一跳，不太懂刑警為何找自己。其中一個團員心想，「幹！該死，是因為大麻嗎？」

陳姓刑警今日態度非常友好，說：「我們到那邊座位聊一下吧？」又看向主唱，說：「妳不用來沒關係。」

但她一臉好像「幹嘛排擠我啊」的感覺。但陳姓刑警表情非常凝重，權威讓她摸摸鼻子，安靜先離開。

他們六人在剛才的位置落坐。

針對今日拜訪原因，陳姓刑警直接破題，說：「我們已知你們配合小萱做假的不在場證明……」他們露出訝異表情。

「這部分是有罪的，你們懂嗎？」

他們幾人面面相覷，支吾其詞了起來。陳姓刑警對他們亮出手掌，「你們不必急著否認，我們不打算追究這個。」陳姓刑警依然用很冷靜的口調說，「但我需要你們詳細說明你們當天的行蹤，不要再有一字虛假，可以嗎？」

「請問……問這個幹嘛呢？你們……不會是懷疑我們吧？」其中一人怯怯的說。

陳姓刑警僅說，「當然是有原因的，但偵查內容無法公開，請你們別問，並請回答我的問題就好了。」

但因時間已經有點久，他們真的答不出來。陳姓刑警要他們盡可能好好想一想。

其中一位團員翻翻手機的行事曆，說：「那天我們沒有表演，我應是在學校上課，晚上我確定我們在練團，因為當晚小萱缺席，電話也沒接，我們很埋怨她。」

「基本上只要沒有表演，我們就像一般人過日子，我那天應是在上班吧。我白天一週三天在八五度C打工。」另一個團員說。

另一個團員則吞吞吐吐說，「我好像在家裡睡大頭覺……」

這時其中一個團員可能嫌熱，把假髮拿了下來。陳姓刑警露出訝異神色，說：「你的頭髮是假髮？」

「對啊。」他理所當然的說，「不僅我，我們都是啊。這長髮只是我們的裝飾，樂團特色而已。」

其他三人也紛紛把假髮拿下，底下都是短短的三分頭，其中一個還是金髮。

「一直以來都沒有留過長髮嗎？」

「沒有，大家都知道我們長髮是假髮啊。」另一個團員說，「請問，這有什麼問題嗎？」

「嗯，沒有。」陳姓刑警說。

這時陳姓刑警的電話響起。他接起電話。講了一會後，把電話掛上，臉色非常難看。

「謝謝你們今天的協助，基本上問話結束了。」他跟他們說。他們一臉莫名其妙。

這時，剛才問陳姓刑警是否懷疑他們的團員又畏畏縮縮的問，「不好意思，我們也都認識小萱妹妹。我想問一下，小萱妹妹的案子目前有進展嗎？」

「我們無法奉告。」陳姓刑警說。

陳姓刑警跟阿西離開酒吧。阿西很想問關於那通電話的事，但陳姓刑警一臉嚴肅，決定還是等他自己講。這時一隻花白色野貓從他們面前迅速走過，消失前還回頭看了阿西一眼。

阿西忽然想到了死去的把餔。

陳姓刑警與阿西一臉沉重回到局裡。他們到鑑識科的辦公室，找了其中一位同仁。他是鑑識科科長，矮矮胖胖的，有點藝人納豆的樣子。他也是剛才打給陳姓刑警的人。他跟陳姓刑警與阿西打了個招呼，但陳姓刑警一臉沉重。

「你是跟我說，兇手可能是女童爸爸？」陳姓刑警無奈的問，「這怎麼可能？」

科長無奈搖搖頭，說：「日本送回來的鑑識結果就是這樣，在水瓶裡發現的頭髮，是屬於女童爸爸的。」

「你是在告訴我，這男人幹了自己的女兒，又砍了自己女兒的頭，再寄給自己太太？」陳姓刑警不知為何生氣起來，「你是這個意思嗎？你難道不覺得滑稽嗎？」

科長把手放在陳姓刑警的肩膀上，說：「Rich，Calm down，東京犯罪鑑定研究室送回來的結果，就是這麼顯示的，至於發生什麼事，我無法臆測，而且……你剛才說的內容的可能性，也不是完全沒有啊？你是辦案的，應該更比我知道，這個社會的鬼樣子不是？」

陳姓刑警覺得他說得對。

「媽的幹，」陳姓刑警說，「還是兇手真的在玩我們？」

陳姓刑警這天提早回家。

非常氣餒又生氣的他，實在不知該怎麼辦下去。

他打開電視。

沒想到這個新證據，讓新聞又鋪天蓋地的播報起這起無頭女童案。

記者說，新證據顯示父親**可能是鬼父**，是屠殺自己女兒的兇手。至於殺害女童的原因，警方還在調查。但記者說，警方懷疑這一切可能是自導自演。

「自你媽的屁！我只有滿頭問號，我懷疑什麼？」陳姓刑警忍不住臭罵一聲。

他不想再看，於是轉台。這台的節目是上次米雪兒上的節目。來賓也幾乎是同一批，他們又講著無頭女童的案子。一個女來賓言詞犀利的批判著：「這個無頭女童案，從頭到尾荒腔走板，一開始就錯，造成無辜的人死亡，人家就是個智能障礙的青年而已，很善良無害，聽人說，他還是個愛護動物的人耶。就這樣被警方隨便懷疑，甚至還被羈押，又導致女童父親認為他就是兇手，而胡亂殺人。現在又講兇手可能是女童父親？到底在搞什麼飛機啊。一個案子你們警方要毀幾個人、幾個家庭啊。說到這，我就很氣，我私下做了一些功課，負責這個案子的警察啊，姓陳的，以前曾被吸毒的、精神不穩的人開槍打中大腿，那個人因精神不穩而被減刑。我看他就是對精神不穩或智能障礙的人有偏見，不然怎麼會搞成這個樣子？還有，他大概是想破案想瘋了，讓證人指認時，居然直接讓證人看嫌犯，看完才讓她從指認單上確認犯人，這完全不合乎流程……」說到這裡，她看向主持人，「就上次那個陳老師所說的有沒有？」

主持人點點頭。

那個來賓繼續說：「不要再講什麼司法改不改革，台灣就是民粹害死人，我反而覺得台灣人民得學習尊重法律，否則……」

陳姓刑警看到這時，氣得把電視關了。他暗自發誓，未來到死，也不要接受訪問。

他拿出菸，通常米雪兒是不准他在家裡抽菸的。但他的心裡實在是悶得慌，他覺得自己再不抽菸會爆炸，忍不住抽了起來。

他吞吐了幾口菸，看著煙霧在空中慢慢延伸開來，覺得心裡緩了些。

這時電話響了。他接起電話，是記者堂妹的電話。

「哥，這是真的嗎？我們主管問我，但你也知道我不是跑社會線的，我實在不想煩你，但這事實在太轟動，連電視台高層都要我問你……哥，看在我們以前那麼好的份上，能不能跟我透漏一些？」

「目前無法確認，而且妹，別跟電視台亂說。」

「那個……真的是父親自導自演嗎？」

「妳知道關於這個父親頭髮的線索，是誰透漏的嗎？」

「這我不知道耶，哥你知道我不是跑社會線的。」她說，「但同事跟高層都拜託我跟你談一談。」

「要談什麼？我現在什麼頭緒也沒有，亂七八糟的。」陳姓刑警口氣有點差。

「可是……」

「我知道妳想要一些猛料，我也想幫妳，可是目前案子真沒著落。針對父親這最新鑑識資料，我也不知道誰爆的，有夠沒天良。新聞記者說什麼，可能是父親自導自演，這對被害者家屬傷害多大……妳懂嗎？」

「可是哥……若不是自導自演，那是怎麼回事？……」

「妹，我累了，下次聊。約個時間我跟嫂請妳吃飯。我先掛了。」

「哥……」堂妹用撒嬌的聲音叫。

陳姓刑警把電話掛上，可是電話隨即又響了起來。他把電話調靜音。自從當刑警以來，他不曾關機，最多就是調成靜音。

這時可可跟女兒從外面回來，可可手上一包菜，看來是剛買菜回來。

女兒看到爸爸，露出驚喜神情。可可聞到菸味，眉頭皺了起來。原本想念他幾句的，但看他一臉愁容，心疼他壓力大，也就算了。

「爸比，你在家喔。」還穿著幼稚園制服的女兒興奮的說，跳上陳姓刑警身上，「爸比今天這麼早回家真好，爸比，等一下可以陪我玩遊戲嗎？今天晚上睡覺可不可以念故事給我聽？……」

陳姓刑警看著自己女兒的笑臉，不知為何，忽然想起小Sherry在水瓶裡的頭，尤其是她髮絲緩緩飄動的樣子。她的臉因被兇手刻意弄成微笑表情，使得水瓶裡的小Sherry恍若有著永恆的幸福，卻讓看到的人無比心痛。

他的眼淚流了下來。

給分局長的簡報

陳姓刑警與阿西站在分局長辦公室前面。陳姓刑警抱著胸，阿西看著自己的雙腳。兩人臉色都很凝重。

前一晚，分局長打電話給陳姓刑警，要求他這個早上，替自己簡報。這不是一次正式簡報，是私下要求的。因為無頭女童的案件似乎毫無進展，分局長想知道是怎麼一回事。

九點半一到，陳姓刑警敲敲門。裡面一個沉穩的聲音，說著：「進來！」陳姓刑警打開門，兩人進入辦公室。阿西覺得裡面很冷，簡直到了要下雪的程度。當然，這是誇飾。

微胖、下巴有著鬍子的分局長坐在座位上，兩手掛在扶手上，雙眼閉著，樣子像在休息，但一臉沉重。他桌前有個大鋼杯，裡面有滿滿的茶葉，茶正冒著煙。

陳姓刑警與阿西來到分局長的辦公桌前。

「分局長，我們來了。」陳姓刑警說。

「嗯。」分局長回應，把雙眼張開，並坐直了身體。

三人沉默一會，分局長喝了一口茶。

分局長用手摸摸下巴上方，緩緩嘆一口很長的氣後，才開始說話。他先說陳姓刑警是自己最為信賴的刑警，說他很厲害、辦案認真等，自己才把這個重大案子交給他。之後他有個很不自然的停頓。阿西忽覺空氣似乎凝重起來。阿西的感覺沒有錯，分局長話鋒一轉，講了一些失望的話。口氣與內容不算差，但沉重神情，黯淡眼神，與兩邊下垂的嘴角，讓陳姓刑警覺得，自己是失敗的刑警。

陳姓刑警無奈搖搖頭，表示這起案件實在太奇怪了。

「跟我仔細說說吧。」分局長說，又拿起大鋼杯，喝了一口茶。阿西看著大鋼杯，心想著，那難道不會燙嗎？金屬的熱導率那麼高，肯定燙吧？他看著大鋼杯，無意識的抓了抓鬢角，分局長看了他一眼，阿西又趕緊注意力移轉回來。

陳姓刑警不急不徐的把案子分析如下：

第一，他們依照目擊者提供的線索，找到了嫌疑犯把餔。經與幼稚園監視器畫面對比，他很有可能也是當天接走女童的人，但女童身上發現的生物跡證與他的不符；

其二，第二嫌疑犯是第一嫌疑犯的哥哥，他在女童被殺隔天，開了一部車到女童棄屍地點附近的檳榔攤問店家監視器的事，我們認為他動機可疑，但後來發現，他做此事是為了女友，也就是女童姐姐。他們在女童被殺該日，在汽車旅館風流，當天曾步行經過那間檳榔攤，女童姐姐擔心被拍到，會被父母責怪，才去檳榔攤確認監視器方向。這部分我們已赴汽車旅館核實。他有完美的不在場證明，更不用說生物跡證了，他跟第一嫌疑犯把餔是親兄弟，當然同樣不相符。

後續兇手居然把女童的頭寄給女童母親，兇手技巧很好，包裹內未遺留任何可追蹤的證據，但卻在裡頭的水瓶裡，找到女童父親的頭髮，讓這起案件更加撲朔迷離。受傷的女童父親表示，自己確實過去一直是留長髮的，大概在四、五年前，剪去頭髮。這代表這不是一起隨機殺人案，而是預謀犯案，也代表兇手可能是女童父親舊識；至於針對媒體胡亂臆測父親可能是兇手的事，此機率不高，主因是女童父親有不在場證明，此外，身為一個父親怎麼可能有動機去殺自己女兒，這有違常理；但頭髮之事，確實改變了我們的想法，這是預謀犯案，且應與女童父親有關。然而我們再次向受害者家屬確認他們是否與人有過節時，他們依然否認，並表示想破頭也想不出。

「目前隨機犯案的可能性已排除，我已請同仁再次清查受害者家屬是否可能有潛在的仇人，但目前毫無所獲。他們的背景單純得不得了。」陳姓刑警接著總結，「目前基本上是沒有進展，對於辦案進度緩慢，我感到非常抱歉。」

「我也是，非常抱歉。」阿西也說。說完，他頭低了下來，看到了自己的皮鞋尖頭，有點髒。

分局長聽完未發一語，依然維持著沉重表情。

「好吧，先出去吧。」他說。

陳姓刑警與阿西走出分局長辦公室後，都覺得自己老了幾歲。

阿西覺得自己雙腳有點軟，又覺得冷到好像下起了雪。他拍拍肩膀，覺得自己在把雪拍掉，但他拍的其實是頭皮屑。

難堪的幼稚園表演晚會

這晚是陳姓刑警女兒幼稚園的表演晚會，一年一次。很多幼兒家屬、朋友在現場，非常熱鬧，禮堂外面甚至吸引一些小販，不僅有賣吃喝的，還有賣發光棒和一些小玩具，簡直像演唱會外圍一樣。

晚會六點開始，現已六點半。陳姓刑警與阿西遲到了。一臉著急的可可打了好幾通電話給丈夫，小梅也打給阿西，但都沒人接。她們坐在二樓觀眾席上，可可隔著欄杆，跟在台下、稍後要表演的女兒揮揮手。他們「卡丁卡丁」班的小朋友們，全都穿著粉紅色的小蜜蜂裝。雖然粉紅色蜜蜂在生物邏輯上讓人疑惑，但非常可愛。

在台下的她，歪著頭問媽媽，「爸爸怎麼還沒來？」

「不要擔心，」她大聲說，「等一下就到了。」

她面露擔憂的點點頭。

他們「卡丁卡丁班」待會就要上台了。陳姓刑警女兒此刻很擔心，她很想表演給爸爸看。若爸爸沒看到她的表演，她會很傷心的。

這時，阿西拉著喝得醉醺醺的陳姓刑警抵達現場。可可見狀，嚇了一跳，說：「今天怎麼能喝酒啊？真是的。」

「嫂子對不起，陳哥說心情不好，要我陪他喝兩杯。」阿西極其無奈的說。

小梅這時也不高興，「難道你也喝了嗎？」

「我沒喝啦。」他說，「我要開車怎麼喝？我是警察耶。」

陳姓刑警一到座位上，就癱在可可身上。

「清醒點！」可可說，「女兒在看你呢！」

台下的女兒正跟爸爸揮手。陳姓刑警轉身，看到女兒，也興奮揮揮手。女兒看見爸爸回應，高興得像原地跳的兔子一般跳了起來拍著手。這時，剛好是他們「卡丁」一班上台表演的時間了。

小梅此刻低聲跟阿西說：「他怎麼會喝酒？」

「壓力太大吧，案子完全沒有進展。」阿西說，「我是還好，新手嘛，大家不會在意我，但陳哥壓力大，全國都在看這個案子啊。」

「也是。」小梅說。

音樂開始響起，那是櫻桃小丸子的主題曲。陳姓刑警這時看著台上的女兒，露出驕傲的笑容。他覺得女兒跳得很好，轉頭跟太太說：「我們的女兒真可愛，就跟妳一樣！」她捏捏可可的鼻子。

「你醉了啦。」可可說。

當他轉頭看回台上，忽然覺得奇怪……他覺得……自己看見小Sherry也在台上，就在自己女兒身旁。她跟自己女兒一樣，也身穿粉紅色小蜜蜂的服裝，跳著一樣的舞。但差別是，自己女兒笑得燦爛又開心，但小Sherry卻難過得在哭。

「你們有看見嗎？」陳姓刑警問可可，同時站起身子，走到欄杆前，身子往前趨，想要看得更清楚一點。可可露出疑惑，「你醉啦，別站起身子，會擋到後面的人啦。」

「阿西，你沒看到嗎？」陳姓刑警轉頭問阿西，「那個小女孩，那個在哭的小女孩……她是不是……是不是……」

阿西也站起身子，走到陳姓刑警旁邊，想要扶他。

「不要碰我，」陳姓刑警說，又轉頭，仔細看一眼台上。那個像小Sherry的小女孩依然在哭。她看著陳姓刑警，眼淚一直流。陳姓刑警覺得自己的心快裂了。

陳姓刑警這時嘩啦一聲吐了。

他是在二樓，嘔吐物像天女散花般，從二樓噴向一樓的觀眾席。

他們耳邊傳來一陣竄逃的驚呼聲。

重大發現

早上六點，陳姓刑警醒來，發現自己在浴室裡，全身裸體。他覺得頭很痛。他想站起來，卻摔了一下。可可聽見聲音，走進浴室。

「哎呀，總算起來了。」可可說，「你就是不適合喝酒啊，喝那麼多幹嘛？搞得昨天丟大臉了。你知道你做了什麼事嗎？」

「我怎麼沒穿衣服……」

「你吐得亂七八糟，好險阿西在，否則我怎麼抬得動你。昨天你回來，還是一直吐。我幫你衣服脫了。你卻呼呼大睡。我也沒這個體能抬你，而且你也沒洗澡。我想算了，就讓你在浴室睡好了。」

「昨晚……我做了什麼事？」

「先別說了，來，先起來，我扶你。」可可說，把陳姓刑警扶起來。

「我頭很痛。」

「我知道。」她把他扶出浴室，讓他坐在床上，「來，我幫你捏捏頭。」

可可坐在他身後，替他捏頭。陳姓刑警閉上雙眼。

「有好點嗎？」

「嗯。」

「剛才妳說我做了什麼？」

「別說了，先休息吧。」她說，「我看你這陣子真的太累了，我很不捨，就叫你別做警察了。工時長也就算了，破不了案心理壓力又大，這樣下去，身體都搞壞了。你要知道，你不是只有工作，還有我和女兒啊。」

陳姓刑警沒回應。

「也要替我們想啊。」可可這時力道加劇。

「輕一點，太痛了。」陳姓刑警哀號。

「公，我跟你說……我有個想法……」

「若是離職的事，就別再提了。我們結婚前，我就是幹警察的，妳也不是不知道……」他說得對。可可知道自己理虧，嘆了一口氣。

「別擔心啦，我會好好調適也會照顧自己啦。」陳姓刑警說。

一陣沉默。

「嗳，老公，我只是按你的大頭，你怎麼小頭有反應啊？」可可說。陳姓刑警這時已翹得很高。可可握住，覺得很燙，握起來很舒服，忍不住套弄了幾下。

陳姓刑警轉頭吻了可可一下。

「你嘴臭死了，都菸味，不戒菸，別吻我。」可可抱怨。

「妳真的不喜歡嗎？」陳姓刑警伸手進可可褲子裡，又繼續吻可可。她閉上眼睛呻吟著。一會後，陳姓刑警蹲在床邊，脫下可可褲子，扒下她的內褲，用舌頭替可可服務。「真的嫌棄我的菸味嗎？真的討厭我是刑警嗎？」陳姓刑警再問一次。可可這時已進入天堂，幾乎翻起白眼，無法說話。「妳這個壞太太，讓我來懲罰妳！」陳姓刑警又說，接著把可可推倒在床，把她雙腿架在肩上，尺寸傲人的他，用力的挺入可可的身體……

結束後，兩人在浴室共浴。可可的臉很紅，下面還溫溫熱熱的，好像他沒有離開一樣。她抱著陳姓刑警，臉貼著他的胸膛。溫熱的水打在他倆身上，陳姓刑警軟軟溫熱的性器貼著她的小腹摩擦著，她覺得現在的自己是無與倫比的幸福。

這時陳姓刑警的電話響了。

「我接個電話。」陳姓刑警說。

「嗳，別走。」可可說。她很愛性愛後的餘溫。

「電話不能不接。」他說，把蓮蓬頭關掉，身子稍微擦乾，走出浴室。

他拿起手機，是堂妹打來的。

「哥，那個……你有看新聞嗎？」

「沒有，怎麼了？」

「那個兇手啊，他把自己殺女童的影片寄給電視台了，還是我們的電視台……昨晚電視台開了緊急會議，擷取片段，馬賽克後，剛才已經播出了。」

「什麼？」陳姓刑警大吃一驚，「妳怎麼不早說？」

「哥，我不是跑社會線的啊，我也是剛剛才知道，就立刻打給你了。你要不要過來一趟？」

陳姓刑警與阿西飛車前往XX電視台。他太緊張了，車子就停在電視台前的小廣場的噴泉旁。那裡是不能停車的，但他管不了那麼多了。陳姓刑警與阿西跳下車，麗雯已經在門口等了。陳姓刑警一臉怒氣，麗雯很久沒看到他了，覺得他變了很多，還是因生氣而臉垮的關係？麗雯有點嚇到，不敢多問，直接帶著他們上三樓新聞部。

一群人已經在會議室裡等著。陳姓刑警一進會議室，劈頭就是大罵，為何不先報警，為何這就這樣播送出去，這樣會嚴重影響案情云云。

麗雯此刻很尷尬，拉拉陳姓刑警的手，說：「哥，別這麼大聲啦。」
裡面一個看來是高官的人，推推眼鏡，語氣嚴肅的說：「警官，請問我們犯了什麼罪？」他中文有種外省腔，而且緩慢又清晰，讓人想到盛竹如的語調。
「什麼？」
「我問您，我們犯了什麼罪？影片是別人送來的，不是我們盜錄或非法取得的，而且我們本來就一直有向民眾徵求爆料。這是我們的資產，我們播送有什麼問題？若……我們沒有罪，能否請您先冷靜下來？」
陳姓刑警知道他言之有理，稍微冷靜下來。
他又再挪挪眼鏡，說：「請先不要那麼激動。我們知道您跟麗雯的關係，也知道您是偵辦此案的人，所以很早就通知您了。包裹是昨晚到的，我們沒有直接播送，而是剪輯、整理過後，才播送的。我們有職業道德，很謹慎，播送的內容很單純……陳警官，請理解，這是社會高度矚目的案子，我們非常重視……」
另一個女人也說，「我們很感謝能有這樣的機會……謝謝陳警官。」
「謝我什麼？」陳姓刑警莫名其妙。
「對不起，」她又說，「不是謝謝你，總之這是很重要的案件……」
「包裹跟光碟在哪裡？」陳姓刑警不太客氣的問。
麗雯指指會議桌上，「哥，就在那裡。」
陳姓刑警戴上乳膠手套，走向會議桌，問：「有多少人碰過？」

那個看來像高官的人說，「很抱歉，恐怕很多。」

陳姓刑警拿起包裹，發現寄送人同樣是Sun Lee，也同樣在花蓮，但似乎來自不同一間7－11。陳姓刑警立刻打回警局，要求同仁請花蓮分局幫忙調查。

這時，鑑識小組的人也到來，隨即開始做起鑑識工作。

陳姓刑警表示要看完整影片，麗雯請同事準備。一個瘦瘦、平頭的同事問，「在投影螢幕看，可以嗎？」陳姓刑警點點頭。

麗雯領著陳姓刑警與阿西來到投影螢幕前，她看了看堂哥面無表情的臉後，轉身請同仁播放。

螢幕上出現還活著的女童畫面。看起來是一個人拿手機拍攝女童。女童嘻嘻笑著，說：「鼻要拍我啦，我會害羞。」她說話不太清楚，還有點臭奶呆。女童一直看著鏡頭外的人，像是在跟拍攝的人對話。可是鏡頭外沒有聲音，可能是被消除，也有可能是鏡頭外的人僅用口型跟女童說話。女童接著又嘻嘻笑說，「好啦，我來季我介紹。帶家好，我系謝晨寫，也系小Sherry。」說完，她向鏡頭揮揮手，又嘻嘻笑了起來。這應是鏡頭外的人請她自我介紹後的回應。女童看著鏡頭外的人，接著說：「我今顛要表演唱歌，對，英文歌喔，我要唱了喔。Head and Shoulders, Knees and Toes, Knees and Toes……」女童唱歌時，還搭配動作，非常可愛，可是才唱沒幾句，畫面就全黑了。

「還沒結束，影片有三段。」麗雯跟堂哥說。

第二段影片一開始，女童已死了。她的頭罩著一個透明塑膠袋。鏡頭從腳，慢慢往上拉，可以看到整個身體被包裹在看來像雨衣的黃色塑膠布裡，最後停在她的臉的特寫。塑膠袋上泛著一層白霧，但女童的五官依稀可見。這時，鏡頭外好像斷斷續續傳出一個男人在哭的聲音。

忽然，一隻手出現，把塑膠袋迅速抽掉。這時鏡頭上，是女童清楚的一張臉。窒息死亡的她，臉色略略發紅帶有一點紫色。她的雙眼是睜開的，血絲滿布，嘴沒有閉合。她的表情已看不出痛苦，但也不像睡著，其實就是死去的臉。這時，影片又陷入黑幕中斷。

麗雯這時跟堂哥說，「第三段影片，就比較可怕了，要有心理準備。」說完，她轉過頭去，不忍再看一次。

陳姓刑警面無表情。阿西則一直用食指的關節，壓著太陽穴。他忽然想起之前不小心看到的網路流傳的斬首畫面，也是讓他極度不舒服。但那是成年男子，這可是五歲女童……

下一段影片隨即開始。地上血跡斑斑，女童只剩下身體，頭已經被切下，擱在一旁。鏡頭一樣從腳拍到身體，一樣看到整個身體被包裹在看來像雨衣的黃色塑膠布裡，之後再特寫分開的頭。女童的表情跟剛剛基本一樣，唯一的差異是，她這時的臉上沾滿了血。

在影片結束之際，一陣清楚的男人哭聲傳來，但瞬間被切斷。

阿西看完影片，覺得反胃。他覺得頭很暈，好像頭也隨時要掉下來了。他很想吐，也很想大叫。

陳姓刑警一句話也沒說，只是覺得，那個男人的哭聲，好像在那裡聽過。一會兒後才想到，很像是把鋪的聲音。

陳姓刑警、阿西與麗雯三人去吃飯。陳姓刑警難得來TP市，做堂妹的，堅持要請他吃飯。他們去吃了麗雯很愛的燒肉店。但白天吃燒肉，難免吃得一身臭。但麗雯說堂哥難得來，就算下午回辦公室一身臭，也沒關係。

麗雯跟陳姓刑警的感情非常好，主要她爸只有她一個女兒，而陳姓刑警有三個兄弟。小時候兩家住兩隔壁，三個堂兄都把她當親妹看待。但三個兄弟中，麗雯最喜歡的，就是陳姓刑警。因為另外兩個堂兄特別愛嚇唬她，什麼假蛇假昆蟲或者騙她哪裡有鬼啊，不一而足。只有陳姓刑警不會。

麗雯說很久沒看到堂哥，有夠想他，她摟著陳姓刑警的手臂進餐廳時，甜蜜模樣讓外人都以為他們是情侶。

兩人聊著爺爺奶奶的事。奶奶中風快三年了，狀況不太好，雖然經過復健，勉強可以走，但那是指非常勉強的狀況。但沒繼續惡化已很幸運了。爺爺八十五歲了，幸好還很健朗，平常也還能照顧奶奶。但當然他們請來一個家庭看護移工。他們兩家平均分擔費用，壓力還好。不過當然，也經過一些爭吵，例如應住誰家等。最後他們決定讓兩老住陳姓刑警家，看護費麗雯家多付五千。這樣的安排，兩家都同意。

「哥我跟你說喔，聽說奶奶還會吃醋耶，不准那個看護太靠近爺爺。」麗雯笑著說。陳姓刑警夾了塊剛烤好的牛肉給麗雯。

「那代表還愛，很好啊。」陳姓刑警說，「聽妳伯母說，奶奶從以前就很會吃醋了。」

「真的嗎？」麗雯很驚訝。

「爺爺年輕很帥啊。」陳姓刑警說。

「有比哥帥嗎？」

陳姓刑警用鼻子哼了一聲，說：「我跟帥哪裡扯得上關係？跟阿西一樣帥吧。」

麗雯看了阿西一眼，用很傷人的表情，說：「蛤？」

「講我什麼？」阿西剛忙著吃，沒注意聽他們對話。

陳姓刑警哈哈一聲。這是從開頭到現在，他唯一真心笑的一次。

「哥笑起來真好看，要多笑啊。」麗雯說。

「當刑警，壓力如山重，怎麼笑？沒被壓扁就很好了。」陳姓刑警無奈的說。

「也是。」麗雯說，吃了一塊烤青椒。脆脆的，多汁，淡淡的青椒香，又很新鮮。她覺得很好吃。

陳姓刑警這時替阿西倒了一點冰烏梅汁。

「謝陳哥。」阿西說。

「哥，我好佩服你喔，我無法跑社會線耶。不是我膽小，我不怕恐怖電影喔，只是我看完那妹妹的影片，好難過喔。不蓋你喔，感覺整個頭腦都快炸掉了。」麗雯說，「哥是怎麼調適的？」

「刑事殺人案件又不像恐怖電影，差太多了。恐怖電影妳看的是樂趣，爆米花可以一口一口接連的吃。真正的社會事件很讓人難受的。我說的難受，嗯……物理性的我不怕，如屍臭、腐爛屍塊、甚至內臟或剛剛看的影片什麼的，對我來說就是工作而已。很多人為了求生存也登高入海，甚至入萬年水溝、化糞池什麼的。這其實是可以調適的。我害怕的是人性的惡，例如我無法理解為何有人可殺女童一樣，一般人看到女童受個小傷，都會心疼得不得了吧？我從來也沒有調適過來，這工作本來就不容易。但其實，誰的工作容易的，妳嫂子有時為了畫圖的點子，也常常想到無法吃無法睡的。妳的工作容易嗎？」

她皺皺眉，說：「也是不容易，我跑生活線的，幾乎都是業配新聞，每天都得跟廠商打交道。我覺得我根本是業務，也是很累，但坦白說，還算喜歡囉。跟哥的情況不一樣，哥比較偉大。」

「偉大？」陳姓刑警冷哼一聲。

「哥，你看……這案子破得了嗎？」麗雯小心翼翼的問。

「其實殺人刑案一旦涉及預謀，就代表嫌疑犯有準備，其實就難以偵破，科學上面的限制太多了，不是像電影那麼簡單。例如像這次寄送影片的部分，就算你翻天倒地的查，你可以去查包裹上的指紋，包裹的材質，甚至氣味，或接觸人的DNA等，恐怕也不會有什麼結果。別說別的，兇手只要花個一百元請人寄就很難查了。」

「是喔。那怎麼辦？沒人替妹妹申冤了……」

「很頭痛。」陳姓刑警又夾幾塊烤肉給麗雯，「而且兇手可能在玩我們。」

「什麼意思？」

「有可能我們發現的證據，都是兇手故意丟出來的。」

「是嗎？原因是什麼？」

「也許只是好玩，或者想誤導我們。」

「這樣啊。」麗雯露出不可置信的表情。陳姓刑警又夾了一些烤肉給麗雯。

「哥，你自己多吃啊。我看你都沒吃幾塊肉。」

「我吃很多了。」

阿西這時插不了話，無聊滑著手機，忽然叫了出來。

「怎麼？」陳姓刑警問。

「我朋友傳來訊息，妹妹的影片已在網路瘋狂流傳，而且是無碼的完整版。」阿西訝異的說。

「這我真的不知道為何喔……」麗雯露出無辜表情。

陳姓刑警沒有說話。但麗雯神情緊張的看著他。他們感情雖然好，但麗雯其實很怕他，不過與其說怕他，不如說，很尊重他。

陳姓刑警若無其事的夾一塊烤香菇到麗雯的碗裡，說：「吃塊香菇吧。」

這時，麗雯起身，說要去廁所，但她其實打算去結帳。到了櫃檯才發現，陳姓刑警早結好了。她回來擁抱陳姓刑警，撒嬌，「哥，說好人家要請你的，怎麼這樣……」陳姓刑警只淡淡說，「沒事。」
吃完飯，陳姓刑警抱了一下麗雯。
「哥，看你好像瘦了，要多照顧自己，凡事也要多小心喔。」麗雯說。
陳姓刑警捏捏麗雯的臉，「好，我會，別擔心。」
麗雯有時好像覺得自己有點喜歡堂哥，男女情愛的那種喜歡，而且是不由自主的。但想到他是自己堂哥，若看到他的裸體之類的，又覺得噁心。那個念頭一下子就消失了。不過她還是很喜歡見到他就是了。
「人的感情真的很微妙。」她想。

律師

牆上的貓咪時鐘，顯示現在的時間是十點。
坐在化妝台前面的米雪兒這時拿起口紅，在嘴巴上搽了幾下。她看著鏡子抿了抿嘴巴，覺得這樣可能太紅了，擔心給人說話。所以又拿起衛生紙，把嘴巴上的唇色擦掉。最後只搽了一點點的粉底，至少不要看起來精神委頓就好了。
米雪兒看了看手機，時間是九點半。對，那個貓咪時鐘早已壞了或者沒電，但他們置之不理。她站起身子，把外套穿上，接著拿起床頭櫃上的車鑰匙。出門，下電梯，到B2取車。

她把車子從地下室駛出。沒想到迎面而來的是太陽。陽光照射進來，她覺得有點熱，但這會兒她擔心的不是熱。她又把車停在路邊，拿出黑色史努比袖套，把雙手套起來，就算是冬天，她也怕自己越曬越黑。

她到星巴克時，律師已經在那邊等了。微胖的他，頭髮已禿了一大半。他把旁邊的頭髮刻意留長，再斜分到頭頂上。看來其實很怪，而且有點噁心。但這大概是他維持自信的一種方法吧。

米雪兒跟律師打聲招呼，律師跟她點頭。米雪兒見律師桌上沒有飲料，問他要喝什麼，他說黑咖啡就好。

「熱的嗎？」米雪兒問。

「對。」

「妳吃早餐了嗎？」他也問。這會兒明明是米雪兒要去買，他卻刻意問，根本是想揩米雪兒的油。

「我不餓。你要吃什麼嗎？」

「三明治好了，我還沒吃早餐，擔心血糖太低，無法專心討論。」他說。

「好。」米雪兒說。

一會後，米雪兒端著上面擺有兩杯咖啡，跟一個三明治的餐盤走來。她坐下，把其中一杯咖啡跟三明治挪到律師面前。

律師開始跟米雪兒討論起阿志的案情。阿志已出院了。現已在HS縣的看守所裡。下週就要進行初審。阿志的案件雖算樂觀，因輿論都很同情他，律師覺得多少會造成法官、檢察官的壓力吧。但這次的檢察官很「派」，這是律師的說法，對阿志不是很同情。檢察官跟律師說，他覺得阿志殺了一個無辜的人，所以不會手下留情，也不要期待他對阿志會有什麼特殊關照。

「這案子我們能做的，其實不太多，因為阿志是現行犯，什麼證據都齊備了，我們只能盡最大力量去爭取刑期減短，這妳也都知道了。」

「嗯，我知道。」

「但也不要太氣餒，我們用暫時性思覺失調替阿志辯駁，有機會的。」律師又說，拿起黑咖啡附贈的奶油球，倒了進去。

「這我知道，只是精神科醫生不是……？」

律師搶下話頭，「阿志是因女兒被殺才殺人。在殺人當下，他被憤怒控制而失去理智，簡直瘋了，根本不知自己做了什麼。這也是合理的，至親被人無端殺害，衝擊太大了，任誰都會失去理智的，是不是？」米雪兒覺得這話聽來刺耳，好似在諷刺她對女兒的死太冷漠。

「對，這我知道，可是精神科醫生不是持保留意見？」

「保留意見就是沒有否決啊。我坦白跟妳說，其實我還以為精神科醫生會說阿志的精神沒問題呢。若我們的策略能夠成功的話，無罪是很難啦，但也許法官會酌情考量這點，對案情一定會有幫助，記住，法官才是最終責任的裁判者。」律師說，開始吃起三明治。

米雪兒看著他吃三明治，覺得這個律師蠻沒禮貌的。怎麼在跟人討論案情時吃東西呢？不過他已免費替自己打官司，大概也不能太計較了。

「對了，檢察官是我的學長，就是一個一板一眼的人，會有點棘手，但我會盡最大能力。」他一面吃，一面說。

「之前台灣有案例嗎？」米雪兒問，也喝了口咖啡。

「什麼？」律師問。

「我問，之前台灣有殺人案，因精神失能而判無罪的案例嗎？」

「有，還不只一件。我記得最有名的，是一個外配的案子吧。她老公因病入療養院，她卻在療養院無端捅了護士，該護士不幸身亡。但兇手根本不認識該護士，兩人也未曾謀面，後來她被判無罪。但她是有精神科醫師鑑定的精神失能報告就是了，她的律師主張她因照顧丈夫太疲累而精神失常。不過這種東西都難以斷定的，也許她只是心情不好，閒來無事想桶人而已。真正失能與否，大概只有她自己心知肚明吧……」

「可是阿志知道對方是誰，也準備了刀子，還一路尾隨……」米雪兒說。

「對，我知道。但如同前面所談，他之所以殺人，是因他精神上受到重大打擊，導致他暫時性失去判斷能力，也就是說，若令嫒沒有死去，他不會犯下這樣的犯行。這是我打算堅持的。我覺得跟外配比起來，他還比較值得原諒，至少他有理由。」說完，他又大咬一口三明治。

「是嗎？」

「是，我是這麼想的，阿志很令人同情啊。」律師停止咀嚼，疑惑問：「妳不覺得嗎？」

其實米雪兒不這麼想，她覺得丈夫太衝動，但她沒有回應。

這時律師已把三明治吃完了。那三明治一百八十元耶。居然兩三口就吃完了。

「就算以精神問題的抗辯失敗，阿志的刑期也不會太長的。這是特殊案件，很令人同情，我預估五年以內吧，而且妳丈夫沒有前科，後續假釋的機會也很高。」律師很肯定的說。

「嗯……」米雪兒說。

「不要太擔心，我會盡全力的。」

「謝謝你。」

律師這時用指頭敲敲桌面，這沒有什麼目的，只是製造點聲音，免得尷尬。接著又從公事包裡，撈出一瓶藥罐。他拿出一顆，就咖啡吞了下去。

「咖啡配藥？」米雪兒問，「不太好吧？」

「葉黃素而已。」律師說。

「這樣效果可能會打折喔。」米雪兒也說。

律師笑了笑。「最近妳女兒的案子，還是沒有進展嗎？」

「不知道，最近也沒消息。」米雪兒說，「我已越來越不抱希望。但至少女兒的頭已經找回來了，但這也不是警方的功勞，是兇手自己寄回來的。新聞那麼大，你應該也都知道了。」說到這時，米雪兒沉默下來。

「是有聽說了。」

「不太理解兇手在幹什麼……真的恨我或阿志，直接來找我們呀，要什麼可以討論，要我付錢，或者跪下來磕頭道歉也可以，幹嘛找我女兒？刑警也說，這案子很奇怪，一般若是隨機犯案，下手應很粗糙，若是預謀，他應會表明自己要什麼，但這案子兩者都不符合，一開始像隨機，現在卻像預謀，但我們完全搞不懂兇手到底針對誰或者他要什麼。到底會是誰做這些事？……」

律師看了她一眼，也不知該安慰什麼。事實上案發已經太久，這案子也著實特殊。他覺得再說安慰的話，好像有點多餘。

「公理正義一定會到的。」律師說，「妳要保持信心。」

米雪兒喝了口黑咖啡，已經有點冷了。「你當了那麼多年的律師，又是成功的大律師，你真的認為世界還有公理正義嗎？」

「你覺得我的答案會是什麼？」律師笑了。

「我也不知道，這正是我問你的原因。」

「嗯……」律師想了一下。

「這麼說或許有點矯情，但其實我還相信公理，也相信正義，我覺得，妳也應該。」他說。

「嗯，只是我已經不期待了。」她說。

「那個……」律師又說。

「怎麼？」

「今天我找妳來，其實還有別的事。」律師說，「今天有人也想見妳……」律師往門口看去，「已經到了。」律師起身招手。

一個女人走了進來，看起來有點面熟。她很漂亮，一雙大眼，很有氣質，身穿一襲看來價值不斐的白色洋裝。她也向律師招手。

那是陳老師。

米雪兒覺得意外，她過來幹嘛呢？她不知怎的，就是不喜歡那女人，覺得她有點怪怪的。

她走了過來，跟律師點頭，也跟米雪兒打聲招呼。

律師露出赧顏，說：「那個……米雪兒，我之所以會成為妳的律師，又免費替妳打官司，其實是因為她。」

「嗯？」米雪兒收起下巴，露出疑惑的臉，「什麼意思？」

「我可以坐下嗎？」陳老師露出笑容問。

「坐。」律師說。

米雪兒這時聞到她身上很重的香水味，但不難聞，是那種男人會喜歡的味道。

陳老師坐了下來，摸摸劉海，說：「我今天不是來跟您邀功，只是想表達我的遺憾跟我的努力，希望Ken老師，也就是您的丈夫，能夠獲得最好的法律協助。」

米雪兒非常意外，「我們律師費是妳出的嗎？」

「對。」律師點頭。

「是妳出的？還是幼稚園出的？」米雪兒不敢置信，這不是一筆小數目。

「我自己出的。」

米雪兒沉默下來。「妳只是一個幼稚園老師，這些錢？……」

「這您不用擔心，我只是想贖罪……」

米雪兒這時也有點心虛。這麼大一筆錢，她怎麼負擔的？不會是把自己所有資產都拿來付吧，那她自己的生活……

陳老師注意到米雪兒的表情，又說：「師母不用擔心，這些錢是我父母留給我的……這些事，嗯，若我當初好好注意，或者多一些警覺心的話，也許都不會發生……我很內疚，所以想幫您跟老師。」

「這麼好的人，真是難得。」律師虛以委蛇的說，「起初她來連絡我時，我也十分意外。」米雪兒低吟一會，說：「那些事就別說了，還有律師費的事，謝謝妳，我真的感到很意外……」

「這是我應該做的。」陳老師眼神低垂了下來，「當初要不是我把小Sherry隨便交給陌生男子……」

米雪兒這陣子已受夠眼淚了。「這些事真的就別說了，真要說，是幼稚園方面的問題，沒有一個很好的防範計畫，妳只是一個老師……」米雪兒說。

「師母，真的很抱歉……」

米雪兒這時看向窗外。外面恰好一個跟小Sherry差不多年紀的女童跟著媽媽一起走過。她忽然覺得，其實自己好像也沒做好母親的工作，她也有責任吧？要是她一直以來都親自去接女兒的話，事情是不是就不一樣了？

結束討論後，律師說自己再坐一下，想一下對策。米雪兒與陳老師先行離開。

出去時，下起了雨。米雪兒記得自己明明看過天氣預報，說今天不會下雨的啊。真討厭。

「師母沒帶傘嗎？」陳老師問。

陳老師原本想把自己的傘給米雪兒。但米雪兒婉拒，說自己的車就在對街而已。她微笑向陳老師再一次道謝，接著跑著過馬路，到對面自己的車的停放處。

嫩肩里肌

可可在好市多買了一箱很貴的美國特選冷凍嫩肩里肌。才買回來，就立刻煎了。她把女兒托給媽媽，因為今天是她跟老公的結婚紀念日，待會是兩人的獨處時光。晚餐要吃點好的，而且她覺得陳姓刑警最近實在太累了，想替他煮點他愛吃的。她已經請他今天早點回來。

這是兩人相愛的十五年了，不太容易啊。尤其陳姓刑警現在對待她的方式依然如婚前那般體貼，不曾對她大聲或嫌棄自己，她覺得自己真的很幸運。

陳姓刑警現已在家裡樓下了。他把車停好，沒有直接上樓。他到便利商店買了三瓶啤酒。一瓶在手上，兩瓶等等跟老婆一起喝。但其實她已經準備了紅酒。

這時天空下了點雨，有點冷。他喝著啤酒又抽著菸，看著眼前車子左右穿梭。他拿出手機，打開老婆的粉絲頁。果然，她畫了一張結婚十五周年的圖片，非常可愛。他也按了讚。但他的讚隨即淹沒在幾千個讚當中，可可可是當紅的網路插畫家。他有時覺得自己很幸運，居然娶了個名人，而她絲毫沒有架子。

電話這時響了，他接了起來。是花蓮分局打來的，說有了極關鍵的訊息，請他們立刻前來。結束電話後，他打了電話給可可。心情極佳的可可正哼著歌，煎著牛排，其實不只牛排，她還準備了一大盤蚵仔，希望他晚上能「強悍」一點，若要給女兒添弟妹，現在已是時候。其實他們一直期待著第二胎，也都沒有避孕，已有點久了，可可已在考慮是否去看不孕科了。

可可接起電話，陳姓刑警用急迫的語氣說，晚上不能回去了，有一些發現，必須立刻趕赴花蓮。可可明白自己嫁了個刑警，也沒得抱怨，只說了聲：「那……路上小心。」

可可看著鍋裡的牛排，眼淚不禁流了出來。等會她要跟誰一起享用呢？她好希望他離職，其實以她來養家，也綽綽有餘。雖說她是freelance，收入波動很大，但她對自己很有自信。只是每個人都有自己的職責與夢想，她怎能剝奪他的呢？

陳姓刑警把車從停車場駛出，直接開到與阿西約定的地點。阿西手上拿著兩杯熱咖啡。他一上車，陳姓刑警沒多說話，直接往花蓮分局開去。

期間，他們僅停一次便利商店，上完廁所，買了一些麵包、飲料，又繼續上路。陳姓刑警開車雖快，幾乎都維持在時速120左右，但非常穩，是一個很讓人安心的駕駛。

他們車子駛進花蓮市區時，已是午夜時分，街上空無一人，只剩7－11的營業燈光堅強的亮著。阿西看了一下手錶，嚇了一跳，他們這趟路程只花了差不多三個小時。

抵達花蓮分局前，陳姓刑警將車停妥，開了雨刷，把擋風玻璃上的飛蟲屍體清了乾淨，同時跟阿西解釋這晚的目的。接著兩人下車，當然就抽起了菸。在空寂暗夜中，阿西看見陳姓刑警的菸頭在被吸時，亮了起來。

他們往分局走去，並跟櫃台員警表明身分，以及告知要找的人。半晌，一個男人大步走來，說，「這麼快就到了？」他是一個高高瘦瘦的男子，臉有點白，有書卷氣，不像刑警。

「對啊，開很快。」

「吃過飯了嗎？」

「在便利商店吃了。」陳姓刑警說，「正事要緊，我們開始吧。」

與嫌犯面談之前，花蓮分局的同仁跟陳姓刑警重述今天的發現：他們找到寄送光碟包裹的人了。

該人非常狡猾。當天來便利商店時，是走路到的，戴著口罩、墨鏡和帽子。當他離開之際，同樣也是走路離開，一直到消失在監視器畫面裡。

警方接著又調閱那條路的監視器，但因角度關係，沒能拍到那人。但他們不死心，繼續往下找，總算在ＸＸ路口的監視器，看到那人上了計程車的身影，且車牌也清楚被拍了下來。

他們即刻找來該台計程車的司機問話。很幸運的，他車上裝有攝影機。那個人上了車後，就把口罩脫下，臉被清楚拍了下來。

他們三人走到偵訊室外，單面鏡裡坐著一個男人。花蓮分局同仁問：「這個人……你們認得出來吧？」

陳姓刑警與阿西看到那個人的臉時，兩人都露出疑惑表情，後來同時露出忽然想起什麼的模樣。

阿西忍不住脫口：「是不是上次那個，在7－11裡面……」

「對，沒有錯。他就是上次協助你們追查女童頭顱包裹的那一位7－11店員。」

陳姓刑警與阿西走進偵訊室。

嫌犯的頭低低的，雙手交握擱在桌上，不時出力，像在把什麼東西從手裡擠出來一樣。陳姓刑警與阿西落坐他的面前。這時偵訊室裡有點冷。

「把頭抬起來。」陳姓刑警冷冷的說。

他緩緩把頭抬起。他們發現他在笑，一種毫不在乎的冷笑。

「是你做的嗎？」陳姓刑警問。

他沒有回覆，依然露出冷笑。

「我問，是不是你做的？」陳姓刑警再問一次。

「沒有錯，是我殺了女童。」他忽然說。

陳姓刑警與阿西同步深吸了一口氣。

破案記者會

他在輕微的震動中清醒，印入眼簾的是天花板。剛才是地震嗎？好像是。他有點不太確定自己在哪裡。應該是在家吧？對，天花板的水晶燈是家裡的。他看了一眼電視上的時鐘，才早上六點。

可可上哪去了？他想。可能在做早餐。

他已經無法再睡了，他坐起身子。上身赤裸的他，下身一條三角豹紋內褲。他拿起床頭櫃的菸，想抽，但想想老婆可能會罵，又放了回去。

昨天他休了假，帶著老婆、女兒去TC市看父母跟祖父母。主要案子破了，他難得輕鬆。

他們回到家裡時，中風的奶奶跟爺爺坐在客廳，印尼籍的看護坐在一旁。他們在吃著水果，或者該說，爺爺在吃水果，但奶奶在吃水果泥，看護正餵著她。奶奶見到陳姓刑警很高興，很久沒看到他了，又看到曾孫女，更高興。爺爺想抱曾孫女，但陳姓刑警的女兒有點怕他。可可跟爺爺賠不是，說「太少見面了，生疏」。她叫女兒去給阿祖抱，但她堅持不要。陳姓刑警的爸媽在裡面聽到聲音，也走了出來。陳姓刑警的女兒一見到他們，大聲叫「阿公阿嬤」，也跑到他們腳邊撒嬌。陳姓刑警的阿公這時很受傷，覺得自己好像活太老了，人瑞這詞根本無法傳達人老的境況，他覺得自己根本像「人妖」，是妖怪，小孩都怕起自己。

奶奶這時一直想說話，可是口齒不太清楚。她說了一句，爺爺就翻譯一句，最後奶奶很不高興，用還能動的左手拍了他一下，意思是，「我自己會說，免你幫忙。」陳姓刑警的爸媽在一旁，笑著跟可可說他們就是這樣，不要太吃驚。中午他們打算去吃ＸＸ火鍋，爺爺奶奶堅持不去，說自己太老又行動不便，在外面吃飯很丟人。一旁的看護移工有點失望。

陳姓刑警的父親原本要開車的，後來可可說不必開，才四個大人一個小孩，還塞得下。開太多車，停車不方便。還好這天不是假日，客人不多，就算沒訂位也能直接入座。

這是一間自助式的小火鍋餐廳。他們都拿好菜了，女人拿了很多青菜，恰好有可可最愛吃的水蓮菜，她夾了好多，男人則是牛肉、海鮮居多。陳姓刑警的女兒跟媽媽共鍋，不過她手上已經拿著一支甜筒。可可原本是堅持她吃完火鍋才能拿甜點的，但小女孩堅持現在要吃。可可在外面不想跟她吵，決定回家再修理她。

大家的小火鍋都滾了起來，各自奮戰著。陳姓刑警父親這時談起兒子的工作，問他最近工作如何，還沒等他回答，又恭喜他案子總算破了。就算沒有說出來，甚至連女童兩個字都沒提及，大家都知道父親指的是女童的案子。之後陳姓刑警也不知為何，把女童的案子鉅細靡遺的跟父母講了。他平常可是很難得講起工作的事。可能這案子真的讓他煩透了。他需要傾訴，這大概像一種大男人似的撒嬌吧。

說完，他用喟嘆的口氣說，「這次能破案，我其實覺得很僥倖。」

陳姓刑警父親聽了陳姓刑警的敘述，抬起眼皮，隨口一問：「奇怪，你剛才說那個兇手第一次寄頭時，懂得找路人幫他寄。第二次寄光碟時，怎麼也不找路人，而且就在計程車內把口罩脫下，顯露真面目，就這麼輕易讓你們抓？是不是有點奇怪？」

陳姓刑警聞言，忽沉默下來。他母親看了他父親一眼，示意要他不要再講下去。其實陳姓刑警也覺得這案子破得有點心虛，確實物證、自白都有了，但有些地方是模糊的，例如父親所問的問題，另外還有水瓶裡的阿志頭髮，兇嫌只說，頭髮的部分他也不清楚，可能本來就有。他不認識阿志，阿志也證實自己不認識他。那水瓶裡為何會出現阿志多年前的頭髮，還特地塞入女童的嘴裡？這實在奇怪。另外，針對他如何從花蓮來ＨＳ縣及待了多久，他也交代得不清楚。但在長官的壓力下，他們很快宣告破案，並把嫌犯移交地檢署。他相信未來法官一定會有很多問題。

吃飽後，他們走出火鍋店。寒流的當下，刮過來的風雖很冷，但因吃完火鍋的緣故，寒風卻讓人覺得舒服。

吃完飯，他們到了高美濕地散步。那地方是陳姓刑警初戀結束的地方。他記得當時喝得酩酊大醉的他，在那裡哇哇大哭，分手的原因是兩人都太幼稚。不過所幸她跟自己現在都有很好的歸宿了。

結束後他們把父母送回家，又跟爺爺奶奶聊一下，大概六點多，可可叫了一些比薩。吃完七點多他們準備回去。在跟父母還有祖父母道別時，陳姓刑警接到了電話。是阿西打來的。

他跟陳姓刑警說，「陳哥你聽到消息了嗎？」

陳姓刑警有不好的預感，問：「什麼消息？」

「看來你還不知道，那個……把餔的媽媽死了……」

陳姓刑警很意外，「怎麼死的？」

「聽說是中風。」阿西很遺憾的說。

「這樣啊……」陳姓刑警感慨的說。他覺得內心好像有什麼東西被抽走了。回程時，陳姓刑警聽著廣播開著車，腦裡一直想著把餔母親的事。可可跟女兒坐在後座，兩人幾乎睡死了。回到HS縣時已快十點。返家後，可可催促著老公早點睡，隔天是很重要的日子。

這是昨天的回憶。昨晚他一直翻來覆去，幾乎無法入睡，把餔母親的臉一直在他腦海裡縈繞不去。可可問他怎麼了。陳姓刑警說沒什麼。他試圖入睡，但一直睡不著，一直到三點左右，才渾渾噩噩的入睡。

所以這時候的他，昏昏沉沉的。終究他還是抽起了菸，他把菸刁在嘴上，站起身子，看了一眼全身鏡裡幾乎赤裸的自己。

今天是大日子，破案記者會。他決定不再想辦案細節，也不再想把餔母親的事了。

「總之案子是破了！」他對自己說。

他從櫃子裡拿出很少穿的制服，穿了起來。

制服讓他看起來更加英挺帥氣。他看了一眼自己，似乎也對自己非常滿意。

HS縣政府JB分局的大會議室裡。

幾位看來是高官的制服警察站在前面，HS縣警察局局長站在中間，一臉自得意滿，雙眼像在放光。陳姓刑警與阿西則站在旁邊。幾家媒體跟平面記者在台下，正準備著採訪的一些東西。此時氣氛洋溢著歡欣，甚至有點喜氣的感覺。

ＨＳ縣警察局長摸了摸黑色領帶，又摸了摸人中，問，「各位媒體先進，請問我們的記者會，可以開始了嗎？」

記者們說，「可以了。」

ＨＳ縣警察局局長清了清喉嚨，開始介紹起這個案子的背景跟破案過程。

這個兇手叫林夕文，今年三十二歲，是土身土長的花蓮人。退伍後，一直找不到工作。後來索性就在便利商店工作。一做就做了很多年，都做大夜班。坦白說，他還算是個正常人，乖乖工作，從沒發生過問題，也沒有前科。他是獨生子，父母都已病死，目前獨居。他算是日本動漫迷，是一個縮居在自己世界裡的人，我們在他家裡，發現很多漫畫跟漫畫公仔，還有模型，那個叫……

旁邊的人提醒他，那叫「鋼彈」……

對，鋼彈模型。但其實未發現可疑東西。他可說是非常一般的人。據鄰居說，他是沉默寡言的，看到人從不打招呼，但也沒有奇怪之處。他們對於他殺人，感到非常意外。

經過我們確認呢，他於女童被殺當日，人在ＨＳ縣；他搭火車來的。據他說法，他一個人來ＨＳ縣玩。主要是因，他前女友是ＨＳ縣人，他來懷念過去交往時光。事實上，他期待能碰到前女友。但她已搬家，根本找不到人。我們後續追查他前女友身分，但一直查不到，針對前女友的事，也許是他的妄想，或者根本亂講的。他連前女友的名字都不知道。

他承認自己那早是無意看到女童的，覺得她很可愛，而且長得很像他前女友。後來尾隨她到幼稚園，在那裡等了一個早上。他說自己一開始只想問她，是不是認識他前女友。他猜想也許他前女友是她的姐姐或者阿姨。

他說他也不懂為什麼幼稚園隨便放人。他當時很緊張，只說自己是女童的叔叔。沒想到老師真的相信了，女童居然也乖乖跟他走。至於他為什麼戴口罩，他表示，他本就有戴口罩的習慣。之後，他們到附近一間老房子裡。他在那裡殺了女童。我們確實在該處二樓檢測到女童血跡，現場與兇手寄送的影片裡的地方，也符合。他表示自己帶了保險套（原本是希望能遇到前女友可用的），才沒留下精液。女童身上發現的皮膚組織跟毛髮跟他比對後，也確認相符。罪證確鑿，他也坦承犯案了。至於為何砍下女童的頭，他表示她與自己前女友實在太相像了。他只是想把她帶回家，但整個身體太大，因此才砍下頭帶回去。

局長說到這時露出笑容，說這次能破案，最主要就是陳小隊長夙夜匪懈的追查。幾個制服警察開始鼓掌。

局長請陳姓刑警發言。一旁的阿西面露微笑看著陳姓刑警，很替他驕傲。

如前所述，難得穿上制服的陳姓刑警這時看來非常英挺、帥氣，簡直像明星。他只謙虛說，能破案，是大家團隊合作的結果。兇手非常狡猾，且玩心很重，一直試圖擾亂他們的辦案方向，最後所幸是花蓮分局的同仁幫忙，才順利抓到他。

這時開始開放記者發問。

一個男記者問，「為什麼他要把頭寄給女童母親？又為什麼要寄影片給電視台？」

「如剛所說，他玩心很重，覺得自己跟我們在鬥智，可能犯罪電影看太多了。」

「他的女友真有其人嗎？」另一個記者問。

「據我們調查，應該沒有。」
「所以是孤獨宅男？」
「如局長所說的，他獨居，父母雙亡，也沒有朋友，確實是孤獨的。」
「他有強暴女童對不對？」
「是的，雖然女童身上沒採樣到精液檢體，但應該是有的，他也承認了。」
「所以他是戀童癖？」
「這點有待精神科醫師判斷。」
「所以這次主要的問題點之一，在於幼稚園沒有看管好孩子對不對？你認為針對這一點，政府是不是該做點改善？」
陳姓刑警略為沉吟，說：「我認為幼稚園方面確實有疏失；至於政府的部分，也許可靠各位媒體先進幫忙，把聲音傳到相關立法人員，讓我們的孩子能居住在更安全的環境裡。」
「你覺得他該不該被判死刑？」
「法律判決層面的問題，我無法回答。」
「你個人認為呢？」
「這我不方便透漏，你呢？」
陳姓刑警的反問讓現場響起笑聲。
「我希望他被判極刑。」一個拿著筆的女記者這時說。她的聲音冷漠而嚴肅。眾人都往她的方向看去。

她站起身子，以嚴峻的雙眼望著陳姓刑警，說：「針對之前那個智能不足的把餔跟他的家人，你有什麼話要說？」

前面長官通通面露詫異，剛才大家明明講好，今天不談這個話題的。

陳姓刑警顯然也很吃驚，身子緊綳了起來，說：「對於先前被誤認的嫌疑犯一家子，我感到很抱歉，我的態度都沒有變過。」

「抱歉一句就夠了嗎？你幾乎毀了他們耶，你知道把餔的母親過世了嗎？」

陳姓刑警這時沉默下來。

那個女記者用力把筆壓在桌上，像把犯人壓制在地上一樣，眼神銳利的繼續追問……

「你有沒有話對他們說？」

「會去跟他們上香嗎？」

「會覺得自己毀了一個無辜的家庭嗎？」

陳姓刑警站在台上，一句話都說不出來。他也沒有生氣，只覺得胸頭堵了起來。他不知道怎麼回答這個問題。一旁的阿西，忽然很生氣，指著該名女記者大罵，「妳不懂就不要亂問，你知道我們費了多少心思辦案嗎？被冤枉的兇嫌被誤殺，你以為我們真的不難過嗎？難道這全是我們的問題？你們媒體難道都沒有責任？」在場高官都嚇了一大跳。陳姓刑警趕緊制止他。這可不是他說話的場合呢。

氣氛一度很尷尬。

破案記者會上雖有出乎意料的插曲，但總算圓滿結束。所幸大家對於阿西的暴衝都能諒解。其實是因陳姓刑警的面子太大了，他跟長官們鞠躬，一句「我會好好管教的」，上面的長官，就通通當作沒事了。

另一面也是因那女記者不遵守先前的約定，過於白目，以致長官們當時其實也默許阿西的暴衝。

把餔的事大家心知肚明啊，但沒必要在這種場合談。當然這所謂的沒必要是對警局的面子而言。

未來警局將把她設為黑名單，她可能難以再獲得第一手資料，但也未必，也許哪天警方又需要她的幫忙，尤其在需要讓民眾了解自己的「績效」時，她又會是刑警的好夥伴了。

刑警與記者之間的關係，永遠是那麼曖昧。

破案記者會隔早，陳姓刑警與阿西在星巴克悠閒喝咖啡。大概是為了慶祝破案吧，他們點了最貴的特調冷萃。而且這早是阿西請的。他堅持。

昨晚在記者會結束後，局長請大家吃飯，喝了一夜。阿西因宿醉，頭很痛。但喝最多的人是陳姓刑警。也許是因案子破了的關係，連帶代謝酒精也快，昨晚他超能喝，紅酒啤酒白酒威士忌通通混一起，現在也沒宿醉，神清氣爽的樣子，甚至讓人懷疑，昨晚是不是度過了一晚春宵？

才辦完大案，通常是可輕鬆一下。但稍後他們還是得回辦公室，有寫不完的報告要交。不過女童案總算水落石出，他已決定不再去想那些細節，嫌犯也已自白，剩下的由檢察官去煩惱吧。這會兒的報告也就不覺得惱人。陳姓刑警覺得內心的一潭絕望的、快要生惡菌的死水總算被抽了出來，輕鬆了不少。

這時陳姓刑警的電話發出聲響。那是簡訊聲。

他沒聽到。他正發著呆，想著可可早上跟他說的事。

早上跟可可共浴時，她忽然跟他說，「這陣子要輕點了。」

陳姓刑警問，「是真的嗎？」

可可說，「可能是，但還沒確定。」

陳姓刑警聞言，非常高興。但不知怎的，他愣住了。他內心第一個反應居然是暗自跟小Sherry說，「若妳願意的話，來當我的兒子或女兒吧。」

「陳哥，你的手機剛才有響喔。」阿西提醒。

「哦，是嗎？」陳姓刑警說，拿出手機，確實有一則簡訊傳來。

上面寫著：

「救我，我們被人抓了。」

熟成牛排

她的龍蝦奶油湯還沒喝完，牛排就上了。服務生原本想收走湯的，但她說待會還要再喝，請她留著。服務生溫柔說好。小萱把牛排切下一塊，放進嘴裡嚼。

這是她自從妹妹死後，第一次與米雪兒到外面吃飯。這間餐廳她來過幾次，很貴，是生日時，才有機會來的。她不太知道這牛排怎麼做的，反正是用一種特殊的熟成方法，一客要價三千多元，不過她覺得貴得有道理，因為非常好吃。這次是陳老師招待她跟媽媽。其實她不太懂陳老師為何對她們那麼好。媽媽只跟她說，「她自己覺得過意不去，因為妹妹的意外，她覺得自己有責任。」

原本律師也要來的，但臨時爽約，這個大忙人還有很多案子要做。米雪兒鬆了口氣，其實律師的長相不太讓人舒服，跟他一起吃飯可能有點累。

這天是陳老師開車去接米雪兒跟小萱的。

她們也嚇了一大跳，車子是很高貴的TESLA，新車大概要價三百多萬。米雪兒上車時想，「她真的很有錢耶。」但不太懂，這麼一個有錢人，何必去幼稚園當老師？那可不是一份輕鬆工作。雖然米雪兒不是討厭小孩的人，但認真覺得照顧小孩很累。一個小鬼頭就可把一個大人累到懷疑人生，更何況是十幾個小鬼頭？原來真的有人的工作，是做身體健康的？或者她很愛小孩？

因阿志的審判結果出乎預期的好，法官考量他是因愛女被殺，精神受創，後續又自殺不成，酌情僅判了四年。因刑法規定，刑期過一半後，就能申請假釋，若成功，扣掉原本已羈押的時間，等於只要再坐不到兩年的牢，就可能重獲自由之身。不過檢察官氣呼呼的，說自己一定會上訴。他說：「我不是不同情謝先生，只是我必須捍衛正義，預謀殺人就是殺人，他自作主張殺害被釋放的嫌疑犯，無異於殺害路上任何無辜行人，這很可惡，我一定會再上訴！」但檢察官的發言未影響米雪兒跟小萱，她們聽到判決時，都顯得很高興。

陳老師這晚也很開心，接連說了幾次「能幫到阿志老師，真是太好了！」米雪兒與小萱都看得出來，那是發自內心的話。

後來她們聊起阿志的書。小萱也看過一本。她覺得不好看。不過她的評判不準的，誰會想看自己父親寫的浪漫愛情小說嘛？有點噁心吧。陳老師對於阿志的作品簡直如數家珍，也談到阿志關於歐洲的那本愛情小說。

「師母看過那本嗎？難道不會忌妒嗎？我當時看完，覺得書中的女主角一定確有其人，師母也是這麼想的嗎？」

「妳說歐洲那本？」米雪兒問。

「對呀。男女主角在德國的那個……紐倫堡的一個著名噴泉，叫『美德噴泉』嗎？邂逅的故事啊。後來兩人都對文學懷抱無比熱情，走遍了歐洲，探訪心儀作家的故居或墳墓，感情在其間慢慢發酵，好浪漫啊，只可惜最後因為距離太遠，沒有好結局……」

「哇，聽起來好浪漫，爸都不帶我去歐洲，我到現在還沒去過呢。」小萱抱怨說。

「關於那本書的真相……妳還是別知道比較好。」米雪兒露出神秘的笑。

「為什麼？」陳老師問。

「嗯……以前阿志確實有去歐洲啦，好像還去了好幾個月，但邂逅的是一個男生，好朋友而已。小說家都很會亂想，那些所謂的浪漫，都是他創作出來的。」

「是這樣嗎？」陳老師笑著說，「不過也代表Ken老師太厲害了。」

米雪兒這時好像想到什麼一樣，問：「對了，上次妳給的那封信，要我轉交給阿志的那封，妳信上寫了什麼？」

「妳沒有看嗎？」

米雪兒搖搖頭，「妳要給他的，我怎麼能看？」

陳老師說，「其實也沒寫什麼，我只是說了一下我對阿志的崇拜，跟對你們夫妻的抱歉。說到這，我……」

米雪兒喟然的說，「別再提這了，兇手已經抓到了，女兒也完整的進天堂了，就當是命吧。」米雪兒已把小Sherry連頭一起火葬了。

「嗯。」陳老師說。

吃完飯後，陳老師準備送她們回去。這晚天空極乾淨，恍若變成了一個大池子，清楚的星星像極了一顆顆發光的小石子。她們都覺得這是一個愉快的夜晚。餐廳氣氛好，食物精緻好吃，也聊得十分愉快，無論是小Sherry或阿志也都有了結果。她們也不再覺得陳老師怪怪的，可能就是一個很容易自責，跟過分熱心的人吧。

「我想帶妳們去一個地方看一下……」陳老師在回程車上說。
「哪裡？」在副駕的米雪兒問。她摸了摸陳老師車上的交通安全御守，那是一隻貓的御守。
「很多貓的地方。」她說。
「貓？」
「去吧，好嗎？去到那裡，我再跟妳們解釋，應該是會挺有趣的，不會花太多時間的。」陳老師說。
「嗯，好吧。」米雪兒說。
他們來到了一處老房子。外觀看來髒兮兮的，還有一些家庭垃圾。不知為何，有些人喜歡來這裡丟垃圾，就算上面張貼了「請勿在此亂丟垃圾」的警語，反而吸引了更多沒公德心的人。
這時夜色已濃，也有些寒意。米雪兒不太懂她把她們帶來這裡的目的。陳老師從後車廂裡拿出三瓶飲料。小萱在上面看到水蜜桃的圖案。
「這是日本很特殊的水蜜桃氣泡酒，喝喝看，非常好喝。」陳老師介紹起水蜜桃氣泡酒。
「才剛吃飽，現在喝不太下耶。」米雪兒說。
陳老師把水蜜桃氣泡酒塞給兩人，說：「真的很特別的味道，喝一下吧，絕對好喝。」
米雪兒有些為難，但小萱卻顯得很有興趣。日本的水蜜桃氣泡酒耶，看來真的很好喝。
三人在美麗的星空下，打開水蜜桃氣泡酒，慶祝阿志審判的勝利。三人大飲一口。
「真的太好喝了！」小萱忍不住說。

這時，幾隻小貓從裡頭走了出來，張著大大的無辜眼睛，樣子實在非常可愛。牠們一直對著陳老師喵喵叫，好像很餓的樣子。

救人

那封簡訊是米雪兒傳來的。

陳姓刑警立刻回撥，可是電話直接轉進語音信箱。陳姓刑警也打電話給小萱，同樣沒人接。他們立刻打電話回警局，請鑑識科的人，追蹤那封簡訊的發信地點。通常只要有電話號碼，可查出發信的基地台位置，但無法精確定位，僅能由三個基地台，定位出一個三角形的區域，且需要時間。

他與阿西則飛車趕到米雪兒住家。在車上時，鑑識科打電話來，告知他們已報請檢察官追蹤該簡訊發訊地，尚在等檢察官同意，但應很快會有結果。陳姓刑警說好。

下車時，鑑識科已傳來圖片。那是一張地圖，上面有個三角形，也就是說，她的發信位置在可能在三角形裡的任何地方，根本不夠精準，完全沒用。他們不感到意外，決定靠自己找人。

他們抵達米雪兒家前，車同樣停在那間便利商店前，但現已沒有時間買飲料了。

他們快步跑到公寓一樓。此刻警衛不是平日的阿伯，而是另一個年輕警衛。陳姓刑警表明身分後，說：「幫我確認八樓之三的住戶，他們在不在？」
他歪著頭說：「抱歉耶，我才剛接手工作，還不太熟悉住戶，你等我一下……」
「八樓之三的住戶，一對母女，母親大概四十來歲，女兒十八歲，媽媽蠻高的，應該１６５公分左右，但女兒很矮。」陳姓刑警說。
「我真不知道，抱歉。我先撥對講機過去看看喔。」他說。可是對講機沒人回應。
「他們的車還在嗎？」陳姓刑警問。
「這我也不知道，要查一下。」他還是歪著頭說，「我看一下喔……」他查了一下住戶表，「八樓之三……謝先生嘛……」
「對。」
「車位是Ｂ２的Ａ７４。」他說。
「幫我看看車子在不在。」陳姓刑警說。
他叫出幾個監視器畫面，一直找不到Ｂ２的Ａ７４車位，又或許是他還不熟。
「阿西你下去看。」陳姓刑警說。阿西點頭後，立刻往電梯衝去。
「你先跟我上八樓查看。」陳姓刑警跟警衛說。他有點害怕的點點頭。
「快一點。」陳姓刑警催促。兩人快步跑向電梯，按了按鈕，警衛用感應卡感應，並按下八樓。不一會兒，電梯到了八樓，門打開。
陳姓刑警立刻衝到八之三。他用力敲門，同樣沒人應門。
「我們下去看監視器，快一點，人命關天。」陳姓刑警又說。兩人又跑回電梯，下樓，再回到警衛桌旁。

「幫我調出大廳的監視器，從早上開始。」陳姓刑警說。

氣喘吁吁的警衛嗯了一聲，一陣手忙腳亂，這會兒，總算順利調出畫面。

陳姓刑警開始看監視器畫面，但從早上到現在，都沒看到米雪兒或小萱。他急促的說，「再從昨天早上開始。」

這時電梯打開，阿西快步衝著回來，喘著說：「車子是銀色Tiguan對吧？還在還在。」

陳姓刑警點了個頭，繼續看監視器畫面。大概在昨天早上十點，他們看到米雪兒下樓，好像拿熊貓餐點。之後又回電梯。然後下午四點左右，米雪兒和小萱都下樓，盛裝打扮。她們站在大廳，應該在等什麼人。

一會兒後，一個人走進大廳。米雪兒和小萱前去迎接，三人好像聊得很愉快。之後，三人一起離開大廳。

陳姓刑警與阿西都湊近螢幕仔細看，針對那人的身分，兩人都非常意外。

他們來到一間大房子。

那是一幢三層的大洋房，很漂亮，很有外國風格。地中海風格記得不？希臘神廟的廊柱記得不？那房子附近都沒有鄰居，像一處遺世獨立的房子。那棟房子其實你們已經見過了。若你反應很快，你也許已經猜出了。但沒有猜出也沒有關係，在最後我們還是會知道的。

為避免打草驚蛇，陳姓刑警與阿西先在房子外等待。觀察約三個小時，都沒人從房子裡出來。他們幾乎已經抽掉兩盒菸，若對害怕菸味的人來說，若這時進入他們車子，恐怕會立刻被熏死吧。

這時總算有動靜了。

一個中年女人從屋子裡出來。陳姓刑警覺得她有點眼熟，好像就是當初說把餔很善良的那位阿桑。當她出來後，陳姓刑警與阿西立刻上前，向她問話。

她嚇了一跳，以為是遇到壞人，拿起手上雨傘，差點就往陳姓刑警頭上敲去。

「嗳嗳嗳，別亂來啊。」阿西說。

「你們要幹嘛？別看我女人好欺負喔，我有練過的。」她用日本劍道的姿態，舉著雨傘說。

「練過啥？」阿西問。

陳姓刑警瞪他一眼。

「喔當我沒問。」阿西說。

「應該記得我們吧？我們見過。」陳姓刑警說，「我們是警察，之前妳主動跟派出所提過，那個看貓的男孩的事。」

「對……」她說。

「妳住這裡？」陳姓刑警問。

「不是，」她依然舉著雨傘說，「我只是這裡的管家。請問有什麼事嗎？」

「那住這裡的人……」

「對，那人是我的老闆。」

「都知道我們是警察了，可以把雨傘放下了吧？」陳姓刑警說。

阿桑這才把雨傘放下。

「那人獨居嗎？」

「對。」

「妳老闆……現在在家嗎？」

「不在。」

「去了哪裡？」

「我……不知道。我通常不會問那麼多。老闆也不喜歡我問那麼多。」

「今天什麼時候離家？」

「昨天到今天都沒看到老闆，但老闆本來就這樣的。」

「我們能不能進去看一下房子？」陳姓刑警又問。

「這……我不知道。這不是我的房子。」

「我們也可報請檢察官拿搜索令，但這太花時間，妳直接讓我們進去吧。」陳姓刑警又說，「而且妳也知道那小女孩的事。她死得很慘，連頭都沒了。妳不同情嗎？」

她害怕的問，「可是我老闆我老闆……會跟她的死有關嗎？」

「這妳先不要問，不過當然我們來這裡是有原因的。總之，我們想進去看看。」陳姓刑警說。

她露出非常為難的表情。

「真的不同情小女童？頭都沒有了，才五歲……」

「你們不要再說了……你們要進去就進去吧。」她說，「這是鑰匙。」

「妳跟我們一起進去吧，待會我們可能會有一些問題。」陳姓刑警說。

來自兇手的電話

陳姓刑警與阿西跟著這位女管家進入這棟建築物。他們進去時，腳步特別輕，好像怕吵醒誰似的。

裡面很讓人訝異，富麗堂皇得令人咋舌：數張高級祖母綠沙發，燦亮無比的水晶燈，天花板還有類似高雄美麗島的光之穹頂的藝術圖騰，地板也不惶多讓，鋪了頗具非洲色彩的地毯。牆上還掛有一些價值不斐的抽象畫，還有一些銅雕，阿西不懂藝術，但他覺得其中一幅好像出自名畫家李石樵。他之所以知道，是因小梅特別喜歡他，還拉著他去看過他的畫展。然而最令人意外的是，客廳一個櫃子裡，擺有一罐罐裝在黃水裡的狗頭跟貓頭的標本，看來栩栩如生。讓阿西想到了……妹妹的頭。他覺得這些頭，可能是真的動物標本，也就是那些是如假包換的狗頭跟貓頭。他背脊感到一陣冰冷，不禁顫抖起來。此外，另些櫃子裡則擺了滿滿的書，什麼書都有，看來這個人是個愛書之人。

阿桑注意到阿西的反應，說：「喔，那些都是假的啦，老闆說那是藝術品，不用怕。我都看習慣了，越看越可愛喔。」

「假的？」阿西問，「我看不是吧？」

「假的啦。」阿桑斬釘截鐵的說。

「妳怎麼確定是假的？」

「啊就老闆說的啊。」

「妳怎知老闆沒騙妳？」

「這……我就不知道了。」

陳姓刑警一邊看著客廳，一邊問阿桑，「最近妳老闆的舉動，有沒有任何奇怪之處？」

阿桑說，「要坦白說嗎？」

「啊不然咧？」阿西說，同時覺得這阿桑好像怪怪的。

「我老闆喔，好像沒正常過啦。唉呦，我不知道啦。」

阿西看著她嘖了一聲。

「再仔細想想，有沒有什麼特別的事，需要告知我們？」陳姓刑警又說。

「其實……我幾乎沒跟老闆接觸過。老闆是一個很安靜的人，通常早上出門，下午四五點回來。回來之後都在寫作，要不就是看書。我們這種人哪裡敢跟老闆那種高級的有錢人說太多話。而且老闆在聘僱我時，就有交代了，自己是很重隱私的人，不喜歡被干擾。」

「作家？」

「好像是。」

「寫關於什麼的？」

「這我不清楚了。再說，前面說過了，老闆重視隱私，我不敢過問。」

「在妳心目中，老闆是什麼樣的人？」陳姓刑警問。

「就是一個很好的人。」阿桑說，「真的，好極了，我好感謝老闆給我這份工作。」

陳姓刑警這時站在電視櫃前，拿起一個相框。還沒得來及仔細看，只是瞥了一眼，大概知道是一男一女時，客廳的電話忽然響了。他嚇了一跳，手上相框掉了下去，玻璃啪啦一聲，碎了。阿西露出驚嚇看著陳姓刑警。陳姓刑警反倒很冷靜。

陳姓刑警與阿西對看著，幾乎聽得見彼此呼吸聲。他們希望電話聲趕緊停止，可是電話一直響。

陳姓刑警請阿桑把電話接起來。

她照做。

緊張的阿桑沒講幾句，就把電話給陳姓刑警。「是我老闆，我老闆……要我把電話給你……」

陳姓刑警嚇了一跳。

陳姓刑警接起電話，電話那一頭是一個很有禮貌的女子，至少聲音聽起來像女子。

「您好，歡迎來我家。」對方說。

「請問妳是誰？」

對方忽然笑了。「你在我家亂晃，你問我是誰？而且你為何把我的相框打破？你要賠我喔，那是很高級的相框，在加拿大買的耶，算你三萬八就好。」

陳姓刑警嚇了一跳，問：「妳在監視我？」

「我沒有監視你，我在監視我家客廳！」

「我是警察。」

「我知道。」對方說，「我觀察你們很久了。」

「觀察我們？」

「對，我是殺人犯啊。就是你們在查的那個案子的真正兇手，我指，那個無頭女童，謝晨雪，我才是殺了她的兇手。對不起喔，你抓的那個人不是真正兇手，他只是我的一個棋子。」

陳姓刑警驚訝得啞口無言。

「原來是草原幼稚園的陳老師呀！你們剛剛看到米雪兒公寓大廳的監視器畫面時，不是很驚訝嗎？完全沒有想到是我吧？這麼漂亮的一個女老師居然會殺人？」

陳姓刑警這時臉色鐵青起來。阿西看見他的臉色，更加緊張了起來。

「妳真的是兇手？」陳姓刑警訝異的問，「可是……」

「可是我為何是女人對不對？……這個部分現在不是重點，後來你會知道的。」自稱女童兇手的人說，「現在我有一些事情要跟你交代，非常重要哦，若你沒做好，可是會再有別的人死的哦，你也知道現在誰在我手上吧……」

「妳先不要……激動，有事……好好談。」陳姓刑警居然結巴起來。

「我哪裡激動啊？我本來就在跟你**好好談**啊。你覺得我現在的口氣激動嗎？是你比較激動吧？」

「我覺得我也沒有激動……」陳姓刑警不知為何，跟她爭論起來。

「嗯，不跟你爭了，而且激動與否太難定義，那就當做我們都沒有激動好了。現在我們有更重要的事……」自稱女童兇手的人繼續說，「陳警官，我跟你說喔，我現在人在那個很多貓的老房子裡，記得嗎？就是你上次抓那個智障的地方啊，同時也是那個假兇手坦承的殺人地點啊。現在女童的姐姐跟媽媽都在我手上。我已經把她們綁在木椅上，她們就坐在我的面前，現在一直哭，很吵。我叫她們別怕，因為不管怎麼樣，我都會殺了她們。」

「妳先別輕舉妄動。」陳姓刑警非常緊張，「妳要什麼，我們都可以談。」

「帥刑警，你先看看我家環境，你仔細看看，張大眼睛仔細看看……」

陳姓刑警環顧四周。

「妳要……我……看什麼？」陳姓刑警這時依然結巴。

「我只是要你看我家呀。」對方笑了起來，「怎麼樣？美不美？漂不漂亮？豪華不豪華？你覺得我缺錢嗎？我會需要什麼嗎？你恐怕比我缺吧？哈哈哈……」

「妳究竟要什麼？……」

「我要出名。」對方忽然冷靜下來說，「這輩子我什麼都有了，就差出名。我想要享受成名的感覺。出名，是我這輩子最想要的東西。那你呢？陳查瑞警官？」

陳姓刑警嚇了一跳。對方居然知道自己的全名。

「你想要什麼？告訴我。想救這個女童姐姐跟媽媽嗎？想當英雄嗎？」

「我沒有想要什麼，反倒是，妳要什麼跟我們說，我們幫你安排，但千萬不要傷害姐姐跟媽媽，不要傷害她們好嗎？」

對方又哈哈大笑。「不要那麼緊張啦，查瑞哥，死，沒什麼大不了，大家都會死。若在死前，我們能做一些轟動的事，不是不錯嗎？人生也許是一場做錯事的懲罰而已，殺人也許是一種最真的善舉呢。」

「我不懂妳在說什麼。」陳姓刑警回，「妳能否說清楚妳要什麼？」

「剛跟你說啦。我什麼都不要。我只要我的十五分鐘。」

「十五分鐘？」

「安迪沃荷不是說，每個人都有十五分鐘的成名機會嗎？查瑞哥，你都沒在follow時事喔？我剛跟你說了，我要成名，我要我的十五分鐘。你有機會可以救她們，我可以讓你當英雄，讓你取得你的十五分鐘。我們可以一起成功。但你務必聽我的，可以嗎？」

「可以……」

「先放輕鬆，以下是我的要求，你仔細聽好，」對方說，「我要你聯絡各大電視台，派新聞記者來這裡，他們得連線採訪我，我要大家都知道我是殺女童的兇手，我還要觀眾call in跟我辯論……就這麼點小事，你能做到嗎？」

「可以……」

「還有陳姓警官，你可能要找比較勇敢的電視台跟記者喔。因為嗯……你知道，我是瘋的嘛，所以我在姐姐跟媽媽的身上綁了炸彈。但這炸彈威力不強啦，只要你們保持一些距離，若真的炸了，也只會炸死她們跟我而已。人都是自私的，只會炸死她們跟我的話，我想那些記者朋友們，不會那麼害怕的。但你們是所謂的正義的一方啊，所以我想你不能讓她們死。你若讓她們死，民眾可是會罵死你們警察的喔，說你們無能，是白癡，是智障，是米蟲，甚至其他更難聽的話，例如是米蟲拉的屎，也可能說得出來喔。他們可能還會上街頭，舉她們照片抗議你們警方的無能呢。你應該記得吧，上次那個智障被女童爸爸給殺了，不是很多人替爸爸上街？其實我也去了，跟著他們一起抗議，還挺有意思的，現場還有賣珍奶跟雞排呢。不錯吃喔！雖然我不知道我在那裡幹嘛就是。然後呢，這是我在國外買的高科技炸彈，就是啊，它的引爆是跟我的生命跡象相通的，也就是說，你不要想偷偷殺我喔。我的生命跡象一旦停止了，炸彈就會爆了，姐姐跟媽媽也會跟著死了。你可得謹慎一點，不要偷偷摸摸的。好的，我交代的部分大概就如此。你都聽清楚了嗎？我在這裡等你，記得，我要所有電視台都來採訪，網紅若有興趣，也可以來。就在那棟很多貓的鬧鬼老房子裡。我跟女童的媽媽、姐姐在這裡等你。對了對了，還有一件很重要的事，你得把Ken也帶來現場喔。」

「Ken?」陳姓刑警不懂。

「不好意思，阿志啦，Ken是他的筆名，他是寫小說的，記得也把他帶來喔。」

「妳說女童的父親？」陳姓刑警問。

「對，我需要他在現場，我知道他是殺人兇手，已經被你們抓起來，所以你可以把他戴上手拷、安全帽再帶過來，甚至在現場綁起來之類的，隨便都好。」

「為什麼他一定要來？」陳姓刑警問。

「噯，現在你是壞人還是我是壞人呢？電影跟小說裡，好像只有壞人能發問呢。」她說，「好了，現在就不跟你多談了，你還有很多事得處理呢。記得，我跟她們母女在老房子等你們喔。帥警官，加油喔。」

說完，她就掛上電話。

現在你若看得到陳姓刑警，你會發現他是一臉慘白。不是修飾，是真的一臉慘白。

老房子

這時我們來到老房子裡。

幼稚園陳老師一身紅色洋裝，非常顯眼。她坐在一張同樣鮮豔的紅色沙發上，那沙發看來是新的，可能她特別去買的。她前面坐著小萱跟米雪兒。兩人都被綁在一張木椅子上，心臟的地方看來突起，很可能就是她所講的炸彈。

很多人已經在現場，包括陳姓刑警和阿西，還有其他警備警察。阿志在陳姓刑警旁，坐在一張椅子上，也被綁了起來，頭上還戴著一頂安全帽。這時我們看到他很激動的模樣，像在罵人，但因戴著安全帽的緣故，目前我們聽不到他的聲音。

各家電視台的工作人員也已經在現場，包括攝影師和播報記者，還有幾位網紅，大家都已經連上線，直播這起事件。事件非常轟動，無論是電視或網路前，都有無數的觀眾在關心這起事件。

陳老師依然坐在沙發上，手上拿著一面鏡子。她看著鏡子整理著頭髮，不時抿抿嘴。一會後，她放下鏡子，對著眾人微笑，笑得很甜很迷人，好像什麼節目主持人一樣。

這時她從沙發底下拿出一個一樣鮮豔紅色的大聲公，但沒立刻說話。她把大聲公放在大腿上，又對著眾人揮揮手，姿態優雅得像極了日本皇室妃子。米雪兒與小萱兩人一直發出呻吟聲，但因嘴裡被塞入布的緣故，她們的呻吟聲可能只有陳老師自己聽得到。

這時陳老師無比優雅的拿起大聲公，站了起來。

「大家請先肅靜，不要互相影響喔，我知道這是難得的大新聞，所以你們都很重視，很想喬到最好的角度跟收到最好的音吧？所以我們都先安靜，不要互相影響吧，讓比較慢抵達的電視台的工作人員，也可以好好播送。」她以十分體貼的口吻說，「對了，後面的攝影師們，你們都拍得到嗎？」

沒人回應。

這時她有點不高興，說：「我說話，請你們要回應喔。不回應的，我就請你出去。我再問一次，後面的攝影師們，你們鏡頭都ＯＫ嗎？」

「都可以……」他們紛紛回答。

她噗哧一聲笑出來，又說：「很好，大家都很配合。」

「對了，我們那位很帥氣的刑警先生，都跟你們解釋過了吧？我指炸彈的部分。她們身上都綁上了炸彈喔，就綁在她們的心臟前面，」說完，她用手指指著米雪兒的左胸旁，那兒鼓了起來，確實像綁上了炸彈。「而開關就在我手上，就是這支手錶。」這時，她把手錶給大家看，還貼心的問：「拍得到嗎？」

她用另一隻手比著手錶，說：「對，開關就在這裡，基本上是手控，也就是由我來控制。但是呢，這是支智能手錶喔，炸彈開關裡，也綁定了我的生命跡象，也就是說，我若一旦死掉，炸彈依然會爆炸，那麼我前面這兩位也就活不了了。來，警察相關人員，麻煩請你們舉手。」

現場警察面面相覷。

「還記得我剛才說什麼嗎？不准忽略我！我這輩子最痛恨的，就是忽略我！我再說一次，現場警察相關人員呢？全給我舉起手！」

警察們包括陳姓刑警與阿西，紛紛舉起手。

「對，這樣才乖。聽好了，我就是說你們！你們若膽敢偷偷開槍殺我，我一旦死了，我的手錶就會立刻啟動她倆的炸彈，我說立刻喔，就會炸死她們。所以你們的手千萬不要犯賤，把你們的槍都收好，你們聽清楚沒？給我用嘴回答！」

「聽清楚了！」警察們說。

「好，很好。」說完，她哈哈大笑，好像總算滿意似的。

「好的，那……我們的節目可以開始了。」她說。

「首先，我想先跟大家說，你們猜的沒有錯，我是一個瘋子，也是神經病。我殺了一個小女孩，還把她的頭給割了，裝在一個水瓶裡，寄給她的媽媽……你們聽了一定覺得害怕，卻又很有興趣吧？可能會一邊撫胸說著『啊可憐的小女孩』，但是但是，內心的好奇心又會一直變強吧？會想知道，『兇手為何殺她？』、『為何要割頭啊？』也許還不夠，還會急著上網發表感想，說了一些五四三，若沒人看，就再瞎說一些流言，目的也跟我一樣，就是要吸引人吧？有人看的話，不知為何，就會很高興吧？好像做了什麼很有成就的事一樣，接著又切換一個帳號，罵那些上網亂說話的人，『不要再討論了，給被害者家屬一點隱私吧！』自導自演，一下是酸民，一下又是正義老師，玩得不亦樂乎。人啊，就是這樣吧？總把別人的悲劇當喜劇來看，再換個面孔，又變成撻伐亂象的正義天使了。網路把大家都弄瘋了，你們說是不是？」

眾人沉默。

「我說是不是？不要忽略我！」

「是……是……」眾人紛紛說是。

「很好。總之呢，我想大家對我的所做所為，一定有很多問題吧？好的，現在我們開放call in，請觀眾打給我，我的電話是XXXX－XXX－XXX。」

電話立刻響了起來，她把電話調成擴音，在大聲公前播放。

「妳她媽是個瘋子，是神經病，妳去死，去給閻羅王幹吧……」是一個女人的咒罵尖叫聲。

「我們不開放純粹罵人喔，」陳老師回應說，「這位小姐，妳是不是都沒做功課？只有沒做功課的人，才會罵人。妳有沒有一些其他有建設性的發言？」

「妳她媽是個瘋子，妳去死……」她又再叫一次。

陳老師這時雙手叉起腰，一臉無奈，搖搖頭說：「看來是沒有什麼有建設性的發言了。」陳老師把電話掛上。「我們接通下一通電話好了。」

這次依然是個女人。「小姐，妳不要傷害她們好不好？她們很可憐耶，為什麼妳要傷害跟妳無冤無仇的人？」

「可憐？可憐的定義是什麼？我也不懂。我只知道，我想要讓大家都認識我。這是我的夢想。我的夢想若達不到，我覺得我也很可憐。」

她又說，「我們來接下一通電話。」

「小姐，不要做壞事，神明在看，妳不擔心下地獄嗎？地獄有十八層，妳再壞下去，最底的十八層都要破底，讓妳再下去了！」這次是個男人的聲音。

「我不喜歡宗教，宗教只是一些古人創作出來的小說而已。而且若有地獄，我覺得我們已經在地獄了。活著很累耶。殺人也許是善舉，讓人解脫而已。你說是不是？」

說完，她又掛上電話，又新接一通。

「小姐小姐，我們這裡是ＸＸ上市公司。我是公司發言人，我們想付妳錢，妳別傷害她們好嗎？」這次還是個男人的聲音，而且聲音很好聽，「一個給妳五百萬，兩個給妳一千萬。我們是ＸＸ公司，我們是良心企業，一向提供最好的油品給大家，絕對不用地溝油。我們現在願給您錢，解救這兩位可憐的人……我們再強調一次，我們是ＸＸ油品公司，ＸＸ油品公司……」

「我不需要錢。」她說，「再說，我都已經坦承我殺了女童，我拿了你公司的錢有何用？真討厭，我才不想幫你打廣告。」說完，她立刻掛上。

「怎麼call in進來的，都是一堆噗龍宮啊，真沒意思，」陳老師說，「現在接最後一通喔。」

「喂？」這次聲音很小。

「對，沒錯，妳打進來了。我是殺女童的陳老師，您請說。」

「我沒有批判妳的意思，我也沒有指責的意思，只是我……很想知道妳為何殺妹妹？能不能告知我真正的原因……」

「這個問題很好……」她說，接著把電話掛上。

這時她看著眼前的攝影機，面無表情。

「我為何殺了女童？你們很想知道吧？」這時她落坐紅沙發（其實可說是癱在紅沙發上），「其實……我……我殺她是有理由的，我，是為了討回公道。」這時，她站起身子，把右手掌貼在太陽穴旁，看著一旁的窗戶，繼續說：「三年前的一個晚上，我帶我最親愛的媽媽去看醫生。看完後，我叫媽媽在路口等我，我去對面診所拿藥，可是……他，就是底下的那個男人，」說到這時，她指著台下的阿志，大家也都往阿志方向看去，「卻把我母親撞死，而她，」這時她又指著米雪兒，「也在車上。後來警方說，他們都喝醉了……」這時她忽然跌坐於地，開始抽起鼻子，「我的媽媽，就是被他們殺的，他們因為貪杯，而殺了我在世上最愛的人……所以我才殺了他們的女兒，讓他們也體會失去至親的痛苦……」說完，她開始啜泣，後來哭得傷心欲絕。

這時眾人都嚇了一跳。陳姓刑警與阿西也是。

不久後，她站起身子，收起哭泣的臉，嚴肅的說：「是不是？只要有一個悲慘的理由，你們就容易原諒我了？你們剛才是不是瞬間有點同情我？是不是？……」

這時她開始踱起步來，一副深思表情，像在TED上演講的人一樣。「你們知道嗎？對於我來說，殺人與罪責是一件好難理解的事……」

「你們知道嗎？我覺得所謂的正義好難明白啊。就拿蓄意殺人跟意外殺人來說吧，後者好像很容易被世人原諒對不對？畢竟不是故意的，不是自己所能控制的。但仔細想想，結果都是一樣耶，都是把人弄死啊，哪裡有什麼差別？若你今天被一個守交通規則的人給撞死，死後的你會說，『嗯因為這是交通意外，而且他很守交通規矩，所以我原諒他。』你會這樣說嗎？不可能吧。被害死了就是害被死了啊。既然都是殺人，為何蓄意殺人比較過分？若你是被殺害的正常人，無論對方怎麼殺你，你都會不爽，會希望他也一起去死吧？對吧？若你覺得意外殺人可被原諒，或許你也該原諒蓄意殺人的我？對嗎？都是殺人啊。」

「還有啊，其實我騙你們的，我媽跟我爸還好好的。可能現在也在電視前看著我。爸媽，我終於上電視了。你們的女兒總算不讓你們丟臉了。我殺了別人就是為了讓你們驕傲，我出名了。」

眾人這時看傻了眼。

「好啦，這部分也是騙你們的，你們以為我要抄襲《告白》嗎？因為得不到父母關心就殺女童，想上報。錯了。我不是這樣的。我也不是那種什麼……想嘗試殺人感覺才殺人的，那有點無聊……你們不覺得嗎？……」

說到這時，她又沉默的踱起步來，雙手還以指頭貼指頭，做出一個類似橢圓的形狀。

「其實我真正殺人原因是……復仇。對，就是他，那個叫阿志的男人，他傷害了我……你們知道了吧？我殺的這個小女童其實不是那女人所生的，你們知道她的生母是誰嗎？」
「我想你們都不知道，對，就是我，那次阿志在一次酒後，強姦了我……那個小孩是骯髒的存在，」她又說，「阿志給我了一些錢，要我消失，然後騙他太太我死了……把我的女兒帶回他家，我無法接受我的女兒，居然跟那個強姦我的惡魔那麼要好，所以所以……」說完，她蹲了下來，又放聲大哭。
眾人有些搞不清她到底在做什麼，也不懂她到底在說什麼。現場直播的大家都安靜著。她實在太奇怪了。
一會後，她又站起身子，臉上毫無表情。
「對，那也是騙人的。」她跟眾人說，「知道我在做什麼嗎？今晚是我的獨角戲，這麼多新聞台這麼多記者，我紅了吧？你們未來會記得我的名字了吧？要被記得不容易，很多人想方設法，就是要讓自己紅，但多數很快就被遺忘了。我也想紅，我是台灣第一個為了出名殺人還演獨角戲的人，我想要被記得……你們都會記得我了吧？」
眾人面面相覷。
「回答我！」她吼。
「會……會……」眾人此起彼落的回答。
「會永遠記得我嗎？」
「會……會……」
這時，她從沙發底下拿出一份書稿，裡面夾著一把刀，說：「對了，這是我剛寫完的書稿，你們知道吧？我也是一個素人小說家。我很努力，可是從沒有出版社想出版我的作品。後來我看一些人自殺呀，或者像日本的一個小鬼，殺了人，在獄中寫了書，就可以出版，還爆紅。我才忽然想到，原來只要有真實的死亡，就一定可以出版的，對吧？對呀，要紅還不簡單，只要利用死亡，就可以了。那天當我想到這個好點子時，就在這老房子裡，然後然後，我遇到了她，就是那個被殺的小女孩啊，她好像天使一樣。不知為何，她一直笑。我就問她，『妳是天使嗎？』她說，『對我是。』我又問，『所以妳願意幫我對嗎？』她說，『好啊。』接著笑了起來。妹妹，她是天使，來幫助我成名的……」

她把刀子從書稿裡抽出，舔了一下刀鋒，說：「什麼叫文學？什麼叫藝術？沒有真實的痛苦，算不上文學吧？這句話是某個人告訴我的。杜撰實在太無聊了。沒有真實的殺戮，算什麼殘忍？算什麼黑暗？我的這本書稿紀錄了我從開始策畫到實際殺害妹妹的過程，沒有一個字是虛假的。我嘔心瀝血的寫了這份書稿，大家都要吧？你們大家都想讀吧？」

「回答我！」

「想要想要……」

「哈哈哈……」她大笑起來。

「可是殺一個人不夠啊，才死一個人，震撼力恐怕不夠吧？」她看著刀子說，接著，又看著眾人，說：「對了，你們別以為我瘋了，或者思覺失調什麼的，那已經不流行了。我其實沒有瘋。我只是太想出名了，I need my 15 minutes. And I want it to last forever. 而出名最簡單的工具就是死亡。人心都是這樣的，你們就是喜歡看死亡，難道不是嗎？要不然你們不會在這裡了。當然死亡有兩種，一種是自殺，一種是殺人，只是其中的自殺好難，我不敢，我沒有勇氣像XXXX，或XXXX，甚至XXXX，只要自殺死了，大家都會開始說，『原來他是真正的文學天才吧，太可惜了。』但自殺太難了，我真的不敢自殺。你們知道為什麼嗎？因為……很痛。」說完，她哈哈大笑起來。

「對不起，這時我不該說冷笑話的。畢竟殺人或自殺，都是一件嚴肅的事，對吧？」

這時她看著眾人，或者該說，看著陳姓刑警，臉逐漸嚴肅起來。

「我的獨角戲演完了。」她說，「是不是該來重頭戲了？」

她把書稿放在沙發上，拿著刀，走到米雪兒跟小萱的背後。

陳姓刑警拿出槍，用強而威猛的聲音喝斥她，「妳不要輕舉妄動！」

她大笑起來，說：「你敢開槍嗎？你開啊，我死了，你就對這兩具屍體負責！」

「妳別這樣，妳已經達到妳的目的了，妳紅了，妳的書會賣的，妳能不能就此罷手？」

「罷什麼手？你看看你周圍的人，他們會同意嗎？那些嗜血的禿鷹，牠們餓了呀。哈哈哈，我們不能那麼慘忍，我們必須滿足牠們所想要的，」說完，她舉起刀，直往米雪兒的背上刺去，米雪兒因疼痛而尖叫起來。

陳姓刑警這時開了一槍，打中她的刀，刀被子彈彈到一旁。

陳姓刑警又開一槍，打中她的右肩。她大叫一聲，往後倒了下去。這時數名警備警察擔心炸彈可能引爆，拔腿快步往前跑去。他們隨即翻開她們的衣服確認，幸好，裡面只是綁了芭樂。

六個月後

陳姓刑警已很久沒去書店了。這天是他的休假，他與肚子已經腫脹的可可，來到家裡附近的金石堂，女兒也跟著。他跟太太說，他們應以身作則，偶爾也需讀點書，尤其是小女兒，應要讓她培養讀書的興趣。

陳姓刑警走進金石堂。沒想到一印入眼簾的，是一本叫《殺人是件嚴肅的事》的書。也不須再隱瞞了，這本書的作者就是殺了小Sherry的人，那個幼稚園的陳老師。

其實在事件發生後，多數出版社都斥責這件事，他們都正義凜凜的說，「怎可為了出書出名，而殺人呢？這太不可原諒了。」

但事實上，後續卻有很多出版社私下爭相跟兇手的律師洽談，最後兇手得到三百萬元的出版費，而且同步出版中、日、韓文版本。據說這本書在日本、韓國也賣得非常好，這種冷血的殺人書籍，看來是大家都非常喜歡的。嘴嫌體正直吧？目前日本已進行影視改編，而且不只日本，台灣、韓國與好來塢也都賣出影視改編權，對剛出道的新人作者來說，可真是連作夢都不敢想的待遇，只可惜她目前在監獄中。

陳姓刑警拿起那本書，翻閱一下，覺得很是感慨。他當然也出現在書中。大概在第二章就出現了。他跟阿西被兇手形容成一對笨警察。

兇手表示他們從未懷疑過自己，未免也太笨了。

兇手說，她一開始就跟把餔串通好。對，把餔是傻的，可是她就是有本事跟笨蛋相處。他們的共通興趣是貓。兩人經常在老房子碰到彼此。就算沒說話，但日子一久，把餔漸漸把她視為自己朋友。此外，把餔覺得她很漂亮，也喜歡她，他們也有性愛之歡。兇手還在書中鉅細靡遺談了自己跟把餔的性愛過程。

一個週末早上，一個小女孩不經意來到老房子，她一眼就認出，那小女孩是自己幼稚園的學生。她也好愛貓，不管是黑貓白貓橘貓斑紋貓，她都喜歡。漸漸他們也喜歡彼此，成了三人觀貓族。

看完貓，她有時會帶小Sherry去吃芒果冰，酸酸甜甜的芒果，讓小Sherry怎麼吃都吃不膩。小Sherry對他們越來越熟悉，把他們當親人一樣看待。但他們永遠只在週末早上見面。週末下午，小女孩的把把媽媽都在家，她沒有機會單獨出門。

那時，夢想當小說家的陳老師投稿再次失利。她覺得自己文筆極佳，可是沒人懂。她看著博客來一些自殺作者或殺人小說永遠盤旋在暢銷榜上，忽領悟到，原來死亡才是大家真真正正感興趣的題目。她覺得，自己也應做一些驚天動地的事才對。

最先，她考慮的是自殺。但她覺得自己就算自殺，沒有知名度的她，甚至可能沒機會上報呢。而且她試過自殺了，上吊，她覺得笨笨的自己不會操作，綁繩子太難，可能會摔倒；跳水，她不敢想像沒有空氣的樣子，而且她怕水；跳樓，她有懼高症，更害怕自己跳樓不會死，躺在地上骨頭穿出，卻依然能呼吸，而且還被路人看，甚至被拍，在Line上流傳。「那是多可怕的樣子？」

她覺得自己永遠也殺不了自己，太難了。她無比佩服自殺成功的人。她覺得他們是**幸運的人**。

那天早上，她坐在老房子裡，看著貓，把餔與妹妹也在。她忽然想起村上春樹的《海邊的卡夫卡》裡的殺貓情節。她看著貓，又看著小女孩，好像忽然領悟到了什麼一樣。

不久後，一隻橘色母貓懷孕了。小Sherry一直期待能夠看到小貓，於是跟陳老師約定好，母貓生孩子的時候，他們一定得在。

一天，陳老師跟她說，她預感隔週三的下午，母貓就會生孩子。陳老師問小Sherry，「那天下午一起去看貓吧？」小Sherry興奮的拍拍手說好。

「但老師因學生回家後還要開會，下課後不能直接去老房子。所以，那天我會先請把餔哥哥來接妳，帶妳去老房子。等老師們開完會後，我再過去，一起看母貓生孩子，好嗎？」

「好啊！」小Sherry說。但隨即她又歪著頭，問：「可自……那顛是姐姐來接我回家呀？怎麼辦呢？我要尖跟姐姐說嗎？」

「不用喔，老師會跟姐姐說。」

「好喔。」小Sherry又興奮的拍拍手。

原來她早安排好了。小萱幾乎每天都來幼稚園接送妹妹，跟陳老師早熟識了。一天，她聽見小萱跟男友講電話，抱怨自己每天得接送妹妹，害得他們都沒時間約會。於是陳老師請她隔週三不用來帶妹妹，她帶她妹妹出去玩。小萱很感激，說「這下子總算可跟男友好好約會了！」這與陳老師的秘密，小萱從未跟警察或任何人提及，因為她怕呀，自己竟為了跟男友約會而不去接妹妹，而妹妹居然因此被殺了。那晚，她哭得傷心欲絕，但不是因心疼妹妹。其實她討厭死了這個妹妹。

「又不是跟我同個媽的，而且媽還真奇怪，居然這麼疼這個小三的女兒。」她哭是因擔心自己有責任，擔心父母責怪她，還有害怕妹妹變鬼來抓她。

陳老師買了幾件正式衣服給把舖，還有一件套頭夾克，跟口罩。他來時沒人懷疑。陳老師假意跟他說了幾句話，就把小Sherry交給把舖。她已跟把舖講好，請他帶小Sherry到老房子。

陳老師不久後也來到老房子。把舖跟小Sherry正在看貓，陳老師也加入。三人如平常一般當起觀貓族。不過這時，陳老師拿起手機拍攝小Sherry，包括請她自我介紹，跟唱一首英文歌。小Sherry很配合，嘻嘻笑得好開心，她覺得自己好像明星。後來陳老師跟小Sherry說，因貓咪生孩子可能會流血，為避免弄髒，請她穿上黃色雨衣。小Sherry穿雨衣時，他倆也穿起雨衣。

橘貓肚子很大了，躺在太陽下直搔著肚子，但似乎未有要生的跡象。陳老師拿出兩個罐罐。把舖很高興，幫忙打開後，讓小Sherry餵給橘貓。但橘貓愛理不理的。

陳老師這時跟小Sherry道歉。

小Sherry不懂，問：「為什麼？」

「今天貓貓可能還不會生。」陳老師說。

「這樣小Sherry今顛就看不到小貓咪了，自嗎？」小Sherry說。

「可能無法了，對不起。」

小Sherry嘆了口氣，「好可及喔。」橘貓這時走到小Sherry跟前，吃起罐罐。她說，「貓咪開始吃罐罐了。」說完，她轉頭看陳老師，問：「那老資，貓咪大概什麼質候會生呢？」

「這我也不知道耶。」陳老師說。

「這個禮拜內會嗎？」小Sherry又問。

「嗯……可能喔。」陳老師說。小Sherry這時看著陳老師的手，說：「老資，妳的手好漂釀喔。」小Sherry把老師的右手拿起，仔細看著她的手指，說：「這顏色很漂釀耶，好像公主的手指甲顏色。」

「妳要不要也塗公主的手指甲顏色？」陳老師問。

「可自馬麻會罵吧？」

「回家前可去掉，老師有去光水。」

「企光水是什麼？」

「就是可以把指甲油直接去掉的東西喔。」

「那好，我也要跟老資一樣。」小Sherry說完，露出燦笑。陳老師開始替她搽鮮紅色指甲油。搽完後，她很高興的把雙手手背給把餔看，「把餔你看，我系公主。」把餔看了，露出大大的笑容，接著拍起雙手。

小Sherry轉身，跟陳老師說，「老資妳看，把餔也覺得我系公主耶。」

陳老師笑著點頭，接著從包包裡拿出蘋果牛奶，說：「來，這裡有蘋果牛奶，小Sherry要不要喝？」

小Sherry說：「我最愛喝蘋果牛奶了。」她接過陳老師的蘋果牛奶，說：「還冰冰的耶。」

說完，她咕嚕咕嚕一下子就把整瓶蘋果牛奶喝下去。

「好喝嗎？」陳老師問。

小Sherry點頭，說：「很好喝，謝謝老資。」

陳老師拿起一個塑膠袋，說：「小Sherry，妳看那邊！」

「哦？」小Sherry說，轉頭看向陳老師所言的方向。

陳老師這時把塑膠袋套上小Sherry的頭，並拉到最緊，小Sherry連叫都無法叫出聲。把餔見狀，嚇得哭了起來。他不懂陳老師在幹嘛，想阻止她，可是她惡狠狠的瞪他，把餔嚇得什麼都不敢做，只坐在一旁大哭，甚至連尿都拉出來了。

小Sherry從極力掙扎，雙手亂揮，最後雙腳亂蹬，再過幾分鐘後，她就不動了。

陳姓刑警繼續翻閱著這本書，陳老師把什麼都交代得清清楚楚，還詳述割頭顱的過程。這個部份他不忍閱讀，就算他是身經百戰的刑警，對於殺害女童的過程，他還是恐懼的。

這期間把餔一直哭，他雖智能不足，但大概明白小Sherry死了。但陳老師跟把餔說，「等一下我會把妹妹的身體跟頭裝回去，她就會復活了，這是魔術而已。」

把餔像狗一樣歪了一下頭，接著似懂非懂的點點頭，一會兒又笑了起來，甚至還拍拍手。

晚上返家後，陳老師把小Sherry的頭放在水槽裡，清理過後，她覺得小Sherry的頭髮好像有點亂，又用洗髮精洗過。之後她用了一些外科醫生使用的人體膠水，把小Sherry的表情弄得幸福洋溢。後來她拿出一把頭髮塞進小Sherry嘴裡，再用膠水把她的嘴黏起，最後把頭放進裝有甲醛的水瓶裡。

她看著水瓶裡的小Sherry，閉著眼的她彷彿睡著了，再也沒有驚恐或痛苦的感覺。她把水瓶放在自己的床頭櫃上。之後，她去洗澡。

進入浴室後，她把上衣跟假乳脫掉，低頭看著自己的平坦胸部，笑了一下。接著，她脫下長裙，在全身鏡裡，她看見自己一雙長毛的腿。接著她把假髮拿下，再卸了妝。現在在鏡子裡，她看見一個赤裸的陌生男人。她實在不喜歡自己沒有化妝的樣子，她恨透了自己臭男人的真實形象。她嘴裡唱著歌，擺了幾個少女的姿勢，再擠一點沐浴乳，吹了幾個泡泡出來。她喜歡這樣夢幻的感覺。

她在澡盆裡加了日本買來的、名貴的碳酸入浴錠，那是解疲憊的特殊配方，非常貴，但她絲毫不考慮，直接加入兩包，畢竟那天她真的精疲力盡，需要雙倍的解疲力。在她把小Sherry分屍後，她耐心的等著屍體的血液流光，再把頭用塑膠袋包好，放在行李箱裡，接著她換裝，變回原本男人的樣子。那時把鋪不解的看著她，彷彿認不得她，她於是親了一下把鋪，說：「我還是陳老師喔。」把鋪才高興的拍拍手。

她小心翼翼的把小Sherry的無頭屍體穿著的黃色雨衣脫下，接著捧起無頭屍體，信步走到不遠的登山步道區（她知道那一區都沒監視器）；裝頭的行李箱則留在原地。接著把小Sherry的身體放在斑馬水泥座位的中間，之後與把鋪在那兒一起等待目擊者。她必須確保有人看到傻傻的把鋪，刑警才會以為兇手是他。沒想到目擊者看到把鋪時，她也來不及逃跑，只好躺下裝死。後來假死的她被送去醫院後，趁醫護人員不注意之際，又換上女裝，從醫院逃了出來。之後又陪黃老師去幼稚園接受陳姓刑警與阿西的問話。最後再回到老房子，把裝有小Sherry的頭的行李箱帶回家。整個過程驚心動魄，但她克服了一切障礙，任務完美達成！

疲憊的她在浴缸裡閉上了眼睛，享受著這名貴的日本入浴錠，味道是清新的橘子香，非常好聞。

從浴室出來後，她跟小Sherry的頭說聲「嗨」。小Sherry的頭也說「嗨」。當然這只是她的幻想（又或者不是？）但她覺得她真的聽到了。而且不僅如此，小Sherry的頭還開始說起故事。陳老師說「等等喔」。她跳上床，把床頭櫃上的筆電拿下，擺上大腿。

「等我一下，我先開機。」陳老師說。

小Sherry的頭露出微笑，說，「好喔。」

接著小Sherry開始說起她們的故事，老師一面聽，一面把小Sherry說的故事記下來。寫了大概兩個小時，小Sherry的頭打了個哈欠。

「累了嗎？」陳老師問。

「有點。」小Sherry的頭說。

「那沒關係，反正今天才第一天，我們慢慢來吧，妳先睡吧，老師先整理稿子。」

「好的，那老資晚安囉。」在水瓶裡的小Sherry的頭說完，便閉上眼睛。可是不一會，她又醒來了。「老資可以唱歌給我聽嗎？以前我爸爸擠要唱歌給我聽，我一下子就睡著了。」

「好啊。」陳老師說。說完她開始唱起搖籃曲。小Sherry的頭露出笑容，接著就睡去了。

接下來陳老師用有點幽默、諷刺的語氣，談論警察辦案的過程。她說自己其實也沒有下太多功夫，就把那兩個天兵刑警耍得團團轉。

她說自己只需要一個月的時間來寫小說；一個月後，她希望警察早日來抓自己。她並不排斥的，畢竟她要的是出名而已。

只是那兩位兩光刑警，居然都沒懷疑過自己。她覺得自己的破綻實在太多了。光是放女童的過程，就很可疑了呀？女童才五歲耶，怎麼就這樣讓她跟沒見過的男人走？未免也太隨便了。而且自己亂放人家的小孩，又在電視前哭成這樣……正常人都會懷疑這個老師有問題吧？

但陳姓刑警確實從未懷疑她，畢竟女童曾遭性侵，而身上找到的生物跡證，例如毛髮跟皮膚組織，經過檢測，都是男人的。而在監視器下面，唯一有關聯的就是他們兄弟倆。此外法醫說女童是被悶死的，這樣的力度也偏男人才能做到吧？

大家從未懷疑兇手竟是一個男扮女裝的老師，而且她的外貌、裝扮實在太女人，一點破綻也沒有，就是一個楚楚可憐的美女。陳姓刑警回想第一天向她問話時，她哭的樣子，還有後續她被請來警局指認把餔時，她態度是那麼的內疚，簡直是戲精。再怎麼樣高明的警察，也猜不透的。

陳姓刑警對於自己被說笨，覺得不太服氣。

「這簡直是詐欺嘛。」他心裡想。

陳老師在書中坦承自己一直玩弄刑警的原因是，她必須讓女童的新聞保持熱度，以讓最後的獨角戲達到高潮。她還必須讓警察抓錯人，因此在屍體上留下假生物跡證（也就是她前男友的皮膚與毛髮），又必須不斷製造話題，所以把女童的頭寄給母親，後來甚至把殺人影片寄給媒體。如此一來，她可不斷吸引媒體目光，讓大家不斷複習妹妹的案子。最後她在請前男友替她把影片光碟寄出時，特別交代他務必露出破綻。他很迷戀她，願替她做任何事，甚至替她頂罪。這個假破案很成功的吸引了大家的注意，連帶讓最後的反轉，也就是獨角戲，非常成功。同時，陳老師在書中澄清，林先生跟本案完全無關，她只是借用了他的一些生物跡證，跟請他寄送包裹而已。不過他依然因偽證罪，而被判了三年。

「但至少案子已破，」陳姓刑警心裡想著，「雖不能讓小Sherry起死回生，但至少對得起她了，願她能夠安息。」

最後，他把書放了回去。他不想買這本書，覺得買了這本書，好像贊同了他／她的行為。他看著暢銷排行榜，深深的嘆了一口氣。

他看著自己女兒，不知為何，忽然流了淚。但這是欣喜的淚，他覺得無限感激，至少她還好好的活著。

（全文完）

兇手後記：一些必須交代的事

謝謝你們看完這本書，來到了後記。

首先，我想跟你們說，這世界是沒有所謂的公理正義的。證據就是，就算我是個世俗概念下的惡人，就算我為了讓你們買我的書，而做了極惡不赦的事，你們還是親手買了我的書。

這就證明你們為了滿足心中的好奇，不論公理正義，你們願意接受我。

是不是？

不過無論如何……

首先，我還是得謝謝買了這本書的你們。

你們知道嗎？我的人生是場悲劇，從小就因性別認同問題而備受歧視。我的父母雖有錢，但他們放棄了我。因為我的性取向，讓他們丟臉，也因我的獨子身分，讓他們無法傳續自己基因，所以他們不但放棄我，甚至還恨我。但我不怪他們。這世上本來就很多無法理解的事，我指，他們對於我的誤解以及恨意。

但我說這些，不是為了搏取你們的同情。你們已經買了書，我無法再要求更多。

我想你們也不願同情我。

畢竟從你們的角度來看，我，罪大惡極，畢竟我殺了一個小妹妹。

「我真希望你在監獄裡被人雞姦至死，你這個惡魔！」

「你不配活著，我希望你在地獄裡腐爛！」

「我希望你永遠健康，關在孤獨的牢房裡，到死前都沒人跟你說話！」

你們或許會這麼說。

但，我真的是惡魔嗎？

其實不是的。我只是一般人，跟你們並無二致。我們的差別僅在於，我殺了一個女童而已。但我因此就**惡了嗎**？對誰而言？對你們而言？但這些到底又跟你們有何干係呢？

如果你們有機會跟我們這樣的人坐下來好好談談，甚至一起喝杯咖啡，也許你會因此喜歡我也不一定。記住，惡是不存在的，每個人其實都為了一些事，而做一些事，差異只在於方法。但方法的善與惡，或對與錯，僅存在於我們的心中而已。

你說我後悔嗎？

坦白說，我沒有感覺。如那天的獨角戲說過的，我不是瘋子。我只是想出名而已。這一切只是手段。

之所以挑女童，沒有什麼特殊原因，只是因女童比較好處理，她很小，也沒有力氣，此外，女童之死比較震撼，畢竟大家都對弱者同情嘛。若今天我是殺那個智障，大家可能會這麼想，「這種人死了也好吧，反正他是智障，不懂活著意義，甚至搞不好還有潛在的危險呢。」甚至有人會說，「殺了那種人，其實是做善事。」因此，我若是殺那種，對你們而言，沒有意義的人的話，你們大概隔天就忘記了。

就是那麼簡單。

那為什麼挑阿志的女兒？

我想你會問。

嗯，我想，針對這一點，我還是得說說。

因唯一真愛的女兒的死去，再加上誤殺無辜的人，我相信阿志的人生會獲得最大的痛苦。

之後，他一定會成為一個偉大的作家。

「真正的文學作品，是得具備痛苦的實際經驗，才能寫好的。」

這句話，應該還有印象吧？

是的，阿志就是在故事最初，被我提過的人，也就是說那句話的人。

阿志……是我在文學上的啟蒙老師，也是我最愛的人。

現在我跟你們談談我跟他的關係。

我過去非常迷戀他的文字作品，於是在他的臉書留言，沒想到他居然回覆我。我們從公開留言到彼此私訊，聊了很多很多，從生活聊到創作又聊到愛情，幾乎無所不談。他甚至跟我說，他覺得跟我聊天好愉快，我好像他的心靈伴侶。其實那些話，也正是我想對他說的話。

後來，我提起勇氣，跟他聊到自己的創作。沒想到，他說他不能看我的作品。我問他為何，他說他對文字創作是非常挑剔的，他擔心自己若看了我的作品，對我說實話後，我會傷心。我問他是不是對我沒有信心，但他告訴我，就連他自己也還沒寫出真正的文學作品，因為他說，「我不夠痛苦。真正的文學作品，是得具備痛苦的實際經驗，才能寫好的。」

他還在等待。

後來我們改在Line上聊天。他說臉書上的我的照片好美，他想看更多我的照片。我傳了很多照片給他，他非常喜歡，又說想看赤裸裸的我的照片。我也照做了，最後甚至用視訊讓彼此看最真實的自己。當然一些深入的部份，我是技巧性的掩飾了。

後來一天，他忽然說，想看我的作品。我問他，「但是你的那些顧慮呢？」沒想到，他說根據我們這陣子的溝通，他覺得他對我有信心。

我們約在旅館。

抵達時，他已經在房間內。那是我第一次見到他本人，居然比照片好看多了。

那晚，極其期待的我帶了自己的書稿準備給他看。他坐在沙發上，抽著菸。我非常緊張的把自己的書稿給他。但他翻了幾頁後就放下，什麼也沒說，只叫我靠近他。他的臉上堆滿笑容，我還以為他很喜歡我的作品。沒想到，他居然吻起我，接著說他想擁有我。其實我不排斥，我也想讓他擁有。我很愛他。

但是……他知道我的真實身分後，勃然大怒。他說我很噁心，讓他想吐，他覺得親吻過我的他，嘴巴會爛掉。我哭著說，我只是一個愛他、欣賞他的人。但他很生氣，甚至揍了我。阿志很壯，他在我臉上吐了口水，之後重擊了好幾拳，打得我臉骨幾乎凹陷，一隻眼睛也受傷。他繼續重擊，讓我連牙齒都掉了幾顆，甚至還踹我的下面。我當晚暈了過去。他直接離開飯店，把我一個人留在飯店等死，最後是服務生把我送去醫院。

我在醫院住了幾個禮拜，後續醫生告訴我，我將毀容。在不得已的情況下，我選擇到美國重建，結果是，我擁有了一張全新的臉。在那段期間，我過著生不如死的生活。但不是因身體的痛，而是心痛。我不知阿志為何那麼生氣，就因為我不是他想像的樣子？

返國後，我在臉書上觀察著阿志的生活。他乍看之下好幸福，有漂亮的妻子，跟兩個可愛的女兒。可是我在他臉書的文字裡，依然看到他對於文學的熱情，只是礙於忙碌生活，他無法專心創作。坦白說返國後的我已不再恨他，或者該這麼說吧，我從來不曾恨他。對於阿志我只有惋惜，阿志的文字與想法，是那麼的深刻，那麼的富有創見，他是獨一無二的，他一定會是一個名留青史的偉大作家的。後來我想起他說的，「沒有實際的痛苦經驗，無法創造真正的文學。」我才決定，我必須幫他，我要讓他體會真正的痛苦。

在他跟我討論人生的那段期間，我知道他其實無法愛人，他是一個由性控制的男人。他真正愛的，只有那個可愛的小女孩，他愛她超過自己的生命吧。我讓她消失，賦予了他這個無比痛苦的寶貴經驗。他將會是偉大的人，這些代價是必須、必然的。除此之外，我還得讓他失去自由，在禁錮的空間裡，他能夠獲得最好的思考材料。所以後來我寫了一封信給他，就是那封道歉信。我在信中用我想得到的最好的文字跟修飾，文情並茂告訴他，我有多抱歉，就是因為我的錯而造成他女兒死亡。我在信上說，「我不可原諒，而兇手，更不可原諒！」又說，「小Sherry是多麼的可愛，她就像天使，而傷害天使的人必須受到最嚴厲的極刑懲罰。」最後我告訴他，「兇手肯定就是他，那個接走你女兒的渾球，那個假裝智障的人渣！他一定對女童做了不可饒恕的事，身為父親的你，必須做些什麼才行！」信末我留下電話，告訴他我知道的比警察還多，若想知道更多關於兇手的細節，他必須聯絡我，我將盡一切努力幫助他。

沒想到，幾個禮拜後，他真約我見面。再一次見到他，他還是跟以前一樣英俊。我好緊張，但他卻很理性。他沒有質疑我亂放他女兒的事。他只是問我，「那個被警察逮捕的智能障礙青年是否真是兇手？」我斬釘截鐵的說，「是的，他就是兇手。」我跟他說台灣已經沒有法律，沒有正義了。台灣是一個瘋狂的地方。若他需要正義，他得自己尋求、自己爭取！阿志好生氣，他很恨啊，他咬著唇，用拳頭重擊了木桌幾下，惹得當時在咖啡館裡頭的人紛紛看了過來。最後他抱著我哭了起來，哭得傷心欲絕。那時我好感動，原來他居然如此真心疼愛他的女兒。阿志原來不是猛獸，是真能愛人的。那天會面結束前，我試探性的問他，「我的信寫得好不好？」阿志露出納悶神情，或許覺得我的問題很奇怪。

後來他說，「妳的文筆非常好。」最後他跟我再一次道謝。

一直到我們分開，他都沒有發現，我是過去那個被他揍慘的變裝男。他在離開前，撫摸我的手臂，問我是不是能再陪他一下？

我願意的，其實。只是我不是他喜歡的樣子，所以婉拒他了。

這是我跟阿志的真正故事。

我也相信我現在的文筆就如阿志所說的，非常好。

證據就是，因為我的那封信，他殺了把餔。

現在他真正體會了人生的痛苦，也失去了自由。

阿志，你能寫了吧？

你只被判了四年，在你出獄後的人生，我相信你會成為一個偉大的作家。

至於無才的我，則會因為這個事件，讓我的處女出版作永垂不朽。
因為它是一本真實的殺人小說。
最後，我再次深深感謝，買了書的你們。

陳俊語敬上

要推理92　PG2575

要有光
FIAT LUX

殺人是件嚴肅的事

作　　者	馬　卡
責任編輯	喬齊安
圖文排版	陳彥妏
封面設計	王嵩賀

出版策劃	要有光
發 行 人	宋政坤
法律顧問	毛國樑　律師
印製發行	秀威資訊科技股份有限公司 114台北市內湖區瑞光路76巷65號1樓 電話：+886-2-2796-3638　傳真：+886-2-2796-1377 http://www.showwe.com.tw
劃撥帳號	19563868　戶名：秀威資訊科技股份有限公司 讀者服務信箱：service@showwe.com.tw
展售門市	國家書店（松江門市） 104台北市中山區松江路209號1樓 電話：+886-2-2518-0207　傳真：+886-2-2518-0778
網路訂購	秀威網路書店：https://store.showwe.tw 國家網路書店：https://www.govbooks.com.tw
總 經 銷	聯合發行股份有限公司 231新北市新店區寶橋路235巷6弄6號4F 電話：+886-2-2917-8022　傳真：+886-2-2915-6275

出版日期	2021年9月　BOD一版
定　　價	380元

讀者回函卡

Printed in Taiwan

國家圖書館出版品預行編目

殺人是件嚴肅的事/馬卡著. -- 一版. -- 臺北
市 : 要有光, 2021.09
面； 公分. -- (要推理 ; 92)
BOD版
ISBN 978-986-6992-91-9(平裝)

863.57 110013470